SOMBRAS RADIANTES

Série Wicked Lovely

Terrível Encanto
Tinta Perigosa
Frágil Eternidade

WICKED LOVELY
SOMBRAS RADIANTES
melissa marr

Tradução
Maria Beatriz Branquinho da Costa

ROCCO
JOVENS LEITORES

Título original
RADIANT SHADOWS

Copyright © 2010 *by* Melissa Marr
Todos os direitos reservados.

Nenhuma parte desta obra pode ser reproduzida, ou transmitida por qualquer forma ou meio eletrônico ou mecânico, inclusive fotocópia, gravação ou sistema de armazenagem e recuperação de informação, sem a permissão escrita do editor.

Direitos para a língua portuguesa reservados
com exclusividade para o Brasil à
EDITORA ROCCO LTDA.
Av. Presidente Wilson, 231 – 8º andar
20030-021 – Rio de Janeiro, RJ
Tel.: (21) 3525-2000 – Fax: (21) 3525-2001
rocco@rocco.com.br | www.rocco.com.br

Printed in Brazil/Impresso no Brasil

preparação de originais
FRIDA LANDSBERG

CIP-Brasil. Catalogação na publicação.
Sindicato Nacional dos Editores de Livros, RJ.

M322s

Marr, Melissa
Sombras radiantes / Melissa Marr; tradução de Maria Beatriz Branquinho da Costa. – Rio de Janeiro: Rocco Jovens Leitores, 2013. (Wicked Lovely; 4) – Primeira edição.

Tradução de: Radiant shadows
ISBN 978-85-7980-171-6

1. Fadas – Ficção. 2. Fantasia – Ficção. 3. Ficção americana. I. Costa, Maria Beatriz Branquinho da. II. Título. III. Série.

13-02506

CDD: 813
CDU: 821.111(73)-3

Este livro obedece às normas do
Novo Acordo Ortográfico da Língua Portuguesa.

Para Asia e Dylan, meus monstrinhos maravilhosos. É um privilégio ser mãe de vocês. (Falando sério? Eu realmente os amo muito, mais que tudo e para sempre. Que tal isso por ganhar a palavra final?)

AGRADECIMENTOS

Anne Hoppe continua sendo minha campeã e minha nêmesis. Por ambas as coisas, sou grata. Sem Anne batalhando por nós e comigo, estes livros não seriam tão importantes.

Um livro não é algo que se faça sozinho. Tantos amigos maravilhosos na Harper cuidam de meus livros (e de mim), e, embora eu possa não conhecer todos vocês, sou agradecida por seu trabalho. Dito isso, um agradecimento especial deve ir àqueles de vocês que têm a tarefa de lidar comigo: a extraordinária assessora de imprensa Melissa Bruno, o anjo dos direitos subsidiários Jean McGinley, a sabe-tudo de publicidade Suzanne Daghlian, a deusa da arte Alison Donalty e a onisciente Susan Katz.

Obrigada a meus leitores, especialmente aqueles de vocês (Meggie, Maria, Phe, Tiger, Meg, Tegan, Aine, Karen, Ashley e todos os demais) que se juntaram a mim não só em eventos mas em caminhadas noturnas, excursões ao aquário ou refeições enquanto eu estava em turnê. Significa muito para mim que vocês todos estejam dispostos a passar seu tempo comigo pessoalmente, on-line e por carta.

Muitos agradecimentos para: Mark Tucker por achar a modelo que é Ani; Jen Barnes, Rachel Vincent, Jeaniene Frost e Asia pela leitura; Merrilee Heifetz por superar minhas expectativas tão frequentemente; Jeaniene pelo título; Susan pelos toques, especialmente pelo muito valioso mantra de "proteger o trabalho"; e Neil pelos passeios sensoriais e pela sabedoria.

Um agradecimento muito especial vai para Fazi Editore por me levar para conhecer meus leitores italianos. Elido Fazi, Pamela Ruffo, Maria Galeano e Cristina Marino, não somente por cuidarem da minha família e de mim, mas por possibilitarem que eu me apaixonasse perdidamente por Roma. Obrigada.

Meu agradecimento mais estranho, talvez, vai para as poucas pessoas que nunca verão estas palavras, mas sem as quais eu jamais teria escrito nenhum dos livros da série *Wicked Lovely*. Não posso escrever sem música, então cada livro tem uma seleção de canções que escuto incessantemente. Para este livro, minha gratidão a Ani DiFranco (sim, minha Ani é em homenagem a ela), She Wants Revenge e The Kills. Entretanto, por *todos* os livros que escrevi, muito obrigada a Marilyn Manson, Maynard James Keenan, Damien Rice e Tori Amos. A arte deles me inspira.

Como sempre, obrigada a meus pais, meus filhos e meu marido. Meu mundo desmoronaria sem vocês.

Prólogo

Final do séc. XIX

Devlin permaneceu imóvel enquanto a garota espectral se aproximava. A pluma de seu chapéu e os cachos escuros que emolduravam o rosto dele não se moviam, apesar da brisa que soprava pelo campo. O ar não a tocava, então ele não tinha certeza se podia fazer isso.

— Parece que estou sonhando ou talvez *perdida* — murmurou ela.

— De fato.

— Eu estava descansando — disse ela, apontando para trás de si, depois franziu a testa e lançou-lhe um sorriso trêmulo — na caverna que parece ter desaparecido. Ainda estou repousando?

A garota apresentou um dilema a Devlin. Todos aqueles que não haviam sido convidados para o Mundo Encantado deveriam ser levados à Rainha da Alta Corte ou despachados se ele os considerasse uma ameaça. Sua função era assegurar a ordem, fazer o que atendesse melhor aos interesses do Mundo Encantado.

— Em uma caverna? — provocou ele.

— Meu guardião e eu tivemos um desentendimento. — Ela tremeu e cruzou os braços. O vestido que usava não estava na moda, mas não era horrivelmente antiquado.

Como ele não respondeu, ela acrescentou:

— Você parece um cavalheiro. Sua mansão fica aqui perto? E sua mãe e irmãs? Não que minha tia espere que eu faça um belo casamento, mas ela *ficaria*... desapontada se eu fosse encontrada sozinha na companhia de um cavalheiro.

— Não sou um cavalheiro.

Ela ficou pálida.

— E conhecer minha mãe e irmãs não é algo que eu deseje a alguém inocente — acrescentou ele. — Você deveria voltar. Chame isso de pesadelo. Vá embora daqui.

A garota olhou em volta, para o campo; seu olhar absorveu a paisagem do Mundo Encantado — as teias de aranha que se penduravam das árvores, o céu tingido de rosa e dourado que a rainha havia escolhido para o dia — e então se voltou para ele.

Devlin não se moveu enquanto ela o observava. A garota não titubeou à visão do cabelo opalescente ou de seus olhos inumanos, não recuou diante dos traços angulosos ou da imobilidade sobrenatural dele. Devlin não sabia ao certo que reação esperava: nunca havia sido visto como realmente era por um mortal. Enquanto estava no mundo dos mortais, usava um encanto para parecer um deles. Ali, ele era conhecido pelo *que* era: as Mãos Sangrentas da Rainha. A avaliação da garota era um evento singular.

As bochechas dela ficaram rosadas enquanto o encarava com ousadia.

— Você, sem dúvida, parece um homem gentil.

— Não sou. — Ele caminhou na direção dela. — Eu existo para manter a ordem do Mundo Encantado para a rainha. Não sou nem gentil nem um homem.

A garota desmaiou.

Ele se jogou para a frente a fim de apanhá-la e ajoelhou-se, os braços desajeitados — a forma etérea dela entrou na pele dele. Devlin não podia segurar o insubstancial, mas ela aparentemente podia ocupar o corpo dele como se fosse seu.

A voz da garota estava em sua cabeça. *Senhor?*

Ele não conseguia se mexer: o seu corpo não estava sob o seu controle. Ainda estava dentro de si mesmo, mas não mais conduzia seu corpo. A forma espectral da garota preenchera a pele de Devlin como se fosse o corpo dela.

Pode se mexer?, perguntou ele.

Claro! Ela se sentou e, ao fazê-lo, saiu do corpo dele.

Ele engoliu em seco devido ao calor de emoções peculiares vagando por seu corpo. Sentiu-se livre, excitado e inúmeras outras coisas em nada parecidas com as restrições da Alta Corte — e gostou disso.

Ela ergueu a mão como se fosse tocá-lo, mas apenas atravessou o ar.

— Eu não estou sonhando, estou?

— Não. — Ele se sentiu inesperadamente responsável pela proteção desta mortal desamparada. — Qual é o seu nome?

— Katherine Rae O'Flaherty — sussurrou ela. — Se eu estiver acordada agora, isso significa que você é uma *criatura etérea*.

— Uma criatura eté...

— Tenho três desejos! — Ela bateu palma e arregalou os olhos. — Ah, o que eu posso desejar? Amor verdadeiro? Vida eterna? Certamente, nada fútil como vestidos de baile! Ah, talvez eu apenas queira guardar meus desejos!

— Desejos?

— Você não pode me forçar a escolher meus desejos agora. — Ela endireitou os ombros e o encarou. — Eu li alguns livros. Sei que há uma discussão a respeito da *bondade* da sua espécie, mas não acreditei nem por um momento que *você* poderia ser algo além de gentil. Basta olhar para você!

Devlin franziu o cenho. Ele não desperdiçava tempo com tolices. Fazia apenas o que sua rainha solicitava. *Exceto por aqueles momentos de prazer roubados do mundo mortal.* Sua rainha sabia de seus deslizes, até fingia que não via. *Que mal faria um deslize neste caso?* Ela era um espectro de uma garota mortal, não representava ameaça alguma à rainha do Mundo Encantado. *Abrigá-la não violava a ordem.* Ele tentou sorrir para a menina.

— Katherine Rae O'Flaherty, se você vai ficar neste mundo, o termo que está procurando é *sidhe, ser encantado,* ou *criatura mágica.*

— Eu vou usá-los... já que *vou* ficar. — Ficou de pé, de forma atabalhoada. — Na verdade, eu li os textos do Reverendo Kirk. A biblioteca do meu tio tem alguns livros sobre o seu povo. Também li os contos de fadas do Senhor Lang. O doce...

— Livros não são iguais à realidade. — Devlin a encarou. — Meu mundo nem sempre é gentil com os mortais.

O olhar dela já não era inocente.

— Nem o mundo mortal.

— É verdade. — Ele a olhou com um prazeroso rompante de curiosidade.

Ela caminhou para mais perto.

— Se eu voltasse para o meu corpo, ainda estaria viva? Se voltasse para lá, quanto tempo teria se passado?

— O tempo passa de formas diferentes, e não tenho ideia de há quanto tempo você está vagando. Se ficar, provavelmente morrerá também. A Rainha da Alta Corte não permite visitantes não convidados no Mundo Encantado. — Devlin tentou exibir seu sorriso mais gentil, para o qual ele não tinha muitas chances de usar em sua vida. — Se ela souber da sua presença...

— Vou conseguir os meus três desejos? — interrompeu Katherine Rae.

— Provavelmente. — Não era comum conceder desejos, mas ele se viu querendo agradá-la.

Ela inclinou o queixo.

— Então, meu primeiro desejo é que você me proteja de qualquer mal... qual é o seu nome?

Devlin se curvou.

— Sou Devlin, irmão e conselheiro da Rainha da Alta Corte, assassino e mantenedor da ordem.

— Ah. — Ela se balançou como se fosse desmaiar de novo.

— E, agora, protetor de Katherine Rae O'Flaherty — acrescentou ele rapidamente.

Devlin nunca tivera em sua vida ninguém que fosse realmente seu, nunca tivera um amigo ou confidente, uma amante ou companheira. Não estava inteiramente certo de que *podia* ter alguma dessas coisas. Seu primeiro compromisso era para com sua rainha, sua corte, o Mundo Encantado em si. Fora criado para servir, e era uma honra fazê-lo.

Era também muito solitário.

Ele olhou para Katherine Rae. Ela não tinha corpo, não tinha força, não tinha juramentos de lealdade.

Que mal haveria em abrigar uma garota espectral?

Final do séc. XX

Quando Devlin entrou no salão de banquete, o cômodo estava vazio – exceto pela própria rainha. No centro do salão, deslocada entre os pilares de pedra e tapeçarias de tecido, caía uma cachoeira. O jato criava formas nebulosas no ar, e em seguida a água corria e desaparecia em uma das paredes distantes. A Rainha da Alta Corte olhava fixamente para a água caindo, para os fios de possibilidades que via ali. Formadas por filamentos, as imagens do que *poderia acontecer* não eram garantidas, mas Sorcha mantinha a ordem monitorando futuros em potencial. Ela os realinhava se a desordem estivesse dentro dos limites do Mundo Encantado, mas, se a aberração tivesse lugar no mundo mortal, ela despachava Devlin para corrigi-lo.

Ele se aproximou do estrado sobre o qual o trono da rainha ficava. Por toda a eternidade, servira como as Mãos Sangrentas dela. Fora feito para a violência, mas servia à corte da ordem.

Sem tirar o olhar da água, ela se levantou e estendeu a mão, sabendo que ele estaria onde ela alcançasse.

Nenhum outro mereceu sua confiança por toda a eternidade.

Mas isso não significava que ela deveria confiar nele.

Devlin soltou a mão dela, e Sorcha cruzou o salão.

Ele seguiu.

– Olhe para eles. – Sorcha gesticulou em direção ao ar, e surgiu a imagem de uma mulher. A mortal era bonita: um rosto com formato de coração, cabelo castanho-claro e olhos verdes como azeitonas. No lugar onde ela estava havia duas crianças pequenas, e uma empurrava a outra. Elas gargalhavam ao rolar juntas pelo chão.

— A filhote mais nova é um problema. — A Rainha da Alta Corte parou de falar, suas feições se suavizando no que pareceu ansiedade. Em seguida sua expressão congelou enquanto a imagem se dissolvia na névoa e a temperatura caía. — Isso precisa ser corrigido.

— Devo capturá-la? — Devlin lavou as mãos na água agora gélida, que corria pelo salão de sua rainha-mãe-irmã. Ele coletara criancinhas choronas e artistas silenciosos e trouxera músicos e loucos para sua rainha sob seu comando. Capturar mortais ou criaturas semimágicas era comum — mas não tão prazeroso quanto algumas tarefas.

— Não. — Ela olhou-o por um longo momento. — Esta aqui nunca deve entrar no Mundo Encantado. Nunca.

Sorcha deu um passo à frente de forma que a bainha de sua saia tocasse a água. Seus pés sempre descalços estavam expostos à água gelada, e, por um breve segundo, ele a viu como realmente era: uma vela com uma chama turva cercada pela escuridão do caos. O cabelo cor de fogo de Sorcha balançava em uma brisa que só existia porque ela assim desejava. Em volta dela, o recinto deixou de ser um salão frio e se tornou uma selva fecunda, depois um deserto e novamente o salão, conforme refletia seu pensamento mais recente — como faziam todas as coisas no Mundo Encantado. Ela era a sua fonte, sua criadora. Era ordem e vida. Se não fosse o desejo de Sorcha, apenas ela e sua antítese, sua gêmea Bananach, existiriam.

— Em que posso ajudá-la? — perguntou ele.

Sorcha não olhou para Devlin.

— Às vezes a morte é necessária para manter a ordem.

— A criança?

— Sim. — A voz de Sorcha não manifestava emoção alguma até mesmo quando ordenava a morte de uma criança. Era a personificação da razão, certa de seu lugar, de sua retidão. — Ela nasceu na Corte Sombria, filha do Caçador Selvagem, do próprio Gabriel. Causará complicações inaceitáveis se viver.

Ela avançou para dentro da água. A cachoeira interrompeu seu fluxo, e suas palavras eram o único som no repentino silêncio do salão.

— Corrija isso, Irmão.

Devlin fez uma reverência, mas ela não desviou o olhar do fluxo suspenso da água, nem voltou a atenção para ele, enquanto seu irmão se retirava. Mas ela sabia onde ele estava. A água se espatifou, causando um estrondo maior que antes, quando ele saiu do salão.

Ela sabe, mesmo quando não está olhando. De vez em quando, Devlin se perguntava o quanto de sua vida Sorcha podia ver. Ele vivia para ela, por vontade dela e ao seu lado. *Mas não sou exclusivamente dela.* A rainha nunca esqueceu esta verdade. Pela terra e magia, desejo e necessidade, as gêmeas — Sorcha e Bananach — criaram-no, o primeiro ser mágico masculino. Elas precisavam que ambos os sexos existissem em seu mundo. Um equilíbrio ali, como em todas as coisas, era necessário.

Não filho, mas irmão, ela lhe dissera. *Como eu, você não tem pais.*

Ordem e Discórdia o criaram como se tivesse sido esculpido da pedra, uma escultura feita por duas criaturas que nunca trabalharam juntas novamente. Deram a ele um excesso de traços angulosos e de pontos suavizados: seus lábios eram muito cheios; e seus olhos, muito frios. Ele era a união de suas melhores feições. Enquanto os cabelos de Bananach eram do mais puro negro, e os de Sorcha, de diversos tons, como uma chama acesa, o dele era de um branco-azulado como uma opala: todas as cores surgindo e desaparecendo. Deram a ele os olhos de um negro puríssimo e força equivalente à de Bananach, mas nenhum traço de sua loucura. De Sorcha, a alta estatura e o amor pela arte, mas nem um pouco de sua limitação física. Juntas, tornaram-no uma coisa de extrema crueldade e beleza.

E depois disputaram sua lealdade.

Capítulo 1

DIAS ATUAIS

Ani abriu com força a porta do estábulo. Parecia muito mais uma garagem do que um estábulo, e enquanto caminhava pelo prédio cavernoso sentiu cheiro de diesel, palha, exaustão e suor. A maioria das criaturas adotava a forma de veículos quando estava fora do prédio, mas aqui, em seu refúgio, as bestas vagavam com a aparência que bem entendessem. Um dos corcéis agachou-se em uma saliência debaixo da claraboia. Era algo entre uma águia e um leão; penas e pelos cobriam o corpo maciço. Vários outros corcéis estavam alinhados em uma fileira de diversas motocicletas, carros e caminhões. Um corcel anômalo era um camelo.

Um Hound que polia uma Harley preta fosca, com peças cromadas de sobra, olhou para cima. O pano em sua mão era um dos muitos cortes fabricados com tecido importado do Mundo Encantado, especialmente para seus corcéis.

– Você está procurando a Chela?

– Não. – Ela ficou na passagem, sem invadir o espaço dele ou o do corcel. – A Chela não.

A parceira esporádica de seu pai era uma fonte de conforto, mas Chela queria ser mais maternal do que Ani podia aceitar. De maneira similar, as tentativas de seu pai em ser paternal rumavam para algo semelhante às pretensões mortais. Ela não queria uma cópia de uma família mortal. Tinha uma família, com Rabbit e Tish, seus irmãos semimortais. Durante o último ano, quando fora trazida para viver na Corte Sombria, ela desejara algo mais: fazer parte de fato da Caçada Selvagem, ser um verdadeiro membro da matilha de seu pai. Isso não acontecera.

O Hound interrompeu seus movimentos regulares apenas pelo tempo necessário para lhe dar uma rápida olhada.

– Gabriel também não está aqui.

– Eu sei. Não estou procurando por ninguém em especial. – Ani entrou no estábulo. – Eu simplesmente gosto daqui.

O Hound olhou o corredor aberto de cima a baixo. A essa hora, não se via nenhum outro Hound, mas havia mais de vinte corcéis perto o bastante para vê-los.

– Você precisa de alguma coisa?

– Claro. – Ani recostou-se na parede. Seria um insulto não flertar, mesmo que ambos soubessem que nada poderia rolar entre eles. – Um pouco de diversão. De confusão. Uma volta...

– Se conseguir fazer o chefe concordar – disse o Hound, seus olhos brilhando com um verde vibrante –, será um prazer levá-la.

Ela sabia que seus próprios olhos brilhavam com a mesma energia que via nos dele. Ambos nasceram da Caçada

Selvagem. Eram criaturas que vagavam pela terra, espalhando o terror, exigindo vingança, irrestritos pela ordem. Eles eram os dentes e as garras do Mundo Encantado e viviam agora no mundo mortal, ligados à Corte Sombria por Gabriel.

E Gabriel mastigaria qualquer um que encostasse em sua filha.

— Você sabe que ele não vai deixar — admitiu ela.

Seu pai estava no comando. As regras dele significavam que apenas a quem pudesse enfrentá-lo em uma luta seria permitido sair com ela. *Ou qualquer outra coisa.*

— Ei?

Ela olhou para o Hound.

— Se você não fosse filha *dele*, eu correria o risco, mas não vou cruzar o caminho de Gabe.

Ani suspirou, não por desapontamento, mas por nunca receber uma resposta diferente.

— Eu sei.

— Convença-o de que um pouco de diversão não vai lhe fazer mal, e eu serei o primeiro da fila. Prometo. — O Hound se inclinou para a frente para dar um rápido beijo nos lábios dela.

Não foi mais do que um segundo de afeição, mas ele foi erguido e arremessado pelo corredor na direção do estábulo oposto. O baque de seu corpo batendo nas ripas de madeira abafou a maioria dos xingamentos que ele gritava.

— Não toque na minha filhote. — Gabriel estava no meio do corredor, com um sorrisinho forçado, mas sua postura era de ameaça. É claro, ele era o Hound que controlava a Caçada Selvagem, portanto ameaçar era tão natural quanto respirar para ele.

Caído no chão, o Hound sentiu doer a parte de trás de sua cabeça quando se apoiou em uma divisória do estábulo de madeira.

— Droga, Gabriel. Eu não toquei nela.

— Seus lábios estavam sobre os dela. Isso é *tocar* — rosnou Gabriel.

Ani se postou na frente do pai e o cutucou no peito.

— Não aja como se fosse errado eles me corresponderem.

Ele olhou para ela, mas não ergueu a mão.

— Eu sou Gabriel. Lidero essa matilha, e, se qualquer um deles — disse ele, olhando para o Hound caído no chão — quiser me desafiar por você, tudo o que têm a fazer é pedir.

O Hound falou:

— Eu a rejeitei.

— Não porque falte algo a ela — rosnou Gabriel.

— Não, não. — O Hound ergueu as mãos. — Ela é perfeita, Gabe... mas você disse que ela era proibida.

Gabriel ofereceu a mão ao Hound sem olhá-lo.

O Hound mirou Ani.

— Desculpe... eu, é, bem, ter tocado em você.

Ani revirou os olhos.

— Você é uma gracinha.

— Desculpe, Gabriel. Não vai acontecer de novo. — O Hound subiu em sua bicicleta e foi embora, rosnando mais do que o motor de uma Harley real.

Por um segundo, o estábulo ficou em total tranquilidade. Os corcéis se mantiveram silenciosos e imóveis.

— Minha filhote perfeita. — Gabriel se aproximou e despenteou o cabelo dela. — Ele não merece você. Nenhum deles merece.

Ela o empurrou.

— Então você prefere que eu passe fome até ficar só pele e osso?

Gabriel riu com desdém.

— Você não está faminta.

— Estaria se seguisse suas regras — murmurou ela.

— E eu não teria tantas regras se pensasse que você as seguiria. — Ele deu um soco do qual ela se esquivou. Foi um bom golpe, mas não trazia toda a força do poder ou peso de Gabriel. Ele sempre se reprimia. *Isso* era um insulto. Se ela fosse realmente parte da Caçada, ele lutaria ao seu lado do mesmo jeito que lutava com os demais. E a treinaria. *Ele me aceitaria na matilha.*

— Você é péssimo em matéria de paternidade, Gabe. — Ela se virou e começou a percorrer o corredor.

Gabriel não conseguia sentir o gosto das emoções dela, não como a maioria dos membros da Corte Sombria. Hounds não se alimentavam das mesmas coisas, portanto as emoções de Ani estavam ocultas para eles. A peculiaridade da Caçada em não degustar emoções enquanto todos os demais ao redor deles podiam fazê-lo tornou suas expressões muito duras. Funcionava bem: seres encantados da Corte Sombria se alimentavam engolindo emoções ruins; Hounds necessitavam de toque físico para se manter. Então a Caçada causava o medo e o terror que alimentavam a corte, e a corte providenciava o contato de que os Hounds precisavam. Ani era anormal por precisar de ambos.

E isso é uma droga.

— Ani?

Ela não parou de andar. De jeito nenhum permitiria que ele visse as lágrimas brotando em seus olhos. *Mais uma prova da minha fraqueza.* Ela gesticulou por sobre o ombro.

— Eu entendi, *papai*. Não sou bem-vinda.
— Ani.

Lágrimas escorreram por suas bochechas quando ela parou na porta, mas não se virou.

— Prometa seguir as regras enquanto estivermos fora, e você provavelmente pegará o corcel de Che emprestado de novo hoje à noite. — Sua voz continha a esperança que ele não podia expressar em palavras. — *Se* ela concordar.

Então Ani se virou e sorriu para ele.

— É mesmo?

— É. — Ele não se moveu, não mencionou as lágrimas nas bochechas dela, mas sua voz se suavizou, e Gabriel acrescentou: — E eu *não* sou um pai terrível.

— Talvez.

— Só não quero pensar em você querendo... coisas... ou se machucando. — Gabriel dobrou o pano que o Hound tinha deixado cair, preferindo olhar para aquilo a olhar para Ani. — Irial disse que você está bem. Eu perguntei. Eu tento mesmo.

— Eu sei. — Ela sacudiu o cabelo para trás e lutou para ser racional. Às vezes essa era a pior parte; ela *sabia* que Gabriel tentava. Sabia que ele confiava no julgamento de Irial, em Chela, em sua matilha. Nunca criara uma filha — esses últimos meses que a tivera por lá foram a soma de sua experiência em uma relação entre pai e filha. Mas, também, ela nunca sentira o apetite da matilha antes. Tudo era uma experiência nova.

Mais tarde, depois de obter o consentimento de Chela, ouvir as regras habituais de fique-junto-de-Gabriel e prometer permanecer com a matilha, Ani estava de volta ao estábulo com seu pai.

– Se o corcel de Che tiver algo a dizer, vai se dirigir a mim, e eu lhe direi.

O lembrete de Gabriel de que ela não podia ouvir o corcel de Chela – *de que nunca ouvirei nenhum* – foi passado com um resmungo agourento em sua voz. Ele já estava sentindo que aumentava a conexão com os Hounds que enchiam os estábulos.

Em algum lugar ao longe, um uivo ecoou como o grito do vento. Ani sabia que apenas a Caçada o ouvira, mas tanto mortais quanto seres encantados o *sentiam* nos tremores que corriam pela pele subitamente arrepiada de frio. Para alguns, era como se sirenes viessem em sua direção, como se ambulâncias e viaturas de polícia corressem até eles carregando notícias de mortes repentinas ou acidentes horríveis.

A ronda da Caçada Selvagem.

Enquanto Ani olhava os Hounds que se reuniam, o verde dos olhos e as nuvens da respiração deles ficaram claras. Lobos enchiam os lugares onde não havia corcéis. Eles correriam nos espaços vazios entre os corcéis, uma mistura de pelos e dentes. Corcéis e lobos esperavam a permissão de Gabriel para começar, correr e perseguir aqueles tolos o bastante para atrair sua atenção. O terror crescia e tomava o ar com a pressão que precedia um temporal. Aqueles que não pertenciam à Caçada tinham que se esforçar para respirar. Mortais nas ruas próximas se encolheriam, correriam para seus refúgios ou iriam para outros becos. Se ficassem, não veriam a verdadeira face da Caçada, mas a explicariam – *Terremoto? Trens? Tempestades? Brigas de rua?* – com a obstinada ignorância a que os mortais tão ferozmente se apegavam. Eles não costumavam ficar; fugiam. Era a ordem das coisas: presas fugiam, e predadores perseguiam.

Seu pai, seu Gabriel, avançou pelo lugar, avaliando-o.

Ani sentiu o golpe de dedos gelados em sua pele quando os Hounds se preparavam para partir. Mordeu o lábio para evitar apressar o pai a soar o chamado. Os nós de seus dedos se embranqueceram enquanto ela apertava o topo da parede de madeira a seu lado. Ela olhou para a beleza horrível deles e tremeu.

Se eles fossem meus... me sentiria parte disso.

Em seguida Gabriel estava ao seu lado.

– Você é minha filhote, Ani. – Gabriel acomodou a bochecha dela em sua mão pesada. – Para merecer você, qualquer Hound deve estar disposto a me enfrentar. Teria que ser forte o bastante para liderar a matilha.

– *Eu* quero liderar a matilha – sussurrou ela. – Quero ser a Gabrielle deles.

– Você é mortal demais para controlar os Hounds. – Os olhos de Gabriel estavam monstruosos. Sua pele era o toque do terror, da morte, de pesadelos inomináveis. – E muito minha para não estar com a Caçada. Eu sinto muito.

Ani o encarou. Algo feroz dentro dela entendeu que este era o motivo pelo qual ela não podia viver com Rabbit: seu irmão não era tão feroz quanto seu pai. Tish também não. Mas era o que Ani queria desesperadamente. Como o restante dos Hounds montados em seus corcéis, ela sabia que Gabriel poderia matá-la se o desobedecesse. Era uma restrição da qual precisava: o que a prendia às regras.

– Eu não posso lhe tomar a Caçada – disse ela, mostrando rapidamente os dentes para o pai – ainda. Talvez eu o surpreenda.

– Fico orgulhoso que você queira – disse ele.

Por um momento, o orgulho nos olhos de seu pai era tudo em sua vida. Ela pertencia àquilo. Naquela noite, ela estava incluída na matilha. Ele garantiu isso.

Se ao menos eu sempre fizesse parte.

Mas não havia corcéis não reclamados, e seu sangue mortal significava que nunca seria forte o bastante para ser a sucessora de Gabriel. Nunca pertenceria de fato à Matilha.

Um gosto do que é fazer parte...

Não era o suficiente, de fato, mas já era alguma coisa.

Então um uivo diferente de qualquer outra coisa nesse mundo ou no próximo saiu dos lábios dele, e os demais na matilha o ecoaram. *Ela* o ecoou.

Gabriel a arremessou sobre o corcel de Chela e rosnou:

– Vamos.

CAPÍTULO 2

Devlin pisou nos jardins privados da Rainha da Alta Corte. O chão sob suas sandálias zumbiu quando seu pé o tocou. Às vezes, ele considerava contar a Sorcha que notara os quase imperceptíveis alarmes que ela instalara. Com raras exceções, ele devotara a eternidade a Sorcha, mas ela era uma criatura da lógica e da ordem. Ela sabia — e Bananach também — que ele escolhera servir ao Mundo Encantado todos os dias, todas as horas, todos os minutos. A única coisa que o impedia de se alinhar à antítese de Sorcha era a própria força de vontade.

E afeição.

Por todo o seu amor à lógica, a Rainha Imutável cuidava dele. Disso ele tinha certeza.

— Minha Rainha? — Ele andou na direção dela, aguardando um segundo a cada passo para ver se ela deixaria as videiras se embaraçarem em seu caminho ou se abriria uma passagem para ele.

Ela olhou na direção dele, e a vegetação rasteira desapareceu em um corredor estreito. Roseiras-bravas se esticavam de plantas que tipicamente não tinham espinhos, traçando dúzias de pequenos arranhões nos braços e pés de Devlin. Não era necessariamente um ataque consciente contra ele: o mundo ao redor dos dois se curvava à vontade dela, mas Sorcha tinha parado de notá-lo há muito tempo. Seria como perceber que seu coração batia. Simplesmente *acontecia*, e, se sua vontade machucasse os outros, tudo bem.

Não é pessoal.

— Eu não consigo vê-lo — sussurrou Sorcha. — Ele está lá fora, no mundo. E se estiver ferido? E se estiver em perigo?

— Você saberia — assegurou-lhe Devlin, como fizera todos os dias desde a partida de Seth. — Você saberia se ele estivesse ferido.

— Como? Como eu saberia? Estou *cega*. — A Rainha da Ordem não parecia nada racional. A bainha de sua saia estava molhada de lágrimas. Seu cabelo, normalmente tão vibrante quanto fogo líquido, estava pálido e embaraçado nas pontas. Desde que o mortal Seth se transformou em criatura mágica, Sorcha se parecia cada vez menos consigo mesma.

— Preciso saber se Seth está seguro. — Ela cruzou os braços. Sua voz ficou mais firme. — Vejo-a, a Rainha do Verão, e ele não está com ela. É por isso que ele voltou. Ela. Ela deveria tratá-lo melhor.

Imagens nebulosas se formaram diante de Sorcha. Em algum lugar no mundo mortal, criaturas mágicas não sabiam que ela as observava. Na névoa do jardim, Devlin posicionou-se perto de sua rainha e assistiu às criaturas mágicas que eram o foco da atenção de Sorcha. A menos que as teias dos seres mágicos e dos mortais se emaranhassem muito próximas à sua própria teia, Sorcha podia observar suas vidas.

A Rainha do Verão, Aislinn, estava diante de uma fonte conversando com outra criatura, Aobheall. Na paisagem ao fundo, o campo florescia mesmo com a chegada do outono. Na porção da Terra que os regentes do Verão tinham tomado, o Inverno jamais reinaria novamente. Arbustos floresciam fora de estação, e seres encantados dançavam sobre a terra verde. Aislinn sorriu e se sentou na borda da fonte. Distraída, sua mão traçou padrões na água, e em seu rastro lírios d'água floresciam.

Aobheall descansava na fonte como uma estátua grega seminua que ganhara vida. A água fluía ao seu redor, em uma pequena queda d'água.

— Eu acho que esse vestido é o que você usou há apenas algumas luas. Podíamos fazer compras ou — acrescentou Aobheall, inclinando-se para a frente — conseguir um vestido *feito* para você.

— Não sei. — A Rainha do Verão olhou para trás, onde vários membros da Corte do Verão teciam grinaldas de flores. — Realmente importa o que eu uso?

Aobheall franziu o cenho.

— *Deveria* importar, Aislinn.

— Eu sei... e... escolher ser feliz, certo? — Um sorriso de dentes muito claros iluminou o rosto da Rainha do Verão. Reinara por pouco mais do que um ano mortal, mas durante esse tempo tivera que lidar com conflitos entre cortes, ser apunhalada, perder uma amiga para a Corte Sombria e tentar entender séculos de rivalidade, alianças e velhos ressentimentos. Um impulso ilógico de enviar a ela bons conselheiros se acendeu em Devlin, mas ele o reprimiu: a Rainha do Verão não era sua prioridade.

Sorcha levou o dedo ao nebuloso quadro vivo, criando marolas na imagem.

— Como ela pode estar feliz se ele não está?

— Ela *escolhe* buscar a felicidade pelo bem de sua corte — argumentou ele. — Não é como estar verdadeiramente feliz. Você não pode culpá-la por tentar manter sua corte forte.

Sorcha obviamente discordava: espinhos continuavam a crescer, tecendo-se juntos como fios em um tear até formarem uma barreira intimidadora entre Sorcha e Devlin.

— Fale para mim, Irmão. — Ela soou frágil, em nada parecida com a rainha confiante que fora desde o momento em que Devlin começara a respirar.

— O Verão é feliz por natureza — lembrou ele, mas, ao dizê-lo, observou a Rainha do Verão. A região em volta dos olhos dela tinha olheiras, como se não estivesse conseguindo dormir, e seus gestos não condiziam com o divertimento a sua volta. Aislinn fazia o que Sorcha *deveria* fazer: tirava o melhor de qualquer lamentação que a assolasse. É claro, a diferença era que a Rainha da Alta Corte não deveria estar perdida em lamentações. Oscilação emocional não era uma característica da Alta Corte: não funcionava.

— Eu quero ele em casa — sussurrou Sorcha. — O mundo deles não é seguro. Bananach se torna cada vez mais forte. As cortes estão em discórdia. Se houver uma guerra lá fora, o mundo mortal sofrerá. Você se lembra dos tempos em que ela era forte, Irmão? Os mortais morriam tão facilmente... Ele não escapará do rastro dela... É mortal há pouquíssimo tempo. Precisa ficar aqui, onde está seguro.

— Em breve. — Devlin não tentou atravessar os espinhos que agora se torciam em volta de sua rainha como um manto.

Ele queria confortá-la, dizer que estava à disposição, mas demonstrações inapropriadas de emoção sempre a ofendiam. Ele forjara uma vida escondendo as emoções que provavam que não pertencia de fato à Alta Corte, não era verdadeiramente dela, não era digno de aconselhar a Rainha da Razão. O resto da corte podia não perceber que ele estava repleto de emoções ilógicas, mas ela sabia. Sempre soubera. E achava repugnante.

Sorcha observou as figuras translúcidas silenciosamente. Nas imagens nebulosas, a Rainha do Verão se surpreendeu e levantou o olhar. Ela sorriu, parecendo esperançosa. O que ou quem ela tinha visto era invisível para ela, e, em um piscar de olhos, Aislinn desapareceu também.

— Ele está lá — murmurou Sorcha — com ela.

— Talvez. — Devlin suspeitava de que *fosse* Seth, mas havia outros cuja presença era invisível para Sorcha, alguns que Devlin escondera dela.

— Você acha que ele está bem? — Sorcha encontrou o olhar de Devlin e o encarou. — E se ele precisar conversar ou... de suprimentos para sua arte... ou... voltar para casa? Talvez ele queira vir para casa. Talvez esteja infeliz. Como eu vou saber?

— Vou visitar Seth de novo. — Devlin preferiria trazer Seth de volta ao Mundo Encantado, mas Sorcha lhe dera uma opção, e seu filho escolhera retornar ao mundo mortal, onde sua amada Rainha do Verão vivia. Devlin se opusera. Matar Seth ou mantê-lo no Mundo Encantado seria melhor para Sorcha. E, consequentemente, para todos eles.

— Talvez você devesse ficar lá. — A voz da Rainha da Alta Corte não soou diferente ao dizer isso, mas Devlin se sentia cada vez mais inquieto. Durante toda a eternidade, Sorcha nunca o enviara para nada mais do que uma rápida viagem.

— Ficar lá? — Devlin ia e voltava muitas vezes do mundo mortal ultimamente, e, como um dia no Mundo Encantado é quase uma semana no mundo mortal, a desconexão da viagem começava a cansá-lo. Suas emoções, mais facilmente contidas quando ele ficava no Mundo Encantado com sua rainha, vinham se tornando cada vez mais presentes. Seu sono estava agitado, o que o deixava fatigado e propenso a se emocionar.

— Você quer que eu *fique* no mundo *mortal*? — Devlin pronunciou devagar as palavras.

— Quero. Para o caso de ele precisar de você. Eu... preciso mais de você lá do que aqui. — Ela olhou-o, como se o desafiasse a questioná-la.

Ele quis fazer isso: havia algo mais do que a segurança de Seth, mas Devlin não sabia o que a sua rainha escondia.

— Ele está com Irial e Niall, minha rainha. Enclausurado em segurança na Corte Sombria, exceto quando está com a Rainha do Verão. Certamente...

— Você está se recusando a seguir minhas ordens? Será que finalmente decidiu me desobedecer?

Ele se ajoelhou.

— Alguma vez me recusei a seguir suas ordens?

— Você agiu sem ordens diretas, mas se recusar? Não sei, Devlin. — Ela suspirou suavemente, um sussurro de ar que fez com que o jardim parecesse prender a respiração. — Mas você poderia. Eu sei disso.

— Não estou me recusando a seguir suas ordens — disse ele. Não era uma resposta de verdade. A verdade os levaria a uma discussão que ele evitara por catorze anos mortais: significaria admitir que desobedecera a ordem direta de Sorcha para que assassinasse a criança semimortal.

Uma ofensa pela qual eu poderia ser executado, abandonado, banido do Mundo Encantado... e com razão. Um sentimento que reconheceu como culpa se contorceu dentro dele. *Eu sou da Alta Corte. Sou de Sorcha e devo seguir todos os seus comandos. Não falharei nunca mais com minha rainha,* repetiu silenciosamente seus lembretes diários para si mesmo. Em voz alta, acrescentou:

— Não estou me recusando, mas sou seu conselheiro, minha rainha, e não recomendo deixá-la sozinha quando parece tão...

— Pareço tão o quê?

A posição de Devlin era de reverência, mas ele encontrou o olhar dela e a encarou com uma ousadia que ninguém mais no Mundo Encantado se atreveria a demonstrar.

— Quando você parece estar desenvolvendo *emoções*.

Ela ignorou a verdade que ele verbalizara e apenas disse:

— Diga a ele que gostaria que ele voltasse para casa. Você ficará lá... pelo tempo que ele precisar dos seus serviços.

— Estou a suas ordens, minha Rainha.

— Está? — Sorcha encostou-se no véu de espinhos que crescera ao seu redor, e, justamente quando iam espetá-la, as pontas desapareceram. Em seguida, espinhos brotaram da terra e alcançaram os joelhos dele, em volta dos pés de Sorcha. As videiras escalaram seu corpo e crepitaram sobre seu braço até os dedos. Ela ergueu a mão e a pressionou contra a bochecha dele, de forma que pontas afiadas espetaram a ambos.

— Você é mesmo meu, Irmão?

— Sou.

Ele não saiu do lugar.

— Você irá vê-la. — O sangue de Sorcha gotejou na pele dele, misturando-se ao seu.

O corpo de Devlin absorveu o sangue oferecido por Sorcha. Como as gêmeas que o criaram, Devlin precisava da nutrição trazida pelo sangue. Ao contrário delas, precisava tanto do sangue da Ordem quanto do da Discórdia.

— Irei até Bananach — confirmou Devlin —, mas ela não me comanda. Somente você. Eu sirvo à Rainha Imutável, à Alta Corte, ao *Mundo Encantado*.

A videira rastejou da pele de Sorcha até a de Devlin, onde a nutrição com a qual ela fora preenchida era dele.

— Por ora. — Sorcha acariciou a bochecha dele. — Mas nada dura para sempre. As coisas mudam. *Nós* mudamos.

Devlin não conseguia falar. Isso era o mais próximo de afeição que sua mãe-irmã já demonstrara. Ele não sabia ao certo se ficava feliz ou alarmado. Razão não havia para agir dessa forma, mas em alguma parte oculta da sua mente Devlin se perguntou se ela sentia emoções tempestuosas, se meramente as escondia melhor ou se escolhera deixar que a lógica reinasse sobre ela.

— Tudo muda em seu devido tempo, Irmão — sussurrou Sorcha. — Vá até Seth e... tome cuidado com Guerra. Prefiro que você não seja ferido.

Ele abriu a boca para questioná-la, mas ela se virou, deixando-o calado em seus jardins.

Capítulo 3

Ani fora para a casa do Rei Sombrio sabendo que seria outra experiência dolorosa — *e não uma dor divertida*.

Irial segurou a mão dela. Era um tipo de conforto.

— Você está preparada?

— Pegue. — Ani estendeu o outro braço na direção do Rei Sombrio anterior. Ela olhou fixamente para o papel de parede de flor-de-lis, para as velas tremeluzentes, para qualquer coisa que não fosse a criatura sentada ao seu lado. — Pegue *tudo* se for o que você precisa.

— Não tudo, Ani. — Ele apertou a mão dela mais uma vez antes de soltá-la. — Se houvesse outro jeito...

— Você é meu rei. Eu darei qualquer coisa que você pedir. Pode começar. — Ela observou enquanto ele injetava um tubo fino na sua pele. Feridas dos últimos tubos decoravam a pele como mordidas de amor.

— Não sou seu rei agora. Niall é o Rei Sombrio.

— Tanto faz. — Ani não retomou o argumento com o qual perdera muitas discussões recentemente: Irial podia não ser mais rei, mas tinha sua lealdade. Para dizer a verdade, ele tinha a lealdade de muitos súditos da Corte Sombria. Podia ser que não os governasse, mas ainda cuidava deles. Ainda lidava com os assuntos inquietantes demais para o novo Rei Sombrio. Irial mimava Niall.

Ani, no entanto, não estava protegida. *Não mais.* Quando Irial soube que Ani podia – *que eu preciso* – se alimentar tanto de toque quanto de emoção, ele começou a tentar descobrir como usar isso em proveito da Corte Sombria. Segundo Irial, como uma semimortal, ela não deveria ter desejo algum. Certamente não deveria sentir nenhum dos dois. E definitivamente não deveria ser capaz de se alimentar de mortais. Irial acreditava que o sangue de Ani poderia ser a chave para fortalecer sua corte, portanto ela havia se tornado o objeto de seus experimentos.

E isso é bom. Para minha corte. Para Irial.

– Mais? – perguntou ela.

– Só um pouco. – Irial mordeu a rolha que selava o próximo frasco e a tirou. Com ela entre os dentes, ele acrescentou: – Mais para baixo.

Ela baixou o braço, abrindo e fechando o punho para bombear o sangue mais rápido. Não tinha certeza se isso ajudava de fato o fluxo sanguíneo, mas lhe dava a ilusão de fazer *alguma coisa.* Tirar sangue não se tornara mais fácil apesar do número de vezes que o fizera.

Com a mão livre, ela tirou a rolha da boca dele.

– Já segurei. Pega o próximo.

Conforme o frasco se enchia, Irial pegou outro, desta vez vazio, do suporte e o levou aos lábios. Depois de tirar a rolha, ele substituiu o frasco cheio por um vazio.

— Pega esse?

Em silêncio, ela pegou o recipiente de vidro com a mesma mão que segurava a rolha. Colocou-o junto aos outros frascos, todos tampados e preenchidos com o seu sangue. Em seguida, fechou-o com a rolha.

— O último — murmurou Irial. — Você está indo muito bem.

Ani olhou para o espaço vazio destinado ao sexto frasco no suporte. Os outros estavam todos ocupados com frascos cheios de sangue dela.

— Que bom.

Irial lhe entregou o último tubo de sangue e deu um beijo no local inflamado da extração. Nenhum dos dois falou nada enquanto ele pegava o último recipiente, colocava-o junto aos outros e carregava o suporte até a entrada, passando-o a outra criatura que ela não chegou a ver.

O experimento deles era um segredo de que nem Niall nem Gabriel sabiam, mas era uma da miríade de coisas que Ani faria se Irial desse sequer um sinal de que assim desejava. *Não tão doloroso quanto o que fiz*. A pedido de Irial, ela deixara uma criatura de cardo confiável envolvê-la em uma noite particularmente desprazerosa. Seu cabelo e pele foram coletados pelo toque dele. Se a corte soubesse dos experimentos de Irial em seu sangue e pele, se soubessem por que ele enviara amostras para serem testadas e esperançosamente processadas, ela estaria em risco.

E Iri também.

Poucas criaturas sabiam de suas anormalidades — e ela era grata por isso. Embora Niall soubesse que ela era diferente das outras criaturas, desconhecia os experimentos. Ele achava que sua habilidade de se alimentar das emoções de seres encantados e mortais era desconhecida dos que poderiam matar, usar ou vencê-la. Niall era um rei compassivo. Permitia que seus seres fizessem o que precisassem, mas mantinha a corte com rédea curta.

Houve um tempo, quando Bananach — o corvo carniceiro, a portadora da guerra — se tornava cada vez mais forte, em que tais limites eram perigosos. As cortes encantadas, pelo menos aquelas no lado mortal do véu, beiravam à violência. O conflito crescente nutrido pela Corte Sombria, que se alimentava das emoções caóticas, era também uma ameaça àqueles que Ani estimava. Levantes entre cortes, sussurros de mortes por vir, por ela tudo bem — até o ponto em que pusessem sua própria corte em risco.

E Bananach não poupará a Corte Sombria. Nem o mundo mortal em que vive minha família.

Irial agia como nos tempos em que era rei: movia peças por trás dos panos, barganhando, quebrando regras. Mas, desta vez, a segurança de Ani era uma das regras a que ele desobedecia.

Com meu consentimento.

Quando Irial voltou ao recinto, ela o observou com cuidado. Apesar de toda a sua adoração, ela sabia que raramente ele era influenciado por fragilidade ou delicadeza. Irial não teria mantido o trono da corte dos pesadelos por séculos se fosse facilmente manipulável.

— Você sabe que eu não faria isso se tivesse opções melhores. — As palavras dele não eram mentira, mas também não eram totalmente verdadeiras. A menos que houvesse alguma opção clara que garantisse a segurança de sua corte, ele faria isso — *e coisas muito piores.*

Mesmo assim, o antigo Rei Sombrio ainda pensava nela como uma criança, alguém tolo o bastante para aceitar a falsidade em suas palavras. Ela não era uma criança.

Talvez tola, mas não ingênua, não inocente, não facilmente iludida.

Ela se apoiou na parede. A sala estava fora de foco.

— Você me manteve segura durante minha vida inteira. Manteve Tish a salvo... e Rab... e... está tudo bem entre nós. Tudo bem.

O mundo ao redor girou. O experimento dessa noite começara com ela tão faminta quanto podia aguentar antes da extração de sangue. Não fora o mais desagradável dos experimentos, tampouco fora prazeroso.

Irial andou até a lareira para alimentar o fogo, afastando-se dela para que tivesse privacidade para se recuperar, e perguntou:

— Você está bem?

— Claro. — Ela se sentou, não se sentindo exatamente *bem*. Na maioria dos dias, ficava apenas quase faminta. Durante os primeiros poucos meses de sua fome, alimentara-se de humanos e de uns poucos semimortais. Desde que fora transferida para os cuidados de Gabriel, fora limitada a ponto de sua fome machucá-la fisicamente. Fora mal-alimentada pela emoção que Irial partilhara e o escasso contato que Gabriel, com relutância, permitia a ela manter na corte. Abraços e toques de leve não eram, de forma alguma, suficientes.

Distraída, Irial correu uma das mãos sobre a lateral da lareira de mármore. Como tudo em sua casa, era entalhada com uma variedade de texturas. As pontas afiadas e curvas suaves chamaram sua atenção, mas ela não se aproximou da lareira nem da criatura à sua frente. Em vez disso, foi até uma das cadeiras de couro branco e traçou com o dedo as flores-de-lis cinzentas que mal eram vistas nas paredes.

— Eu sei que isso é... difícil para você, filhote. — Irial se manteve distante, mas permitiu que ela experimentasse todas as suas emoções, alimentando-a para que repusesse tudo que perdera.

Ani encontrou o olhar dele.

— Você pede desculpas a Gabriel quando ele pune criaturas mágicas que precisam disso?

O jogo de luzes e sombras do fogo fazia com que o antigo Rei Sombrio parecesse nefasto, mas seu temperamento não fora incomodado.

— Não.

— Então pare com isso. Farei o que for preciso por minha corte. — Ani combateu o impulso de cruzar os braços, forçou a si mesma a ficar calma, mesmo que ele soubesse exatamente o quão desconfortável ela estava. Os seres encantados da Corte Sombria não se alimentavam de emoções mortais, mas Ani não era inteiramente mortal.

Se Irial não estivesse lá para apoiá-la quando ela fora viver com os Hounds, não sabia ao certo o que teria feito. Ele a ajudou a lidar com suas mudanças, alimentou-a o bastante para manter longe a inanição. Na verdade, se não fosse por ele, Ani provavelmente teria morrido muito tempo antes. Ele a protegera — além de Tish e Rabbit — por quase toda a vida dela. Ani deixou que ele sentisse a onda de gratidão e sussurrou:

— Eu sirvo os desejos da Corte Sombria. Sei que você tem seus motivos.

— Se encontrarmos uma maneira de filtrar seu sangue, ninguém deterá a nossa corte. Niall ficará a salvo. E... — Suas palavras desapareceram, mas a esperança era inegável. Ao contrário de muitas criaturas, Irial estava à vontade com a ciência moderna. Se eles pudessem identificar o componente anômalo em Ani, replicá-lo e introduzi-lo nos demais, as criaturas da Corte Sombria seriam capazes de se alimentar tanto das emoções dos mortais quanto das dos seres encantados. Ficariam saciados. Haviam tentado outro plano, ligando mortais a seres encantados como condutores a partir de tatuagens, mas essas trocas de tinta apresentaram complicações inesperadas.

— Certo. — Ani se levantou. Ela já ouvira as teorias de Irial. Havia pouco que ele pudesse dizer que fosse novidade.

— Você pode nos salvar — disse ele novamente.

Ani não tinha certeza se suas palavras eram verdadeiras. Seres encantados não podiam mentir, mas crença era uma coisa difícil. Se Irial acreditava nas palavras, elas se tornaram absolutas, e ele realmente acreditava que o sangue dela era a solução de que eles precisavam para salvar a Corte Sombria.

— Voltarei mais tarde. Você me dirá — perguntou ela, cruzando os braços como se isso pudesse conter a tremedeira — quando precisar de mim?

— Sua corte precisa de você todos os dias, Ani. Ninguém mais pode se alimentar tanto do toque quanto da emoção. Ninguém mais pode se alimentar de mortais e seres encantados. Você é a chave.

Irial passou os braços ao redor dela e beijou o topo de sua cabeça. Não era muito, mas pequenos toques de uma criatura tão forte alimentavam mais a fome de sua pele do que vários de uma criatura fraca ou um mortal.

Ani ficou parada, grata até pelo contato escasso.

Irial acariciou o cabelo dela.

— Deixe-me manter a promessa de parar as trocas de tinta e proteger meu rei... Nós realmente precisamos de você, filhote.

Ela levantou a vista para ele.

— Contanto que Gabriel e Niall não descubram, não é?

— Por enquanto. — Irial se afastou, as mãos ainda nos ombros dela, e em seguida esticou os braços dela e pegou-a pelas mãos enquanto repetia as mesmas garantias dos últimos meses. — Só por ora. Quando descobrirmos o que há no seu sangue, eles entenderão por que fizemos isso.

Ela assentiu.

Irial a levou à porta.

— Precisa de mais alguma coisa?

Todo o tipo de coisas que ninguém me dará.

Ani não disse nada. Em vez disso, abraçou-o, sabendo pelas constantes rejeições que sua oferta não incluía as outras coisas de que ela precisava. Irial — por todo o seu amor pela corte e pelo rei, por toda sua proteção à família e aos que amava — não queria ouvir do que ela realmente precisava. Ele não partilharia sua cama com ela ou faria com que seu pai permitisse que ela corresse livre com os Hounds.

— Preciso ir — murmurou Ani, então se virou de costas para ele antes que cedesse à tentação de implorar. Ele lhe dera o bastante para evitar a inanição, mas o antigo Rei Sombrio não a ajudaria a saciar completamente seus apetites. Ela teria que encontrar alguns aperitivos aqui e ali para silenciar a perturbação dentro dela.

De novo.

Capítulo 4

Rae adentrou a imagem de uma pequena cozinha. Ani estava na porta, apoiando-se contra o batente. Uma lembrança brincava em uma sala adjacente. O quadro vivo mostrava uma era diferente daquela em que Rae vivera. Mas era familiar: uma imagem que Ani presenciava incessantemente em seus sonhos. Então, Rae esperou que a memória seguisse seu curso.

— *Conte-me sobre ela* — *pediu Ani à irmã.*

— *Quem?* — *Tish parou no meio de um cálculo, o lápis erguido no ar.*

— *Você sabe. Ela.*

Ani fazia piruetas no sofá. Até que Rabbit viesse da loja para lembrá-la de que não deveria fazer aquilo, ela daria piruetas e saltos mortais na sua diminuta sala de estar.

— *Eu tinha seis anos. Como poderia saber?* — *Tish revirou os olhos.* — *Lembro que ela era legal. Lia livros. Havia uma manta que papai lhe dera. O cabelo dela era castanho-claro como o seu.*

— *Papai a visitava?*

— Aham. — Tish se cansara de falar. Sentia uma tristeza que tentava esconder. — Vá ler ou fazer alguma coisa, Ani.

O lápis de Tish arranhava o papel, emitindo um som como o das baratas ao arrastarem suas patas pelo chão ou paredes. Essa era umas das várias razões pelas quais Ani odiava o dever de casa. Mas Tish nunca percebera o quanto o barulho de seu lápis era alto. Seus ouvidos não funcionavam muito bem.

Ani deu um salto para trás e arrancou o lápis da mão da irmã.
— Peguei!
— Devolva!
— Claro... se você me pegar.
Tish olhou para o relógio de relance. Então bufou.
— Como se você pudesse correr mais do que eu.
E Ani se foi, mas não tão rápida quanto poderia porque isso deixaria Tish triste, e entristecer Tish era a única coisa que Ani nunca fazia de propósito.

Pensar em Tish de maneira tão protetora não era tão incomum para Ani, mas cada vez mais as lembranças de diferença, de ter consciência das dissimilaridades em relação à irmã, se tornavam o foco nos sonhos de Ani.

— Ela está bem? Sua irmã? — perguntou Rae, afastando das lembranças a atenção de Ani.

Ani se virou para olhar para Rae.

— Sim, Tish está bem. Sinto falta dela.

— E você? Está bem? — Rae materializou um sofá parecido com um de sua sala de estar, que havia muito já não existia.

Ani se sentou no braço do sofá, equilibrando-se sem nenhum esforço. Mesmo em sonhos, Ani tinha a graça inata de um animal.

— Estou até bem.

O olhar de Ani fugiu de Rae.

Suas palavras não eram uma mentira. Se fossem, a Hound não seria capaz de pronunciá-las. *Mesmo ali.* Elas estavam juntas em um sonho, mas, como Rae era uma andarilha dos sonhos, isso também era um tipo de realidade. *E algumas regras, regras dos seres encantados, são inescapáveis em todas as realidades.*

— Até bem? — Rae anteviu uma boa xícara de chá e uma bandeja de pequenos sanduíches, bolos e outras delícias sortidas. Em sonho, ela podia ajustar o mundo ao seu redor, então as delícias imaginadas apareciam tão rapidamente quanto o pensamento. — Um bolinho?

Distraidamente, Ani pegou um deles.

— É estranho sonhar que estou comendo.

— Você precisava de conforto, então sonhou com comida — disse Rae. Ao contrário dos seres encantados, ela *podia* mentir o quanto quisesse. — Você estava estressada de tanto pensar em sua irmã. Faz sentido.

A Hound deslizou do braço do sofá para o assento.

— Pode ser.

Enquanto Ani se sentava silenciosamente e comia, Rae aproveitou a aparência de normalidade. Se Ani percebesse que Rae não era uma ficção de sua imaginação, elas parariam de falar, mas Rae vinha visitando os sonhos de Ani desde quando ela era uma criança. Ani racionalizara a presença de Rae.

— Acho que estou me sentindo sozinha. — Ani puxou os joelhos para junto do peito, abraçando-os. — Além disso, ficar separada de Tish é... *errado*. E se ela precisar de mim? E se...

— Ela está sozinha?

— Não, mas mesmo assim... — A voz de Ani sumiu, e imagens distorcidas de seus medos se formaram ao redor delas.

Uma criatura sem rosto tentou alcançar Tish.

Mãos cobertas de sangue se dirigiram a Rabbit.

A mãe de Ani, Jillian, jazia morta ao lado de um armário.

Ani estava presa atrás de uma barreira muito pequena enquanto uma criatura sem rosto esticava a mão para alcançá-la.

Diferentes do chá e da comida, essas não eram coisas criadas por Rae. Eram os terrores da imaginação de Ani. Aqui, onde se sentia segura, ela antevia uma mistura de memórias e temores. Rae podia alterar a realidade, mas a mente do sonhador também tinha comando.

— Essas não são memórias reais — lembrou Rae. — Isso *não* é o que aconteceu. Você nem mesmo sabe...

— Ela estava lá e depois se foi. — Ani olhou rapidamente para Rae. — *Havia* um monstro. Tinha que haver. Ele a levou e... fez alguma coisa. Feriu-a. Matou-a. Ele deve ter feito isso. Se ela estivesse viva, teria vindo para casa. Não teria nos deixado. Ela nos *amava*.

— Você é a criatura que cria medo nos outros, não alguém que deveria vivenciá-lo. — Rae se concentrou em refazer a paisagem ao redor dela. Removeu a criatura sem rosto, a mãe morta e as garotas trêmulas. Limpou tudo e, com esperança, também o temor de Ani. — Fale-me sobre a sua corte. Pense sobre o assunto. Diga como vão as coisas com a Caçada.

— Eu participei de outra ronda. Os lobos estavam aos nossos pés, os corcéis eram como sombras... É perfeito quando isso acontece. Quero que seja sempre assim... Quero um corcel, quero ser mais forte, quero... ah... quero tudo. — Os olhos de Ani brilhavam com o verde estranho das bestas da Caçada. Apesar de sua ascendência misturada, seu destino era estar entre as criaturas mágicas. Isso era óbvio para Rae desde a primeira vez que vira a garota.

Ani não sabia nada sobre os votos que eles haviam feito e quebrado para que ela pudesse viver. Mas Rae sabia. Ela se lembrava disso cada vez que Devlin se recusava a falar sobre a Hound, cada vez que se recusava a verificar se ela estava bem. Eles pouparam Ani. Estava chegando a hora em que teriam que lidar com as consequências inevitáveis.

Rae esticou a mão e apertou a de Ani. No cenário onírico em que Rae andava, ela podia fazer isso, tocar outro corpo.

— Você é muito impaciente.

Ani apontou para si mesma.

— Hound. O que você espera de mim?

— Exatamente o que você é — respondeu Rae.

Ani vagou dentro do cenário onírico. Para ela, esse era apenas mais um sonho em que sua mente processava temores e preocupações. E, naquele momento, Ani não queria lidar com aquilo. Então se afastou.

Rae seguiu Ani no que parecia agora uma vasta floresta escura.

O tempo estava acabando, e nem Devlin nem Ani estavam perto de achar seu devido lugar. *E eu não posso dizer isso a eles sem desfazer tudo.*

Das profundezas da floresta, cantos de lobos surgiram. Um espaço entre as árvores se abriu, e enquanto Rae andava podia ouvir as solas dos pés na trilha coberta por agulhas. Rae tremia conforme os lobos se aproximavam. Ao seu lado, Ani suspirou: os lobos eram um conforto para ela.

Ani girou para encarar Rae e falou sem pensar:

— *Você* acha que o monstro era a Alta Corte? Eles odeiam a minha corte. Sequestram semimortais. Eles *são* monstros.

— Monstros são assim chamados por aqueles que definem as coisas. — Rae ficou tensa quando um brilho sulfuroso verde iluminou os olhos de todos os lobos na floresta. — Os mortais escrevem histórias sobre a beleza do Mundo Encantado, das delicadas criaturas mágicas de outras cortes, e as criaturas da *sua* corte são os demônios.

— Ele não era da *minha* corte. Disso eu tenho certeza. — Ani se agachou no caminho, e os lobos começaram a se aproximar lentamente, vindos da floresta. Seus focinhos cutucavam Ani e Rae. Os flancos dos corpos peludos se esfregavam nelas. Uivos se juntaram em uma cacofonia.

Ani abriu os braços para os lobos. As criaturas começaram a cercá-las em um borrão de dentes brancos e olhos verdes, pelo almiscarado e gargantas rosnantes. Eles iam cada vez mais rápido, apertando-se contra Ani.

Rae se imaginou fora do círculo, a uma boa distância, trilha acima.

Um por um, cada lobo mergulhava no centro de Ani e desaparecia. Eles eram uma parte dela, a parte que podia despertar e mudar o mundo.

Se. Essa era a pior parte de saber: a consciência de que o futuro que Rae queria tão desesperadamente era apenas um "se". Ela não sabia quais eram as outras possibilidades, mas sabia que o futuro que vislumbrara rapidamente era aquele que queria, em que ela teria autonomia pela primeira vez. *Por favor, Ani.*

— Espero que você seja capaz de perdoá-lo — sussurrou Rae. — Ele não é um monstro. Nem você.

E então ela se foi da mente de Ani.

Após ter estado na floresta de sonhos, sua caverna parecia ainda mais enclausurante. Rae andou pelo perímetro, contando os passos como se murmurar números fizesse o pequeno espaço parecer, de alguma forma, maior. Não funcionou.

Escuridão, a hora dos sonhos, era o lugar de direito de Rae, mas nas últimas semanas Sorcha insistia em que houvesse apenas algumas poucas horas de escuridão no Mundo Encantado. A lua não passava por suas fases normais. Em vez disso, estava quase sempre cheia no céu, espalhando luz prateada sobre todos como se estivessem presos em um dia sem fim. E sem o escuro Rae estava presa, aprisionada na pequena caverna que era seu cárcere.

— Rae? — Devlin estava na entrada da caverna. A luz vinda de fora brilhava ao redor dele, iluminando-o e tornando a sua aparência mais sobrenatural. Seu cabelo branco crespo, bagunçado, se opunha um pouco à aspereza de seus traços, mas não a ponto de os ângulos afiados de suas bochechas parecer humanos.

— Você está aqui. — Rae trocou de roupa para combinar com os trajes mais formais de Devlin. Seu vestido era rosa-chá com uma bainha que varria o chão, e, embora a cintura fosse apertada, o corpete era recatado. O cabelo dela, cujo comprimento quase tocava o chão, estava preso para cima com pentes dourados. O único enfeite além dos pentes era uma fita preta com um camafeu em volta do pescoço. Se Devlin olhasse de perto, veria que era sua própria imagem em marfim.

A tensão de sua boca se suavizou.

— Você não precisa trocar de roupa por minha causa.

— Eu sei — mentiu Rae. Ela *precisava* trocar de roupa se isso abrisse o sorriso que desejava. O estresse dele era tanto que seus ombros estavam rígidos.

— Tenho que ir até o mundo mortal de novo.

Rae ficou imóvel.

— De novo?

Devlin adentrou mais nas sombras da caverna.

— Não sei ao certo quanto tempo ficarei fora desta vez.

— Há algo errado com a Rainha da Alta Corte. Ela mal diminui a luz. — Rae não conseguia enxergar além da fenda por onde Devlin entrara. A claridade que escorria pela pequena fissura era dolorosa para ela. Olhar direto para a claridade total poderia cegá-la.

— Luz a deixa calma. A escuridão a faz se recordar de sua irmã gêmea. — Ele estava fora da luz agora, sua simples presença mais reconfortante do que a de qualquer um. O assassino da Alta Corte era amigo dela, seu companheiro, seu único conforto em um mundo que — mesmo após décadas — ainda fazia muito pouco sentido para ela.

Rae se apoiou numa pedra plana de um lado da caverna.

— Eu poderia ir com você.

Devlin manteve distância.

— E se você fosse sugada de volta para seu corpo por estar no mundo mortal?

— *Se* eu fosse sugada para meu corpo, o que eu não acho possível, suspeito que morreria.

Ela se aproximou um pouco mais dele.

Devlin não recuou.

— E eu não quero que isso aconteça.

Por um momento, eles ficaram em silêncio. Ela odiava ser deixada sozinha no Mundo Encantado, temia a Rainha da Alta Corte, preocupava-se com Devlin e desejava poder ir para o mundo mortal.

Com cuidadosa deliberação, Rae se aproximou dele novamente. Se ela fosse sólida, sua saia estaria sobre os pés dele.

— Pode dar uma olhada nela? Ani é importante. Procure-a pelo menos uma vez.

— Não faça isso. — A voz de Devlin tinha o tom de fuga que sempre adotava quando Rae abordava assuntos proibidos.

— Você está cometendo um erro — sussurrou ela. — Você a salvou. Tem que...

— Não. — Devlin virou as costas para ela e se afastou, recuando quase até a luz do sol na entrada da caverna. — Fiz como você desejava. Ela vive. Nada mais é exigido.

Rae levantou uma das mãos, mas não o seguiu. Não importava: ela não conseguiria tocá-lo, não poderia forçá-lo a encará-la. Sem a ajuda de Devlin, ela não tinha matéria, fisicamente falando.

Sem ele, não tenho nada.

— Posso dar uma caminhada? Antes de você ir? — Rae tentou fazer seu convite soar casual. Era algo que percebera cedo: não podia agir como se as coisas fossem importantes.

Para nenhum de nós.

Ele se virou. Um vislumbre de alívio, tão breve que mal foi visto antes de desaparecer, atravessou a face impassível de Devlin.

— Se isso acalmar você...

— Acalma — Rae lhe assegurou. Ela não deu voz ao fato de que acalmaria *ambos*. Devlin não teria ficado tão pensativo se não procurasse o alívio. Ele precisava de uma desculpa e de um convite. A menos que fosse por manobras políticas, pela capacidade de mentir, Devlin nunca admitiu querer a trégua que a possessão de Rae permitia aos dois. Permitir que ela se aproximasse dele e que o possuísse lhe deixava livre das normas sufocantes do Mundo Encantado. Dava a ele uma desculpa para aproveitar o legado de sua *outra* irmã sem enfrentar as consequências.

— Tudo bem. — Devlin ficou parado, imóvel como somente um ser encantado poderia ficar.

Ela atravessou a caverna como se pudesse tocar o chão de pedra. Mediu cada passo, como vinha fazendo para ter um pouco de paz, contando-os como se fizesse parte dos bailes que frequentava havia muito tempo, quando ainda tinha um corpo. As saias balançaram, e a ilusão fez com que ela se sentisse mais próxima de ser tangível.

Os lábios de Devlin se abriram o bastante para que um suspiro escapasse quando Rae ficou diante dele, cara a cara. O corpo dele se tensionou, antecipando o que estava por vir. Suas pupilas dilataram com o fluxo de adrenalina liberado pelo medo e excitação.

Ela escorregou para dentro do corpo dele, empurrando Devlin para as profundezas de sua própria mente e animando o corpo como se pertencesse a ela. Podia senti-lo, conversar com Devlin dentro do corpo dele, mas ele não controlava os movimentos. *Ainda não.* Depois de tantas vezes dentro de Devlin, ele lhe parecia tão familiar quanto o seu próprio corpo. *Mais, talvez.*

Ela não perguntou aonde ele queria ir. Se perguntasse, Devlin fingiria não ter nenhum interesse no que ela fazia com o corpo dele, mas ela o sentia, observando e guiando emoções que ambos sentiam durante a ocupação compartilhada. Era a única ocasião dentro do Mundo Encantado em que ele podia se deixar levar por emoções – porque não era ele quem escolhia ceder.

– No mundo mortal, você não é tão cauteloso – sussurrou ela. – Eu sei dos seus segredos, Devlin. Vi as lembranças. As autossatisfações...

– O que faço lá não tem consequências – murmurou ele. – Eu faço o que minha rainha ordena primeiro. Sirvo minha...

– Não estou criticando. Acho que você *deveria* mesmo buscar prazer para si mesmo. – Rae se alongou, aproveitando o peso de vestir ossos e músculos de novo. Ela esticou as mãos e tocou as pedras que se projetavam de maneira irregular na caverna. Era dentro da encosta de uma montanha, fora da vista da Rainha da Alta Corte ou talvez simplesmente não merecedora de sua atenção. Como a rainha, Devlin podia curvar a realidade no Mundo Encantado a seus comandos se quisesse, mas ninguém, exceto Rae, sabia disso. Por respeito a sua rainha, escondia a verdade de todos.

– Ah, as coisas que poderíamos fazer se você não fosse tão obstinado, Dev – disse ela. – O mundo seria nosso. Sem limites. Pense na liberdade, nos prazeres...

— Não vou passar o dia todo assim, Rae — falou ele. — Ou discutindo isso de novo.

— Apenas porque você sabe que estou certa e porque terá que admitir ou mentir para mim... o que você não pode fazer. — Rae deu um sorrisinho e, como se chutasse algo, tirou as sandálias que Devlin calçava. Eram muito utilitárias, muito restritivas. Com os pés descalços, Rae caminhou para fora da entrada da caverna, entrando na claridade do Mundo Encantado. Era escandalosamente delicioso não ter nada nos pés. Isso teria chocado a todos que ela conhecera no mundo mortal.

— Eu sirvo à Rainha da Alta Corte. Foi a escolha que fiz — repetiu ele, como de costume.

— Algumas opções podem ser armadilhas. Acha mesmo que é prudente você se manter inabalavelmente fiel a determinada coisa, apenas porque uma vez achou que era o certo? Há outras escolhas.

— Chega, Rae. — Ele levantou a voz dentro do corpo deles. — Podemos não... discutir? Leve o corpo aonde você desejar. Devlin pareceu tão cansado quanto esperançoso.

Rae ouviu a esperança na voz dele. Era um progresso pequeno, mas, ainda assim, um progresso.

Capítulo 5

Ani e Tish atiraram-se rua abaixo em direção ao Ninho do Corvo. Não estavam exatamente correndo, mas era bem mais rápido do que andar. Ani teve que se controlar, forçar seus pés a se mover mais devagar para se manter ao lado de Tish. Não costumava ser assim, mas durante o último ano Ani mudava mais e mais a cada mês. Tish não.

Ani sempre fora um pouco diferente, mas nada que chamasse atenção. Ela era apenas parte de Ani-e-Tish, as "Gêmeas-Problema" – ainda que Tish fosse, na verdade, três anos mais velha. Como elas tinham dificuldade em ficar separadas, Tish ficou em casa por dois anos a mais antes de começar a escola. Ela ajudou Ani com os estudos e a respeitar as regras do mundo mortal, e Ani manteve Tish a salvo de perigos e do tédio. Era assim que funcionava. E *funcionava* – até que Ani mudou demais.

– Ani? – A voz de Tish estava ofegante. – Mais devagar!

– Foi mal. – Ani diminuiu o passo, olhando adiante para o grupo de pessoas do lado de fora do Ninho do Corvo. Mortais. Quase todos lá eram mortais, mas isso não incomodava Ani. Todas as criaturas mágicas detectáveis temiam Gabriel *e* Irial, mas mortais não sabiam nada sobre a Corte Sombria. A maioria não tinha nem consciência da existência de criaturas mágicas, o que os tornava a melhor diversão da cidade.

— ... Rabbit está preocupado com dinheiro. — A respiração de Tish estava pesada, apesar de Ani andar ainda mais devagar.

— Dinheiro?

— As coisas estão difíceis, mas ele ainda fala como se eu — disse Tish, lançando um olhar suplicante para Ani — devesse ir para a faculdade ano que vem. Não muito longe nem nada, mas... *fora daqui*.

Ani manteve o rosto tão sem expressão quanto pôde.

— Ah, então você quer... quer dizer... se é isso que você quer, que bom.

— Eu quero, mas não gosto de ficar longe de você, Rab, Iri ou papai, ainda mais ultimamente. Odiava quando o Inverno era constante, mas, pelo menos, naquela época, sabíamos o que esperar. Com as cortes todas rosnando umas para as outras... Não sei bem se quero me afastar. — Tish olhou para baixo brevemente, sem dizer as coisas que elas não podiam, sem admitir que era fraca demais para se defender.

Ani diminuiu o ritmo de sua caminhada, tornando-o quase casual. Ter Tish fora do alcance amedrontava Ani. Mas pensar em Tish fora do conflito crescente em Huntsdale era uma ideia tentadora. Ani não deu voz a esse pensamento. Ninguém — sobretudo Ani — estava disposto a permitir que Tish fosse para algum lugar em que ficasse desprotegida.

— Eu poderia ir — sugeriu Ani. — Não para a *faculdade*, mas poderia arrumar um emprego ou algo assim. Podemos arrumar um apartamento. Ah, talvez em Pittsburg, perto de Leslie, ou em Atlanta! Você passaria tranquilamente para lá, se quisesse.

— *Você* não poderia — disse Tish suavemente. — Não mais.

— Tanto faz. — Ani não queria falar sobre *aquilo*. Não poderia se passar por mortal: qualquer criatura que a visse saberia, mas ela também estava sob a proteção do mais forte dos seres da Corte Sombria. Fora de Huntsdale, ficaria vulnerável.

— Talvez em poucos anos eu possa ir. — Tish a abraçou.

— Ficará melhor sendo o que você é, Ani. Sei que sim. Será mais fácil.

— O que for melhor para você será o que faremos. — Ani forçou um sorriso nos lábios.

Era uma questão de tempo até que se separassem. Semimortais às vezes eram fortes, mas semimortais poderosos da Corte Sombria eram alvos frequentes de solitários ou sequestradores da Alta Corte. *Não tão fortes para serem verdadeiramente da Corte Sombria, mas muito ameaçadores para viverem fora dela.* A proteção de Irial as manteve seguras — e bem-escondidas — pela maior parte de sua vida. Então Ani se transformou e teve que se mudar para longe de sua família. Rabbit e Tish não eram encantados o suficiente para precisarem estar junto à corte, e Ani era encantada demais para viver fora dela. Rabbit não precisava, Tish também não. E agora que Ani vivia com os Hounds, Rabbit podia se mudar para algum lugar longe de Huntsdale. *Para que Tish fique segura.*

Ani não era culta, mas agora entendia algumas coisas que não conseguia quando eram filhotes: Tish era quase mortal, e Rabbit sabia o quão diferentes as duas garotas eram uma da outra bem antes de elas mesmas perceberem. Ele não falava sobre essas coisas, e Ani não fazia nada que demonstrasse como era diferente de Tish. Manteria isso em segredo o quanto pudesse, pelo tempo que conseguisse. A vida se resumia a segredos e fingimentos. Fora assim desde a morte de Jillian.

Jillian não era nem mesmo um rosto nas recordações de Ani. Era mãos e palavras muito rápidas tentando fazer com que Ani-e-Tish – os nomes delas já eram uma palavra só naquele tempo – se escondessem. Dizia: "Fiquem quietas, por favor, bem quietinhas como se vocês fossem coelhinhos. Podem fazer isso pela mamãe?"

E depois, quando eram só Ani e Tish, quando Jillian nunca mais retornou para abrir a despensa onde as meninas haviam ficado imóveis, aguardando, Ani se lembrou dessa parte também. Tish estava triste, machucada em algum lugar por dentro que Ani não podia curar. Ela fingiu ser forte por Ani. Tish se agarrou à irmã e mais tarde naquela noite discou no telefone o "número especial para quando houver problemas". Foi quando Irial veio e as levou para Rabbit. Foi quando Irial as deixou em uma nova casa, em segurança.

Tish não se lembrava daquele dia. Ela o apagara de sua memória, o trancafiara em algum lugar. O *antes* e o *depois* eram o que recordava: Irial, Rabbit e uma nova casa. Tish nunca se lembrara das outras partes.

Ani sim.

Lembrar-se de Jillian não ter voltado para casa fez com que Ani se sentisse ofendida. O dia em que Jillian se fora e Tish ficara triste era a primeira memória completa que Ani tinha. A vida, segundo suas lembranças, começara para Ani, naquele momento.

— Ei, está tudo bem com você? — Tish pegou a mão de Ani e a puxou para o lado de um grupo de rapazes que iam para a boate. — Você não ouviu nenhuma palavra do que eu disse, não é?

— Desculpe, mana. — Ani exibiu um sorriso falso. — Toda essa coisa sem sentido com Gabr...

— Papai — corrigiu Tish.

— *Gabriel* não me deixar relaxar com nenhum dos Hounds me tira do sério. — Ani achava cada vez mais impossível mentir conforme ficava mais velha, mas percebera a importância de desconversar anos antes. Ela estava triste com Gabriel. Podia não ser o que pensava, mas era uma declaração verdadeira.

— Ele é uma boa pessoa. Dê a ele uma chance.

— Ele nunca foi um bom pai, não como Rabbit.

Ani não queria admitir, nem mesmo para Tish, que viver na Corte Sombria não era tudo o que ela sonhava. Estar cercada pelos Hounds e pela Corte Sombria deveria fazer com que ela se sentisse menos sozinha, mas o que acontecera fora exatamente o oposto.

— Não é como se eu fosse um filhote. E ele não permitir que eu e você habitemos o mesmo lugar, me mantendo longe de você e de Rab, não é legal.

— Eu também sinto sua falta. — Tish sempre dava voz às coisas com que Ani não conseguia lidar ou até mesmo admitir que precisava lidar.

Ani apoiou o ombro contra a parede, aproveitando a sensação das pontas ásperas dos tijolos contra suas costas nuas. Isso a ancorava ao *presente* — onde ela deveria estar, não em memórias que era melhor deixar quietas.

— Você está se virando bem? — Tish gesticulou vagamente. Elas nunca conversaram de fato sobre o jeito como Ani desejava contato ou sobre as consequências de ela consegui-lo em excesso.

— Claro. — Ani observou um grupo de rapazes se dirigindo à porta. Não eram bonitos para os parâmetros das criaturas encantadas nem banquetes emocionais, mas eles procuravam sexo. Para ela, naquele momento, era o bastante. *Tinha que ser.* Ela podia experimentar cada um deles, um toque aqui e uma emoção acolá, para controlar o apetite.

Não ambos. Nunca ambos vindos da mesma pessoa.

Ela cruzou o braço com o de Tish.

— Venha.

Glenn estava trabalhando na porta. Ele recuou quando elas se aproximaram.

— E hoje parecia uma noite tão boa.

— Idiota. — Tish se acomodou nos seus braços abertos. — Você sentiria minha falta se eu não passasse aqui.

— Claro, mas quando você está com a sua parceira de crime... — Ele passou o braço com familiaridade em volta da cintura de Tish e a ergueu em seu colo.

Ani inclinou a cabeça inquisitivamente. *Isso é novidade.* E Ani não a tinha percebido porque viver com os Hounds significava não ver sua irmã mais do que uma vez a cada duas semanas.

Tish sorriu, satisfeita, enquanto Glenn a abraçava.

— Ei. — Glenn beijou a testa de Tish e então deu uma olhada nas pessoas e sombras no lugar. Ele não se envolvia em qualquer que fossem os negócios que aconteciam sem que ele visse, mas o comércio dentro da boate era proibido.

— Você não vai dar um abraço em Glenn? — Tish se fez de tímida e bobinha, interpretando seu papel tão facilmente como se suas saídas ainda fossem uma coisa diária. — Deve fazer, tipo, semanas.

— Você a ouviu. Venha cá. — Glenn estendeu o outro braço.

Ani se inclinou mais para perto, aproveitando a sensação de encostar no braço desnudo e no peito parcialmente nu dele. Glenn usava uma camisa sem manga, presa por apenas um botão. Ele recebera o surpreendente retorno do verão como a maioria dos mortais: expondo uma boa porção de pele.

Glenn ergueu Ani, mas abraçou Tish com mais força.

— Tenham cuidado aí dentro. As duas. — Ele encarou Ani. — Estou falando sério.

Tish o beijou.

— Faremos o melhor que pudermos.

— É com isso que me preocupo — murmurou Glenn.

— Nós só vamos dançar, Glenn. — Ani pegou a mão da irmã e empurrou a porta, abrindo-a. — Prometo que ela ficará bem.

— Você também — disse Glenn.

Mas a porta estava aberta, e a multidão de corpos estava bem ali. Tudo o que Ani pôde fazer foi responder:

— Claro.

A banda tocava um punk de estilo antigo e havia um espaço vazio para se meterem. *Perfeito*. Com um gritinho alegre, Tish empurrou Ani para a frente, para dentro do amontoado de gente.

Capítulo 6

Devlin procurava Seth enquanto passava em meio ao monte de mortais no Ninho do Corvo. Era menos complicado esperar Seth ali. A alternativa era ir até a Corte Sombria, e lidar com eles podia ser bem complicado. Niall, o Gancanagh que vivera no Mundo Encantado e agora governava a Corte Sombria, mudara. Seus anos com Irial, séculos aconselhando o Rei do Verão, e sua recente ascensão ao trono da Corte Sombria se combinaram para criar um monarca encantado em quem não se podia confiar.

Não que Seth fosse de confiança também.

Seth era amado pela Rainha do Verão, fora presenteado com a Visão pela Rainha do Inverno e declarado "irmão" do Rei Sombrio. Em vez de anular a ameaça que representava um mortal circulando entre todas as cortes, como Sorcha deveria ter feito, a Rainha da Alta Corte o transformara em uma criatura mágica e o convidara para sua corte. Devlin não podia evitar questionar a lógica de algumas das decisões que ela vinha tomando ultimamente.

Mortais esbarraram em Devlin, e ele teve que lembrar a si mesmo de que os realocar fisicamente era considerado uma conduta agressiva no reino mortal, *e* que agressividade não era uma qualidade que ele supostamente deveria demonstrar. Ele abriu caminho em meio à multidão.

Com o barulho estrondoso da música, as sombras e as lanternas, o Ninho do Corvo evocava o lado discordante de sua linhagem.

— Estou procurando Seth — disse ele à atendente do bar.

— Ainda não chegou. — Ela deu uma olhada no pulso dele, tentando encontrar a pulseirinha de idade que indicaria se ele poderia ou não consumir bebidas alcoólicas.

Devlin mudou de aparência para que ela visse a brilhante tira de plástico, branca sob as luzes negras que iluminavam o bar.

— Vinho. Branco. — Ele pôs uma nota sobre o bar.

— Quer troco?

Ele sacudiu a cabeça. Pagar por álcool era estranho. No Mundo Encantado, tais transações eram desnecessárias. O que qualquer um quisesse simplesmente era providenciado.

A atendente apanhou uma garrafa de chardonnay, encheu um copo de coquetel e o colocou sobre o bar. Era um vinho barato em um copo errado, mas ele não esperava muito mais do Ninho do Corvo. Sua mão ainda envolvia o copo pequeno quando Devlin o segurou pelo outro lado, entrelaçando os dedos aos dela, prendendo sua atenção.

— Sou Devlin.

Ela fez uma pausa.

— Eu me lembro de você.

— Que bom. Diga a ele que estou aqui — disse Devlin.

Ela assentiu e se virou para o próximo cliente.

Nem o porteiro nem a atendente de bar haviam visto Seth, mas, entre eles, Devlin tinha certeza de que Seth saberia que ele o procurava assim que chegasse.

Com o drinque na mão, Devlin se retirou para um canto. Algo na boate estava lhe dando vontade de começar uma briga.

Ele olhou por sobre a multidão, mas não foi Niall ou Seth que ele viu na pista: Bananach estava nas sombras, do outro lado do salão. A presença dela explicava o impulso de violência. Da mesma forma que estar perto de Sorcha o acalmava, aproximar-se de Bananach despertava sua agressividade.

Se Sorcha soubesse que sua irmã gêmea louca estava na boate preferida de Seth, a ilógica ansiedade que atormentava a Rainha da Alta Corte ultimamente pioraria. Se Bananach ferisse Seth, Sorcha ficaria... Ele não conseguia nem imaginar *como* ela ficaria. De qualquer forma, tinha certeza de que precisava convencer Bananach a deixar o lugar antes da chegada de Seth. Seria preferível que ele retornasse ao Mundo Encantado – pelo menos até que acabasse a probabilidade de uma verdadeira guerra no mundo mortal. Se Seth fosse ferido, era muito provável que Sorcha se envolveria pessoalmente em uma batalha contra Bananach, e *aquilo* poderia não terminar bem para ninguém.

Devlin não respeitou as delicadezas sociais ao se dirigir em direção à Bananach. Em vez disso, invocou o encanto ao seu redor como uma sombra para ocultar sua presença e empurrou mortais para fora de seu caminho.

Uma agressão lógica e necessária.

— Irmão! — Bananach sorriu para ele e casualmente nocauteou um mortal para o chão.

Uma pequena briga estourou quando dois caras culparam um ao outro. Um deu um soco. O que estava no chão se levantou, cambaleando.

— Como você está, Irmã?

— Estou bem. — Ela estalou o pulso e fez um pequeno corte em um mortal que ainda não estava envolvido na briga. Nao era uma ferida grande, mas seus dedos com pontas de garras estavam ensanguentados. Nem sua presença nem a confusão eram aleatórias, mas ele ainda não sabia ao certo quais eram os planos dela, apenas que ela tinha um. Uma guerra pode começar na loucura, mas para ir adiante é necessário planejamento — e Bananach era a materialização da guerra.

Sua loucura intermitente se tornava cada vez mais descontrolada conforme ela se tornava mais poderosa. A presença visível de sua força estava em suas asas escuras — que não eram mais sombras. Elas se tornaram quase materiais. Bananach ganhava força a partir dos crescentes conflitos e desentendimentos entre as cortes, e sua força a tornava capaz de aumentar os conflitos. Era um ciclo mortal — um ciclo que ele não sabia como terminar. Bananach manipulara as cortes, facções dentro das cortes e sua irmã até que estivessem no precipício da guerra. Ele presenciara a irmã agir assim ao longo dos séculos, mas dessa vez temia que não escapassem sem evitar mais mortes do que ele conseguiria aceitar. A última vez que ela fora tão efetiva foi quando a já morta Rainha do Inverno, Beira, assassinou o último Rei do Verão, Miach. Miach representava a oposição à Beira, era seu amante e pai de seu filho. As consequências dessa morte criaram um desequilíbrio entre as cortes por nove séculos.

Devlin puxou uma cadeira para a irmã. Quando ela se sentou, ele arrastou outra cadeira e se sentou ao seu lado.

— Você queria brigar?

— Não com você, querido. — Ela acariciou distraidamente a mão dele enquanto observava os mortais lutando. — Se a Corte Sombria pudesse se alimentar de emoções de mortais e de criaturas mágicas... isso *mudaria* as coisas, não mudaria? Imagine se eu pudesse fazer isso.

— Eles não podem. *Você* não pode — ressaltou Devlin. A Corte Sombria se desenvolvia em tempos de discórdia, mas o acesso ao montão de mortais ao seu redor lhes era negado.

— Talvez. — Ela traçou uma linha pontuda pelo antebraço com um dedo cuja ponta era uma garra. — Ou talvez eu só precise do sacrifício apropriado. — Ela esticou o braço, virando-o de forma que o sangue pingasse no copo dele. — Sangue fortalece o Mundo Encantado. *Ela* esquece, finge que não é como nós.

Devlin envolveu com a mão a taça de vinho e sangue que agora se misturavam.

— Sorcha *não* é como você, e você... — disse Devlin, erguendo a taça em um brinde — não é como ela.

Guerra apunhalou um mortal que passava.

— Somos todos, seres encantados, mortais e *outras* criaturas, parecidos. — Ela se levantou e apunhalou o mortal uma segunda vez. — Lutamos. Sangramos. — Olhou ao longo do salão para alguém e riu. — E alguns de nós vão morrer.

O mortal pressionou a lateral de seu corpo com a mão, mas o sangue não desceu mais devagar.

— Venha jantar comigo em breve, meu precioso. — Bananach se inclinou e pôs a mão ensanguentada em forma de concha na bochecha de Devlin. Ela se endireitou. — Olá, meu lindo carneirinho.

Seth veio até eles, olhando para Bananach.

— Vá embora *agora*.

Devlin deu um passo na frente de Seth, bloqueando seu acesso a Bananach. Apontou para o mortal no chão.

— Este aqui está ferido.

Seth ergueu um punho.

— Por causa dela.

— Você pode ajudá-lo ou discutir com Guerra — disse Devlin. — Não pode fazer as duas coisas.

Seth fechou a cara.

— E você não fará nem uma coisa nem outra.

— Essa não é a minha função. — Por um momento inesperado, Devlin imaginou se o garoto às vezes mortal, às vezes encantado, enfrentaria Bananach ou salvaria o mortal ferido. Ele tinha esperanças de não precisar livrar Seth das garras de Bananach essa noite.

Ele é racional o bastante para sacrificar um mortal a fim de atacar Bananach ou bondoso para salvar o mortal e planejar enfrentar Bananach mais tarde?

Depois de um vagaroso olhar de desdém para Devlin, Seth ergueu o mortal ferido.

— Pelo menos me ajude a levá-lo até a porta.

Bananach chegou para o lado e ficou observando, um sorriso perplexo nos lábios. Ela, sem dúvida, avaliara as possibilidades também. O conhecimento das ações de Seth seria considerado em sua próxima manobra. A estratégia para maximizar o conflito exigia habilidade e paciência.

Devlin abriu caminho para que eles não fossem empurrados. Não era bem o jeito como ele esperava que a noite decorresse, mas sua meta primária fora atingida: Seth não estava ferido. Considerando todos os fatores, tudo estava tão bem quanto podia.

Então ele *a* viu.

Seth deu um passo à frente de Devlin, bloqueando a visão de tudo o mais por um momento.

– Espere aqui! – Seth mudou de braço para segurar o mortal ferido. – Vou levá-lo até...

Mas o restante das palavras ditas foi perdido por Devlin: a garota riu, alegre e livre. Distraidamente, ele assentiu e se aproximou da multidão. Aproximou-se dela.

Ani.

Ela tinha cortado o cabelo: fora aparado bem curtinho atrás, de forma a emoldurar seu rosto, mais longo na frente, para que as pontas pintadas de rosa pudessem roçar o contorno de sua mandíbula. Suas feições eram muito comuns para serem bonitas de fato, mas ainda assim eram muito encantadas para serem verdadeiramente comuns. Se ele já não soubesse que ela era uma semimortal, uma olhada em seus olhos grandes demais e estrutura óssea angular seria o bastante para suspeitar de sua ancestralidade mágica.

Ani. Aqui.

Ao lado dela estava seu irmão, o tatuador que ligara mortais a seres encantados com as amaldiçoadas trocas de tinta e criara suas irmãs semimortais como se fossem suas próprias filhas.

— Rabbit! De onde você veio? — Ani sorriu para ele.

— Você deveria ter ligado há uma hora.

— Sério? — Ela inclinou a cabeça e arregalou os olhos de modo suplicante. — Talvez eu tenha esquecido.

— Ani. — Rabbit olhou para a irmã. — Nós conversamos sobre isso. Você precisa me avisar quando Tish estiver com você.

— Eu sei. — Ela não estava nem um pouco arrependida. O queixo, erguido; e os ombros, eretos. Em uma matilha, obviamente seria o lobo alfa. Mesmo com seu irmão mais velho, tentava desafiar a ordem dominante. — Queria que você viesse com a gente, de qualquer forma, e, se eu não ligasse, sabia que você...

— Arrastaria você para fora daqui — rosnou Rabbit para ela.

Ani ficou nas pontas dos pés para beijá-lo no queixo.

— Eu sinto sua falta. Fica? Vamos dançar.

A expressão de Rabbit se suavizou.

— Uma música. Eu ainda tenho que trabalhar hoje à noite.

— Está certo.

Ani pegou as mãos da irmã, Tish. Elas empurraram uma outra garota na direção de Rabbit, em seguida puxaram vários mortais em sua própria direção, e todos se contorceram como se fogo queimasse sua pele. A dança delas era alegre e livre, de um jeito que Devlin admirava.

Quero juntar-me a ela. Ele percebeu de estalo. A Hound era da Corte Sombria, mortal, predadora, uma variedade de coisas que ele não deveria achar atraente. *Ou bonita.* No entanto, achava. A liberdade e a agressividade de Ani tornavam-na a criatura mágica mais bonita em que ele já pusera os olhos. Devlin desejava poder entrar em seu mundo, nem que fosse por um instante. Era um impulso anormal: Ani não deveria prender sua atenção como fazia naquele momento. *Ninguém deveria. Isso não tem lógica alguma.*

Quando a música acabou, uma garota mortal sussurrou no ouvido de Rabbit. Ele pousou o braço nos ombros dela, mas antes de ir parou para dizer às irmãs:

— Comportem-se. Estou falando sério.

Ambas assentiram.

— Ligue se precisar de mim — acrescentou ele. Então guiou a mortal pela multidão.

A música recomeçou, e Tish deu um tapinha no ombro de Ani e disse:

— Dance, bobinha.

Ani simulou um rosnado, e ambas deram risinhos.

Devlin observava Ani, arrebatado como nunca se sentira antes. Ela não deveria nem estar viva. Se ele tivesse obedecido a sua rainha, estaria morta há muito tempo. Mas aqui estava ela, viva e *vibrante*.

Depois da primeira vez, ele nunca mais a procurou. Vira-a somente de passagem, mas se manteve distante. Seu único encontro intencional com Ani acontecera quando Sorcha o enviara para matá-la — o que ele não fez —, mas, ao observá-la naquele instante, imaginou se deveria corrigir o erro.

O pedido de Rae era o de poupar Ani, não o de deixá-la viver para sempre.

A brecha estava lá. Sempre estivera. Ani era a prova da falha de Devlin, a evidência de seu fracasso e a criatura mais cativante que ele já vira.

Capítulo 7

Ani se perdeu na música e no mar agitado de corpos por horas. Boates eram essenciais conforme seu apetite ficava mais intenso. Quando Gabriel a tirara de sua casa com Rabbit, sua família e a corte agiram como se sua capacidade de se alimentar de emoções mortais fosse um segredo que ela escondera. Não era: era novidade. Uma necessidade por toque aumentara nos últimos meses, e ela não podia controlar os dois apetites com segurança. Vinha tentando e falhando desde que os notara pela primeira vez.

— Você se importa de a gente sair daqui de novo? — gritou Tish no ouvido de Ani.

Tish apontou para o fim da multidão. Glenn estava em mais um intervalo e, como em todos os outros, procurava por Tish. Toda vez que ele rumava em direção a elas, Tish perguntava, e, toda vez, Ani sacudia a cabeça. Ela nunca se colocaria no caminho de qualquer coisa que fizesse sua família feliz.

Antes que Tish pudesse alcançar a mão de Glenn, um cara qualquer com roupas em estilo punk agarrou Tish pelo quadril.

Ani rosnou tão alto que Tish se alarmou:
— Ani!
Forçando-se a controlar seu temperamento, Ani levou o olhar até a irmã. O cara disse algo grosseiro e foi embora.
— Olhos! — sibilou Tish. — Olhos. Agora.
— Desculpa. — Ani fechou os olhos, espantando o verde sulfuroso que sabia que Tish tinha visto de relance.
— Estou bem, NiNi — assegurou Tish. Inclinou-se para perto e sugeriu: — Mas você deveria comer.

Ali, em meio à multidão e cercada por corpos, Ani podia deixar seu apetite correr um pouco solto. Ela era membro da Corte Sombria o bastante para se beneficiar da onda de emoções, Hound o bastante para engolir a sensação do toque e peculiar o suficiente para fazer isso tanto com mortais quanto com seres encantados. O Ninho do Corvo lhe oferecia tudo isso.

Ani abriu os seus olhos, novamente castanhos.
— Você está bem? — perguntou Tish. — Posso ficar com você. Rab está indo pra casa agora que sabe que estamos bem, e...

Ani sacudiu a cabeça.
— Estou bem. Continue.
— Se você...
— Vá. — Ani empurrou, com delicadeza, a irmã para o abraço de Glenn.

Ele lhe lançou um olhar questionador. Podia não saber o que ela era ou do que precisava, mas a conhecia por tempo suficiente para reconhecer que estava a ponto de criar problemas.

Como qualquer um dos Hounds suporta isso? Gabriel lidava com aquilo lutando. Rabbit, tatuando. E Tish não parecia ter apetite por pele. Talvez fosse mais fácil ter apenas um desejo para saciar. Talvez fosse mais fácil ter uma matilha para acolher você. *Em vez de ficar sozinha o tempo todo.*

Ani adentrou a multidão, esperando pelo menos levar alguns esbarrões de que fosse capaz de se soltar novamente.

Enquanto se esgueirava entre os braços esticados e quadris rebolantes, ela o viu: uma criatura mágica postava-se ao final da multidão, perto o bastante para que ela pudesse ver que era alguém completamente novo. Solitários passavam por Huntsdale regularmente. Ter vários regentes em um lugar era uma anomalia, e criaturas mágicas ficavam intrigadas com anomalias.

A criatura à margem da multidão estava indiferente aos olhares apreciativos que recebia, mas chamaria atenção mesmo que estivesse em um lugar reservado a criaturas mágicas, como no Forte e Ruínas. O cabelo dele era tão opaco que parecia branco, e Ani suspeitava de que os bruxuleios de cor não fossem somente o reflexo das luzes da boate, mas um pouco de sua real aparência. Ele era lindo. *E está olhando para mim.*

Ela parou de se mover e perguntou:

— Você vem ou vai ficar só olhando?

Ninguém em volta podia ouvir o que ela disse, mas o lindo em questão era uma criatura mágica. Ele a ouviu e respondeu:

— Realmente não acho que seja uma boa ideia.

Ani riu.

— Quem se importa?

Como muitas criaturas que conhecia, ele era perfeito como uma escultura, mas, em vez de estar envolto em sombras como aqueles de sua corte, essa criatura tinha um sentimento emaranhado. *Sombras e resplendor.* Ele não parecia muito mais velho, até que ela viu a arrogância em sua postura. Então, ele a lembrou de Irial, Bananach, Keenan, os seres que transitavam pelas cortes e multidões com a confiança de que poderiam matar todos no recinto. *Como caos em uma gaiola de vidro.*

— Vem dançar.

Ela virou as costas e se deixou levar pela multidão. Era tomada por mãos e emoções. Era como se afogar em euforia e necessidade.

E ele está olhando.

Ela olhou na direção das sombras onde ele estava. Não havia se movido. Sustentou o olhar dele enquanto dançava, não para os mortais presentes no local, não para os sentimentos que cada roçar de pele trazia à superfície.

— Vem dançar comigo — sussurrou ela.

Ele a encarou, sem nem mesmo olhar para qualquer outra pessoa, inclusive quando alguém falava com ele ou parava em seu caminho. Ninguem mais no local existia para ele. *Só eu.*

Vinte minutos depois, a banda fez um intervalo, e a pista esvaziou o bastante para que houvesse mais espaço para dançar.

Ele ainda estava no mesmo lugar.

Ela considerou a possibilidade de ir até ele, mas não era um animalzinho de estimação que obedece a um chamado. Ela era uma Hound. Ele podia vir até ela.

— Ei! — disse Tish.

Glenn tinha um braço protetor ao seu redor.

— Você vai sair com a gente? — Tish não conseguia ficar quieta. Podia ser mais mortal do que encantada, mas tinha a tendência dos Hound de estar sempre em movimento.

Atrás dela, Glenn estava imóvel.

A música da boate preencheu o silêncio enquanto a banda estava no intervalo

Ani pegou as mãos da irmã, e elas dançaram perto de Glenn, como sempre faziam. Agora era diferente. Antes, Glenn sempre as olhava como se estivessem prestes a acabar com o bom senso de todo mundo. Agora, observava Tish como se ela fosse seu paraíso particular.

— Estou bem aqui — disse Ani ao girar Tish de modo que Glenn a segurasse de costas em seus braços. — Podem ir.

— Você quer meus óculos? — Tish meteu a mão na pequena bolsa que carregava pendurada no ombro. Óculos de sol para casos de emergência tinham se tornado uma necessidade desde que Ani começara a mudar. O momento anterior, com os olhos verdes, ainda era muito recente para Tish.

— Sério, estou bem. — Ani beijou a irmã na ponta do nariz. — Vá. — Ela virou-se para Glenn. — E você tome conta dela e tudo o mais.

Glenn bufou.

Tish se enfiou entre eles. Torceu os lábios enquanto olhava para Ani.

— Quem tem que se comportar é *você*. Glenn é nosso amigo.

— Se ela não for tratada como se fosse de porcelana, caso se machuque um pouquinho que seja — disse Ani, esticando a mão e depois pegou a de Tish sem olhar —, não vai ser bom. É tudo o que posso dizer. Você não vai querer conhecer a minha família.

— Cuido dela e de você há anos. — A atitude de Glenn se suavizou um pouco. — Eu me jogaria na frente de um punho ou de uma faca ou *qualquer coisa* que fosse, antes de permitir que Tish se machuque. Você já deveria saber disso.

— Legal. — Ani o abraçou. — Agora saia da minha pista de dança.

Tish hesitou, em seguida Ani pegou a mão de um cara que estava passando.

— Quer dançar?

Ele fez que sim, e Ani o guiou para o centro da multidão remanescente. Ela não precisava olhar para saber que *ele* ainda estava observando ou que ouvira cada palavra que ela dissera. A repreensão fora tanto para ele quanto para Glenn.

Aviso justo. Chance justa de fugir.

Se não fosse pela dor perturbadora dentro dela, se perguntaria por que ele a olhava fixamente a noite toda. Se não fosse pelo fato de que ela tinha o ex-rei da Corte Sombria como seu cavalheiro de armadura brilhante, poderia ficar com um pouco de medo. Esta noite ela não sabia ao certo se *podia* temer. Precisava se perder na música.

Quando a banda voltou ao palco, seu parceiro de dança a deixou, mas ela não o seguiu.

— Venha dançar — disse ela de novo. — Eu sei que você está olhando. Venha curtir comigo.

Alguns instantes depois, ele se posicionou, imóvel, na pista de dança.

— Já era hora. — Ela girou de forma a ficar peito a peito e deslizou as mãos pelo tórax dele, lentamente, o bastante para sentir todos os músculos sob a camisa.

— Pensei que fosse me fazer correr atrás de você. — Ela deixou as mãos percorrerem os ombros e a nuca dele.

Ele ficou imóvel enquanto ela fazia aquilo.

– Você é uma tolinha, não é?

– Não. – Ela inclinou a cabeça para olhar para ele. De todas as direções, corpos se chocavam neles. A música estava ensurdecedora, e, se ele fosse algo que não encantado, ela teria que gritar para se fazer ouvir.

– Eu poderia ser qualquer um. – Ele estava com os braços ao redor dela, de modo protetor, em meio à massa que se contorcia. – Você está vulnerável aqui.

Uma criatura que ela não conhecia, que não estava se despedaçando irreversivelmente, a tinha em seus braços – e a fome dolorosa dentro dela diminuiu. Ele era uma criatura forte, talvez mais forte do que qualquer uma que ela tenha conhecido, e porções de sua energia afundavam em sua pele quando se tocavam. *Eu poderia morrer feliz agora mesmo... ou ele poderia.* Ela tentou não pensar no perigo a que o exporia caso se entregasse completamente a seus impulsos.

– Você parece perigoso... me sinto vulnerável também – respondeu tanto à pergunta dele quanto às próprias contemplações.

Ele se moveu de forma a posicioná-los no canto da multidão, manobrando-a em direção às sombras ao longo da parede.

– Então me diga: por que está se prendendo a mim?

– Porque eu sou perigosa também – admitiu ela.

Ele não disse nada, mas também não se afastou.

Ani ficou na ponta dos pés e pressionou os lábios contra os dele. Um prisma de energia a inundou quando ele abandonou qualquer controle que usava para conter suas emoções. *Necessidade. Arrependimento. Perplexidade. Fome. Confusão.* Ani deixou tudo penetrar sua pele. Ela sugou o ar e a vida dele para dentro de seu corpo. Tensionou-se como se estivesse a ponto de liberar algo feroz, como se esse fosse o único momento entre ela e a fome extrema.

Apesar da energia tomada por ela, ele se manteve firme enquanto a segurava e deslizou o braço ao redor da cintura de Ani.

Os braços dela ainda estavam em volta do pescoço de Devlin, e seus dedos agarravam seus cabelos. Os lábios de Ani formigaram. Todo o seu corpo pulsava com a energia que estava roubando.

Ele interrompeu o beijo.

– Você está... o que você está *fazendo*, Ani?

– Beijando você. – Ela ouviu sua própria voz ao dizer isso. Não havia nada de mortal naqueles sons. Ela era a Filha da Caçada, e ele era sua presa.

Eu não deveria.

Ela podia ouvir cada coração batendo no local, sentir as ondas de som reverberando pelo ar, o gosto do tempo escapando.

Ele a encarou.

– Não foi para isso que vim aqui.

– É um motivo para você ficar?

Como ele não respondeu, ela pôs as mãos atrás de si e as entrelaçou, de forma a não o tocar.

– Você pode parar – sussurrou ela. – Quando quiser... pode simplesmente parar... ou... não...

Ele deu um passo para trás. Agora, suas emoções estavam trancafiadas atrás de uma barreira que ela não podia atravessar. Tanto seu toque quanto suas emoções foram negados a ela.

Ani mordeu o lábio para impedir o soluço. Estar tão perto da energia que circulava dentro dele e ser impedida parecia um crime. Ela sentia gosto de sangue na boca, brotando no lábio superior.

Ele passou o dedo em riste na gota de sangue. Ela sentiu a respiração de Devlin morna em seu rosto ao olhá-lo. Ele manteve a mão erguida entre eles.

Muitas criaturas podiam rastrear com sangue. Ela também. Todos os Hounds podiam fazer isso.

Ele pode?

Ani ficou olhando para o seu sangue no dedo dele.

— É seu — disse ela —, se você me der mais um beijo.

Ele pode ser qualquer um. O que estou fazendo?

Mas a muralha que ele erguera desapareceu, e suas emoções se abateram sobre ela. Ele estava excitado, preocupado, faminto. Devlin se inclinou para mais perto.

— Afaste-se dela — interrompeu uma voz. Alguém o puxava para fora de alcance. — Deixe-a em paz.

— *Deixá-la* em paz? — A criatura que Ani estivera beijando ergueu novamente suas muralhas, negando o acesso às emoções dele, excluindo-a do banquete novamente.

Ani piscou, tentando concentrar seu foco nos arcos-íris que nublavam sua visão. Beijá-lo fez seu apetite desaparecer. Fez tudo parecer no lugar.

— Você precisa dar uma volta, Ani. — Seu suposto salvador segurava o braço dela e recuava, levando-a para longe da criatura adorável e sedutora.

Ela voltou sua atenção para o lugar de onde vinha a interrupção.

— *Seth*. O que está fazendo?

Seth fechou a cara para ela e dirigiu suas palavras para a criatura.

— Ele precisa ir embora. Agora.

O ser encantado observou os dois com uma expressão perplexa.

— Como você quiser.

E desapareceu na multidão.

— Você é um pentelho, Seth. — Ani o empurrou. Se isso não fosse lhe causar mais complicações do que ela podia se dar o luxo, cederia ao impulso de sangrar o nariz dele. Em vez disso, perseguiu a criatura pálida pela boate. Forçou o caminho em meio à multidão.

Ele parou à porta, observando-a, e ergueu o dedo até os lábios.

Ah, droga.

Ani congelou. E ele foi embora.

Com o gosto do meu sangue.

Capítulo 8

Devlin parou tremendo no beco do lado de fora do Ninho do Corvo. Assim como suas mães-irmãs, precisava de sangue, e nenhum outro senão o delas o havia saciado verdadeiramente.

Até agora.

Bastou provar uma vez para saber: o sangue de Ani era diferente. *Ela* era diferente.

Ele já havia sangrado todas as espécies de criaturas mágicas existentes, mortais e semimortais. A eternidade lhe dera tempo mais do que suficiente para aquilo. Ele odiava sua necessidade de sangue, mas fora criado, não havia nascido, e esse era o preço. Sua existência não era natural, e ter sido gerado pelas gêmeas tinha um efeito colateral desagradável: sem absorver sangue, ficava fraco. Ele aproveitava o que podia da violência com a sua função no Mundo Encantado; mas não lhe supria de verdade. Somente a mistura do sangue da Ordem e da Discórdia o mantinha forte, e conseguir o sangue delas sempre tinha custos e complicações.

Como se tomar o sangue de Ani não acarretasse complicações... Como começar essa conversa? *Olá, eu quase matei você uma vez, mas percebi que seu sangue, só um pouquinho, aqui e ali, seria muito útil.* Devlin sacudiu a cabeça. O choque da chuva fria que começara enquanto estava na boate o ajudava a se sentir mais alerta, mas seu pensamento ainda estava confuso.

Ele tentou focar os detalhes lógicos: talvez poupar Ani tivesse mudado sua vida de forma positiva, em vez do jeito desastroso que esperava caso sua traição chegasse ao conhecimento da Rainha da Alta Corte. Até esta noite ele pensava que Ani tinha uma breve vida mortal. Considerando a diferença entre o tempo do mundo mortal e o do encantado, um espaço tão breve de tempo seria fácil de esconder. Como mortal, Ani – a prova viva da desobediência de Devlin a sua Rainha – viveria apenas por um piscar de olhos: Sorcha não saberia que ele havia falhado.

Porém, agora, Devlin sabia que a menina que ele não matou mal era mortal e a cada momento se tornava menos ainda. Ele pôde sentir isso na única gota de sangue que ela havia derramado. Ani era algo novo, algo diferente de qualquer outro ser encantado que ele conhecera durante toda a eternidade. Ele não sabia se ficava feliz ou alarmado. Não poderia escondê-la de Sorcha para sempre, mas poderia ser sustentado por qualquer que fosse a irregularidade que seu sangue continha.

Será ela a minha salvação ou a minha perdição?

Seth apareceu de repente diante dele. Não estava tão calmo como ficava no Mundo Encantado. Em vez disso, parecia pronto para atacar Devlin.

– Tem ideia de quem era aquela garota?

Tenho várias ideias.

Devlin não levantou a voz, nem a mão – embora a tentação estivesse presente. Só o que disse foi:

– Não é da sua conta.

– Na verdade, *é*. Ani é da Corte Sombria. – Seth se aproximou e baixou a voz. – Se Niall ou Irial vissem *você* com ela, fariam perguntas sobre as intenções de nossa rainha e...

– Eu sei. – A voz de Devlin revelou sua irritação. – Mesmo assim, seu tom não é bem-vindo.

Seth parou e respirou fundo.

– Desculpe. Tem sido uma noite longa. – Ele enxugou as gotas de chuva do rosto e sorriu com ironia. – Na verdade, tem sido um *ano* longo. O cara de antes está bem, presumo.

Devlin assentiu. Ele não se importava com o estado do mortal ferido. Não apunhalara o mortal, não tinha feito nada nocivo. Mas Seth se importava. *Ele* havia sido mortal muito recentemente para compreender que a morte de mortais nas mãos de Bananach era apenas um fato da existência. Nos próximos séculos – se Seth vivesse –, ele se acostumaria. Guerra trazia dor e morte. Isso era quem ela era.

Por algum tempo, os únicos sons eram a melodia da música vinda da boate e as conversas dos mortais do lado de fora. A chuva parecia desfocar os limites do mundo.

Com a concentração treinada, Devlin se forçou a focar o suficiente para examinar Seth.

– Você não foi ferido?

– Não. Estou bem. – Seth balançou os ombros.

– Nossa rainha perguntou por você – disse Devlin. Não era a mensagem que Sorcha havia transmitido explicitamente, mas estava muito cansado para tentar reproduzir a verdade, como provavelmente deveria fazer. – Ela... se preocupa.

A expressão de Seth tornou-se de puro afeto.

– Pode avisá-la de que estou bem? Sinto saudades dela, mas estou bem. As coisas aqui estão estranhas. Keenan... – baixou a voz, acrescentando: – Keenan está... desaparecido.

– A corte dele? – Devlin piscou quando outra estranha onda de exaustão tomou conta dele, como se tivesse feito muito esforço. Deu um passo para trás, afastando mais as pernas uma da outra para não cambalear, mas sem se apoiar na parede.

– A Corte do Verão não é só *dele*, mas... não está indo tão bem quanto deveria. – Seth fechou a cara. Não apresentava a calma que demonstrava no Mundo Encantado. No mundo mortal, Seth não era da Alta Corte.

É isso que acontece comigo? Devlin obrigou-se a não ponderar assuntos pessoais, focando sua atenção nas questões políticas.

– Eles estão enfraquecidos? A Corte do Verão?

– Alguns, mas... – As palavras de Seth se dissiparam quando ele desviou o olhar. – A saúde da corte está ligada à saúde do regente, sabia?

– E nem o Rei nem a Rainha do Verão estão felizes. – Devlin cedeu e se apoiou na parede de tijolos. *Só por um momento.* Ele ignorou a sensação estranha e perguntou: – E Inverno?

– Sua época está chegando, então acho que Don está se saindo bem. Irritada. Preocupada com Keenan e fingindo que não está sofrendo. Eu a vi e...

Devlin escorregou um pouco na parede.

— Opa! Devlin! — Seth ficou ao seu lado. — Ela já deveria saber. Droga.

— Ela?

— Ani.

Seth suspirou e ficou invisível enquanto falava.

Devlin também ficou invisível para os mortais. *Fracote*, ele se censurou enquanto se afastava da parede. *Sou mais forte do que isso. Meu dever exige.* Ele precisava deixar Seth em segurança e talvez descansar um pouco. Mas só o que queria naquele momento era encontrar Ani.

— É melhor eu ir — disse ele. — Levá-lo para casa e... — Ele cambaleou.

— Vem. — Seth ajudou Devlin a ficar de pé e se ofereceu para ajudá-lo como uma espécie de muleta.

Devlin não se apoiou nele, mas se sentiu agradecido por sua presença. A breve fantasia de sair para encontrar Ani seria melhor se deixada de lado nesse estado. E agora ele tinha provado seu sangue, então sempre seria capaz de achá-la. *Encontrarei Ani novamente e depois eu...* Ele não conseguia organizar suas ideias.

Devlin e Seth andaram em silêncio por vários minutos. Às vezes os braços de Seth estavam em volta de Devlin para ajudá-lo a se equilibrar. Era muito mais gentil do que Devlin conseguia compreender. Em um de seus primeiros encontros ele enforcara Seth até que caísse inconsciente. Esse tipo de atitude não despertava um sentimento de proteção, independentemente do número de vezes que Devlin viera para verificar o bem-estar de Seth.

Quando pararam pela quarta vez, Seth fechou a cara.

— Sorcha vai ficar chateada.

— Com o quê?
Seth arqueou a sobrancelha decorada de prata. Com uma sabedoria muito mais avançada do que deveria ser possível para sua idade, o ex-mortal olhou Devlin com repreensão.
— Quando ela souber de Ani.
Devlin manteve suas feições indiferentes, mas sua ansiedade aumentou. *Souber o quê?* Ele não havia contado sua traição a ninguém, e Rae falava apenas com ele. *Talvez ele esteja falando do beijo... a atenção que dei a ela quando deveria tomar conta de Seth.* Devlin lançou para Seth seu olhar mais desdenhoso.
— O que eu faço para me divertir seria uma preocupação se causasse complicações para a corte. Beijar alguém não costuma ser do seu interesse.
— É verdade. Normalmente não. — Seth o guiou pelo beco em direção a sua casa-vagão. Já que somente a criatura mais forte poderia tolerar a exposição a ferro e aço, o pátio ferroviário estava livre dos seres encantados, e a terra ao redor dos vagões florescia. Videiras exóticas se entrelaçavam em esculturas de metal. Era Edênico, embora localizado em um cenário estranhamente mecanizado. Nessa época do ano e nessa parte da Terra há poucas maneiras de ter tanta fertilidade, mas a namorada de Seth era a personificação do verão.
Devlin indicou a folhagem com a cabeça.
— Sua amada parece estar tentando cortejar você.
— Não mude de assunto. — Seth abriu a porta.
De forma totalmente atípica, Devlin afundou-se na estranha poltrona laranja na parte dianteira da sala.
Seth foi para a área da cozinha e, em um instante, trouxe uma caneca com um líquido fumegante. Sentou-se na mesi-

nha de madeira, ao lado da poltrona em que Devlin estava, e disse:

— Beba isso.

— Tenho certeza de que ficarei bem logo. — Ele acabara de beber o sangue de suas mães-irmãs. Deveria estar em seu melhor estado. — Criaturas da Alta Corte não precisam de mimos.

— Você é arrogante demais, até mesmo para o seu próprio bem. Beba. — Seth puxou uma cadeira verde espalhafatosa e se sentou. — Ani sugou energia suficiente para deixar você com uma dor de cabeça nojenta e calafrios, se não botar isso para dentro. Com sua viagem iminente, você precisa estar forte.

— Ela... sugou minha energia? Ela é uma semimortal, Seth.

— Não me provoque, Devlin. Você não é idiota. Está enfraquecido por causa dela e sabe disso. — Seth fez um gesto para a mão de Devlin. — Você tinha o sangue dela na ponta do dedo. Provou-o?

— Por que eu provaria sangue?

— Por ser quem você é. — Seth se inclinou para trás e lançou para Devlin um olhar ilegível. — Por acaso *alguma* criatura mágica responde sinceramente a perguntas sem tentar se esquivar?

— Você é mágico. — Devlin bebeu o líquido prateado na caneca e mudou de assunto. — Isso normalmente não se vê no reino mortal.

Seth encolheu os ombros.

— Sorcha se preocupa. Ela "prefere que eu me mantenha saudável", então tenho isso à mão. É mais fácil do que argumentar com ela.

A risada que Devlin deixou escapar foi inesperada.

– Eu poderia me irritar menos com você com o passar do tempo.

– Você vai. Nós só ainda não chegamos a esse momento. – Seth se alongou, revelando um antebraço ferido e cortado.

– Entendo. – Devlin tentou entender o que Seth dizia, mas faltava coesão às palavras. – Você está ferido.

Seth abaixou o braço.

– Tento esconder as coisas de você, Devlin. Você é dela, e da mesma forma que eu... quero confiar em você, tenho certeza de que você só vem aqui porque ela manda. Se você sabe de alguma coisa, suspeito que ela vá saber também, e realmente não curto a ideia de que ela saiba de tudo.

– De fato. – Devlin avaliou Seth com o olhar. Ele era uma criança, uma criatura com não mais do que duas décadas de vida, mas suas palavras eram carregadas de verdade. – A questão é como *você* sabe de determinadas coisas.

– Não sou eu quem deve responder isso. – Seth deu um sorrisinho maldoso. – Hum. Suponho que tenha me tornado mágico o bastante para me esquivar das perguntas.

– Nossa rainha está preocupada. – Devlin pesou cuidadosamente as palavras enquanto esvaziava a caneca com o elixir. – E talvez eu precise me afastar de você para lidar com negócios por um tempo.

– Eu sei. – Seth se levantou e pegou a caneca. – Enquanto você tenta convencer a si mesmo de que *não* precisa lidar com esses "negócios", testemunhas o verão comigo. Levarão essa informação até Sorcha. Isso vai acalmá-la, e, quando você for, eu ficarei bem. A Corte Sombria vai me proteger, e sou bem mais forte do que nossa rainha admitirá para você. Na hora certa, você verá... e acho que me perdoará... ou talvez não. Não consigo ver o que vai acontecer.

Devlin observou Seth com uma vaga percepção de que as coisas que o recém-encantado dizia eram verdades, mas não havia um jeito lógico de Seth saber tanto. *A menos que ele seja um vidente. Será que Sorcha usou a energia de Eolas quando transformou Seth em um ser encantado?* Criar um vidente leal somente a ela seria um passo lógico, vindo de Sorcha.

Posso perguntar a verdade a ele.

— Você vê o futuro.

— Partes dele — admitiu Seth. — Sei aonde você irá.

Com sono, Devlin perguntou:

— E eu ficarei seguro?

Por um momento, Seth o encarou. Em seguida, ainda em silêncio, virou-se e saiu da sala. Devlin pensou em segui-lo, mas movimento requeria mais energia do que a que ele tinha. Fechou os olhos.

Quando Seth retornou, suas pegadas eram o único som, e Devlin se forçou a abrir os olhos novamente. Observou Seth empilhar um cobertor e travesseiros ao pé do sofá – pequeno demais. Seth apagou as luzes e depois trancou a porta. Cada som ecoava muito alto, e Devlin percebeu que não tinha utilidade nenhuma como protetor aquela noite.

— O que tinha na bebida? — Suas palavras eram hesitantes. — Não era só elixir, Seth.

— Algo para ajudar você a descansar e a se recuperar. Não preciso de proteção, Devlin. Quando você perceber o motivo, vai querer conversar com Sorcha... Ela não me disse os seus segredos, e não vou te contar os dela.

Devlin fechou os olhos novamente. Matar por sua rainha era bem mais fácil do que lidar com videntes. *Ela nunca me contou o que usou para transformar Seth. Mais segredos. Tinham que ser as Eolas.* As palavras circulavam na mente de Devlin enquanto ele se entregava ao sono.

Mas Seth ainda estava lá. Suas palavras quebraram o silêncio.

— Você não ficará a salvo, mas acho que fez a escolha certa.

— Não escolhi... nada. — Devlin tentou abrir os olhos, mas eles pesavam demais. *Videntes com poções do sono. Todo tipo de coisa inaceitável.* — Pensando, ainda. Caminhos lógicos... e tal.

A risada de Seth não foi alta, mas estava em sua voz quando ele disse:

— É claro... Durma agora, irmão.

Capítulo 9

Um pouco antes do amanhecer, Ani estava de pé nos degraus de entrada de uma casa antiga. Pressionou a palma da mão contra a madeira escura da porta da frente, confortando-se com o simples prazer de ser bem-vinda à casa de Irial. Ainda era dele, apesar de agora ele a dividir com o novo Rei da Corte Sombria.

Ela estendeu a mão esquerda para a aldraba: a boca gritante de uma gárgula de latão. Uma dor aguda e prazerosa arrancou um suspiro dela conforme a gárgula fechava a boca sobre seus dedos. A mordida já tinha acabado antes que ela a visse, mas concluiu que era aceitável. Apenas aqueles cujo acesso fora permitido por Irial podiam perturbá-lo. Ela estava na lista, mesmo a essa hora.

— Você se machucou? Tem mais alguém? — Irial parecia estar vestido para alguém que não ela: trajava uma calça de pijama azul-escuro de seda, e nada mais.

— Não. Estou entediada. Inquieta. Você sabe, o de sempre. — Ani soara mais amuada do que pretendia, e ele sorriu.

— Pobre filhote. — Ele recuou um passo a fim de deixá-la entrar em sua casa.

Assim que passou pela porta, Ani tirou os sapatos. O hall de entrada estava escorregadio embaixo de seus pés e mais frio do que parecia possível. Andar por ele era doloroso. Ela tremeu com a sensação.

A porta se fechou sozinha, e Ani esperou até que Irial a guiasse para dentro da casa. Ele era um pouco reservado em relação aos visitantes, então era melhor segui-lo do que tentar escolher algum cômodo da casa. É claro, andar atrás dele tinha o benefício extra de permitir que Ani o olhasse.

— Você está... quero dizer, ele está... — Ela não sabia ao certo que palavras usar quando se tratava de Irial e Niall; ninguém na corte sabia. Então ela se decidiu: — O rei está aqui?

Irial olhou por cima do ombro para ela.

— Niall... saiu.

Ani podia sentir o gosto da tristeza de seu ex-rei. Ele se mantinha sob controle. As sombras circulavam ao redor dele, alongando-se e rastejando sobre as paredes, mas seus guardiões do abismo espectrais não apareceram.

— Ele é um tolo. — Ela não desviou o olhar, apesar das sombras em volta dele.

— Não — murmurou Irial. — Ele é mais misericordioso do que eu jamais merecerei.

A sala onde entraram era a mesma em que ele se sentara e a segurara, quando ela tentou não chorar após a dor do abraço da criatura do cardo. Irial a consolara na ocasião. Depois dos testes, ele sempre ficava com Ani até que ela não quisesse mais gritar ou chorar.

Essa noite, Irial se manteve distante, indo até uma elegante estante de mogno abarrotada de livros com brochuras gastas. Ele correu a mão distraidamente sobre os livros já muito lidos, enquanto baixava a barreira que protegia suas emoções, expondo seu arrependimento e desejo; mas permanecia de costas para ela, escondendo sua expressão.

Ani vagou pela sala. O prazer alegre de antes sumira, mas seus nervos estavam muito agitados para que se acalmasse. Ela parou ao lado dele.

Ele se virou.

Hesitante, Ani deslizou os braços ao redor do seu pescoço.

— Gabriel sabe que você me ajuda. Nós podíamos ajudar um ao outro.

Como ele não se moveu, ela se inclinou mais para perto. Não era a primeira vez que ela o beijava, mas era a primeira que o fazia com a intenção de *conseguir* mais. Nem mesmo Gabriel seria tolo o bastante para dizer a Irial que ele não poderia tê-la se o ex-Rei Sombrio assim quisesse.

Por breves momentos, ele retribuiu o beijo, mas, quando Ani pressionou os quadris contra os dele, Irial a segurou pelos ombros e a afastou. O olhar de desaprovação dele ainda inspirava vontade de fugir e covardia na Corte Sombria.

— Isso não vai acontecer, Ani.

— Talvez pudesse acontecer se você me deixasse tentar... — Ela ainda podia sentir o gosto de chocolate amargo em seus lábios e a fumaça de turfa no ar em volta deles. Irial tinha o gosto de pecado, e ela queria mais.

— Não. — Irial se sentou no sofá e bateu de leve na almofada do meio.

Ela se sentou na outra ponta do sofá e esticou as pernas de modo que seus pés ficassem no colo dele.

Irial lançou-lhe um olhar meio perplexo, mas não lhe disse para mudar de posição.

— Então você vai se tornar celibatário ou algo assim? — Ela se recostou, permitindo que o sofá a envolvesse, e deixou o braço cair atrás dela de forma a se apoiar no braço do sofá.

— Não, mas não vou levar a filha de Gabriel para a minha cama. — Ele levantou o pé de Ani e, com preguiça, esfregou círculos no topo dele com seus dedos.

Ani pensou que fosse derreter com aquele simples toque.

— *Ninguém* levará a filha de Gabriel para a cama, e estou tentando seguir as regras. — Ela as eliminava em seus dedos. — Não obter emoção nem toque de mortais. Nem de seres encantados. Não fazer sexo até que eu tenha certeza de que isso não matará meu parceiro. Não lutar com Hounds para que eles não me matem. Não. Não. Não. O que eu devo fazer?

— Você está me pedindo um conselho? — Agora ele parecia gentil, revelando o lado que nunca compartilhava em público e que expunha a ela quando Ani estava doente ou fraca. Esse era o motivo pelo qual Leslie o amava, porque Niall ainda o amava. Irial faria qualquer coisa por aqueles que amava, especialmente agora que não carregava a responsabilidade de cuidar da Corte Sombria. Aquele tipo de amor era uma coisa que acontecia uma vez na vida. *Nada* devia ficar no caminho quando alguém amava assim, tão intensamente. Ani entendia isso, mas tanto sua amiga mortal, Leslie, quanto o novo rei eram muito estúpidos para enxergar.

Ani não podia entender como alguém o rejeitava: ele era perfeito. *Tudo bem, não perfeito, mas terrivelmente perto disso. Toda essa vontade de fazer experiências comigo não é divertida, mas a maior parte do tempo é perfeita.* Quando criança, ela tinha uma enorme paixão por ele. *Talvez ainda tivesse um pouco.* Ele havia sido o Rei Sombrio, o demônio que os pesadelos temiam. Na corte dela, somente Gabriel e Bananach eram tão horripilantes.

– Se conselho for tudo o que você estiver oferecendo, vou aceitar. – Ani tirou o pé das mãos dele e estendeu o outro.

Ele riu, mas começou a esfregar o pé dela.

– Está doendo aqui. – Ela inclinou o queixo para baixo, arregalou os olhos e deixou transparecer seu estado de espírito lamentável.

– Beicinho não funciona comigo, filhote. – Ele pressionou o peito do pé dela com mais força.

– Costumava dar certo.

– Não, apenas fazia você feliz pensar que podia brincar comigo. – Ele correu a ponta do dedo por seu pé, retesando-a com ternura.

Ela tirou o pé e abraçou os joelhos contra o peito.

– Isso é ridículo, Iri.

– Gabe só está preocupado com a sua segurança. – Irial esticou a mão e apertou o tornozelo dela. – As Vilas levaram a última amostra de sangue para um laboratório especializado em biologia não mortal. Se pudermos identificar o que você é, isolaremos suas características peculiares e...

– Tem sido meses de testes – interrompeu Ani. – Só pegue um pouco dele e faça outra troca de tinta. Sou mortal o bastante para ser ligada a alguém e sou encantada o bastante para alimentar. Em vez das lágrimas da corte, tente usar meu sangue como base para a tinta. Veja se funciona e...

– Não. – Irial apertou seu tornozelo tanto que doeu. – Niall prefere que não façamos isso. Há discórdia, e ele pode alimentar a corte. Se nada mais funcionar, minha presença na corte dele, sua raiva pelo Rei do Verão e sua frustração em relação à Bananach o chatearão o bastante para que ele tenha emoções a compartilhar. Não é uma solução eterna, mas vai nos dar algum tempo.

Ani rolou os olhos. Ter um rei emotivo estava se provando útil para os seres encantados que precisavam se alimentar de emoções. Isso e os desentendimentos entre as cortes sazonais deixaram a Corte Sombria nutrida o bastante para sobreviver — mas não para se desenvolver. Mas isso não aliviava a outra necessidade de Ani.

— Eu preciso de mais, Iri.

— Você pode ter contato não supervisionado sem enfraquecê-los? Sem matá-los? Sem se expor? Sem colocar a si mesma em perigo? — A gentileza de Irial se esvaía. — Diga-me que você tem autocontrole para fazer isso.

Ela não podia mentir, mas podia evitar a pergunta.

— Eu não lhe faço mal, e ninguém está aqui para me interromper.

Ele deu um sorriso amargo.

— Querida, sou um Gancanagh de novo *e* tenho autocontrole suficiente para manter minhas emoções longe de você, quando preciso. Um mortal ou um ser encantado, mesmo que forte, que deixe você ter ambos...

Ani pensou nele, o ser encantado que conhecera. Fora apenas um breve pensamento palpitante, mas Irial percebeu a expressão dela.

— O que você fez?

— Nada. Ele estava bem... quer dizer, acho que estava. — Ani lambeu os lábios inconscientemente e então percebeu o que havia feito. Desviou o olhar.

– Quem?

– Não sei. Mas não era uma criatura fraca... e parecia estar bem quando se afastou de mim. – Ani olhou para seu ex-rei. – Ele *se* afastou. Ninguém viu, exceto Seth... e ele não me exporia. Acho que não. Certo? Ele não faria isso, né?

– Conte-me.

E foi o que ela fez. Contou-lhe cada pequeno detalhe sobre a criatura que beijara no Ninho do Corvo e em seguida acrescentou:

– Ele desapareceu depois.

Irial não disse nada por um tempo.

– Ele conseguiu seu sangue.

– Conseguiu, eu sei, mas eu estava meio fora de mim. Se ele for um problema, se me encontrar e representar uma ameaça, eu poderia... você sabe... *não parar*.

Ela afastou a culpa pelo pensamento de matar de propósito a criatura que conhecera. Ela pertencia à Corte Sombria, e nela sobreviver significava, às vezes, fazer coisas impalatáveis.

– Se for inevitável, você *fará* exatamente isso. – As palavras de Irial não eram carregadas de poder monárquico, mas ambos sabiam que ela lhe obedeceria.

Ela cruzou os braços.

– Ei, talvez eu possa ser a punição permanente da corte ou um Cavalo de Troia enviado à Corte do Verão para ferir o Rei do Verão. "Vocês terão que beijar Ani, criaturinhas más." Criaturas encantadas, mortais, semimortais... Se eu me sentasse no lugar de Niall, poderia alimentar a corte. Eles se empanturrariam. Será que Niall me passaria o trono se soubesse? Ou me mataria para que minha monstruosidade fosse...

— Ani... pare. Vamos resolver isso. Sei que você não *quer* matar ninguém assim. — Irial fez uma pausa, ponderando as palavras mesmo que suas emoções se afundassem em tristeza. — Para algumas criaturas, a confusão entre afeição e morte é muito *pessoal*. Não é uma falha. Niall não é... ele prefere... — As palavras começavam e paravam à medida que a ordem de não mentir interferia. Irial suspirou. — Niall nem sempre se sentiu confortável com as consequências de ser um Gancanagh. Nosso toque vicia os mortais. O dele os drena. O custo para eles é, no fim, o mesmo.

— E você? — Ani se perguntara muitas vezes. Gancanaghs deixavam os mortais famintos por afeição, levavam-nos à loucura por quererem e nunca ficarem saciados. Ser Rei Sombrio manteve Irial a salvo por séculos, mas agora Niall estava seguro, e Irial era mais uma vez viciante para mortais. *E já o fora antes.* Ela sustentou o olhar de Irial e perguntou: — Você... ficava *bem* com as mortes que causava?

— Às vezes.

Ela engoliu em seco.

— Ah.

— Durante a maior parte da minha vida, eu liderei a corte dos pesadelos, Ani. Causei danos às duas pessoas que amei. — Ele deixou suas emoções encharcarem-na: dor, raiva, mas não arrependimento. — Eu aprisionei o Rei do Verão, que era o *filho de um amigo*. Ordenei mais mortes do que poderia contar, fiz coisas perversas demais para falar.

— Você se arrepende de alguma delas? — sussurrou ela.

— Não. — Irial parou de falar ao ouvir um barulho. Passos pesados atravessaram o piso, pararam do lado de fora da porta, mas depois deram meia-volta. — Tomei as melhores decisões que pude. Cuidei da minha corte. Ainda cuido. Às vezes isso significa matar pessoas. Minha corte e agora meu *rei* vêm em primeiro lugar.

— Eu faria qualquer coisa que meu rei ordenasse — assegurou ela. — Mas preferiria não matar com *isso*. Dê-me uma luta justa e...

— Eu sei. — Irial a puxou para seu abraço, envolvendo-a com cuidado. — O rei não gostaria de usar seu apetite como uma arma tanto quanto você.

— Você usaria. Continua fazendo coisas que Niall não gostaria de fazer.

Irial não respondeu, mas aquilo não era realmente uma pergunta.

— Vamos dar um jeito. Você ficará forte *e* a salvo, Ani.

Ela ergueu a cabeça e o encarou.

— Posso ficar aqui por um tempo?

— Mantenha-se vestida e você será bem-vinda para ficar.

Capítulo 10

Ani sentia que havia acabado de adormecer quando acordou ao som de rosnados.

— Você perdeu completamente o juízo? — Niall estava de pé diante dela, com a cara fechada. Em ambos os lados, guardiões do abismo se agitavam e o consolavam com tapinhas.

Ani piscou para ele, tentando entender por que o Rei Sombrio estava irritado com ela, mas antes que ele pudesse responder alguém se adiantou.

— Que diferença faz para você? — respondeu Irial, perplexo. Seu braço continuou em volta dela, mantendo-a imóvel enquanto falava.

A manta que alguém tinha colocado sobre eles fora puxada até o pescoço dela, que estava aconchegada contra o peito nu de Irial.

— Ela é filha do Gabriel. É semimortal... e você... — Niall esticou o braço como se fosse puxá-la dos braços de Irial.

— Pare. — A voz de Irial não era o som adequado a um súdito diante de seu rei.

Ani suspirou. Um pouco de violência seria o próximo passo perfeito em uma manhã já tão agradável.

Se ao menos...

— Você não é mais o rei, Irial. Quer me desafiar?

Havia um tom de riso na voz de Irial quando respondeu:

— Não seja tolo.

— Você é um Gancanagh novamente. — Niall parecia cansado. — Não sei se o lado mortal dela é dominante o suficiente para deixá-la viciada em você.

— Ani quase não é mortal. Olhe para ela. A única coisa mortal nela é sua força... e, com o tempo e um pouco de treinamento, quem sabe? — Irial pareceu irritado, mas Ani não sabia dizer se de fato estava. Ele escondia suas emoções agora que Niall estava lá.

— Vai contar isso a Gabriel? — A voz de Niall ficou ainda mais baixa. Embora ninguém na casa fosse revelar os segredos do Rei Sombrio, ele era cuidadoso. — Porque não vou dizer a ele que você decidiu que ela é mágica o suficiente para tr.. para *dormir* com ela.

Ani suspirou outra vez. Niall era até meio atraente agora que estava furioso em vez de emburrado. Sombras emanavam dele como sugestões sussurradas de asas, e a falta de luz fazia a longa cicatriz em seu rosto parecer ameaçadora.

— Ele fica apetitoso quando está assim — sussurrou ela.

— Vamos, querida. — Irial não riu, mas a risada estava lá, sob o agudo de sua voz.

— Estou confortável. — Ela olhou o relógio e depois para seu rei. — E quem levanta a essa hora? Acabei de me deitar.

— Você pode dormir em meu quarto por mais algumas horas — disse Irial.

Niall ofereceu sua mão. Mesmo irritado, era um cavalheiro.

Relutante, ela pegou a mão de Niall e levantou-se, revelando o quanto estava vestida. Ao ver a expressão confusa no rosto do rei, ela se inclinou e sussurrou:

— Acredite, eu tentei, mas ele recusou.

Ela olhou para Irial, que continuava esticado no sofá, sem camisa e lânguido. Se ela não tivesse estado lá, pela aparência dele, acharia que ele realmente tinha tido uma noite de prazer.

Niall seguiu o olhar dela, mas não abrandou o olhar.

— Não estou no clima para suas brincadeiras, Irial.

— Vá lá pra cima, Ani. — Irial pôs os pés no chão. Não olhou para ela. Agora, sua atenção era toda para o Rei Sombrio. — Diga o que você acha que eu deveria ter feito de forma diferente, Niall. Passei a noite conversando e dando a ela um lugar seguro para descansar. Eu lhe dei a nutrição que Ani não consegue encontrar em outro lugar sem comprometer sua virtude já ausente.

O Rei Sombrio não respondeu.

Vários segundos se passaram em um impasse silencioso. Ani atravessou a sala e abriu uma das portas duplas ornamentadas que levavam à área mais privada da casa do rei.

Atrás dela, Irial quebrou o silêncio.

— Sobre o que você queria conversar? Eu o ouvi parar na porta ontem à noite.

Ele parecia totalmente calmo. Poderia estar meio perdido em seus sentimentos, mas não demonstrava. Tanto Niall quanto Irial mascaravam suas emoções de forma muito eficiente.

Ani sentiu uma mistura curiosa de tristeza por Irial achar que precisava esconder seus sentimentos e o prazer por ter confiado nela o suficiente para mostrá-los na noite anterior. Se Niall prestasse atenção, veria que a dádiva da corte e os conselhos constantes de Irial eram um soneto de amor.

O sofá de couro rangeu quando Niall sentou.

— Eu odeio você às vezes.

Enquanto saía da sala, Ani ouviu Irial perguntar:

— E no restante do tempo?

Ela não ficou para ouvir a resposta. Dormir era mais importante do que saber segredos que não lhe diziam respeito. Estava cedo demais para qualquer coisa além de se jogar na cama.

Ani tinha acabado de adormecer quando se viu sentada em uma caverna.

— O que não pertence a este lugar? Estalactites, estalagmites, formações rochosas, garota em vestido de *baile*?

Rae sorriu.

— Olá, Ani.

— Não estou no clima para isso. — Ani saiu da caverna, afastando-se da menina de cabelos escuros com quem sonhara a maior parte de sua vida. — Sonhar com você, dar-lhe um *nome*, um fruto bizarro da minha imaginação... é um sinal de insanidade ou algo parecido.

— Você é mesmo estranha. — Rae a seguiu. — Mas não é louca. Talvez eu seja tão real quanto você.

Ani olhou para ela, mas não respondeu. Havia momentos em que ela quase gostava de sonhar com sua amiga de faz de conta, mas essa manhã não era um deles. Estava no limite, sentindo-se um pouco preocupada e completamente sem clima para qualquer coisa sem sentido que fosse criar um Sonho de Rae. Em algum momento durante os anos, decidira que seus Sonhos de Rae significavam questionar-se ou pensar coisas de maneiras diferentes daquelas que normalmente faziam sentido. O primeiro Sonho aconteceu quando Jillian morreu, e, desde então, quando Ani se sentia perdida, quase sempre sonhava com Rae.

— Pobrezinha — sussurrou Rae. — As restrições vão além do que você pode suportar? Pode falar com Gabr...

— Não. *Sim*, mas não é essa a questão. — Ani cruzou os braços. — Conheci uma pessoa. Ele era... diferente.

Como era um sonho, Ani o imaginou. No mesmo instante, ele surgiu diante dela, tão sólido na aparência quanto sua confidente imaginária, mas sem usar uma roupa bizarra como a de Rae.

Rae arquejou.

— Ah.

— Eu preciso ficar longe dele. — Ani desviou o olhar da imagem. — Não quero fazer mal a ele, Rae, mas está com meu sangue. Se ele me encontrar, Irial vai... — Mesmo em um sonho, as palavras não eram aquelas que Ani queria dizer.

Rae pegou as mãos de Ani e as segurou com firmeza.

— Confie em si mesma, Ani.

O mundo ao redor delas desapareceu, e Ani estava de pé em um vazio branco com apenas Rae diante dela.

— Chame seus lobos, Ani. — A voz de Rae ecoou na imensidão branca.

Por um momento, Ani não conseguiu responder. *Meus lobos?*

— Procure-os, Ani — insistiu Rae. — Por que você sonha com lobos?

Os lobos apareceram rosnando.

— Agora deixe-os entrar, Ani. Eles *fazem* parte de você.

— Não. Sou a filha da Corte Sombria, então eu sonho com a Caçada. — Ani viu os lobos se solidificarem em toda a sua volta. — Eles são sonhos. Eu sonho com a Caçada... mas meu lugar não é lá. Eu não pertenço a lugar algum.

— Pertence, sim. Essa é a *Nova* Caçada, Ani. — Rae ficou longe dos lobos. — Agora que você o viu de novo, tudo vai mudar.

Um por um, os lobos mergulharam no peito de Ani. Desapareceram dentro de seu corpo como fizeram tantas vezes antes. Era uma sensação estranha, os pelos e os músculos entraram em seu eu dos sonhos.

— O que é você, Rae? — Ani se sentiu rosnando, como faziam também os lobos dentro dela.

Os lobos são importantes. Rae não.

Ela afastou a confusão das palavras de Rae e deixou a sensação dos lobos sobrepujá-la. Eles a queriam na matilha. Ela pertencia ao grupo.

Se ao menos eu pudesse levá-los para o mundo real...

Capítulo 11

Rae voltou para o Mundo Encantado, para a caverna que era sua casa. Infelizmente, ela não estava sozinha: as Eolas, mantenedoras da sabedoria, aguardavam-na. Rae estremeceu. As Eolas tinham a habilidade de assegurar tanto princípios quanto finais para forjar ou cortar conexões.

As três mulheres olharam para ela. Cada uma variava entre a juventude, a vida adulta e a terceira idade, bem como entre espécies. À esquerda, estava uma mulher de pele acinzentada com os braços cruzados. No meio, uma garota translúcida empinou a cabeça avaliando. E à direita uma pequena criatura folhada observava sem nenhuma expressão discernível.

— Não interfira novamente...

— ... com base no que sabe...

— ... sobre o que eles são. — Cada uma falava uma parte da sentença.

Rae endireitou os ombros para ocultar as sacudidas que a ameaçavam.

Elas se aproximaram em fila, como se fossem partes de um corpo.

— Ninguém sabe o próprio futuro.

— Nem mesmo ele.

— Especialmente ele.

Todas deram passos para trás. Duas retrocederam mais, para que a translúcida ficasse na ponta mais próxima do triângulo.

— Nós *lhe* permitimos saber. Isso foi uma troca mais do que justa.

— *Não foi.* — Rae fechou os dedos em forma de punho.

— Seu conhecimento salvou a vida da Hound, e, sem ela, ele não poderia se tornar o que está destinado a ser. — A criatura coberta de folhas farfalhava a cada palavra. — Se você disser o que sabe, morrerá, e ele falhará.

Elas se foram novamente.

E eu não estou morta. Por isso, Rae sentia-se grata.

A primeira vez que as encontrara fora depois de um dia de experiências. Ela e Devlin ainda não tinham estipulado os limites de possessão e passaram o dia na caverna. Ele estava inconsciente, e Rae, ainda dentro dele, vislumbrou uma menina, Ani, que ele seria ordenado a matar. Fios quase invisíveis uniam a vida de Ani à de Devlin. Em um momento inquietante, enquanto Devlin estava adormecido e Rae desperta, vira a parede da caverna desaparecer.

Três criaturas estavam na caverna.

— Ele não deve saber tais coisas.

Quando uma delas estendeu a mão, as outras duas fizeram o mesmo. Fios se desenrolaram do corpo de Devlin, do corpo que Rae estava reanimando. Aquilo não doía, mas era uma sensação curiosa. No centro dela, podia sentir o puxão conforme os fios fibrosos da visão eram guiados para fora da carne até uma cesta aparentemente sem fundo.

— Parem — disse ela.

Elas pararam. As fibras se esticaram entre a cesta e o corpo, suspensas no ar.

— Você...

— ... não...

— ... é ele. — Cada uma falava fragmentos de frases, mas a voz que saía de cada língua era a mesma.

Rae não respondeu. Esticou a mão até o fio, sentindo a verdade nele, vendo as possibilidades que Devlin não vira.

— É o futuro dele — sussurrou ela. E, olhando para elas, acrescentou. — A Hound... ele existe para... matá-la. A rainha sabe disso? Quando ela manda matar...

— Ele não pode saber que você sabe — disse uma delas.

As três trocaram um olhar. Em perfeita sincronia, elas assentiram.

— Você nunca poderá contar a ele...

— ... ou a ela...

— ... o que você sabe.

Rae não sabia ao certo o que dizer. Essas eram as primeiras criaturas além de Devlin que ela via no Mundo Encantado — e não eram em nada parecidas com ele.

— Sem você, ele falhará...

— ... e se você contar para um dos dois...

— ... você morrerá. — As três mulheres sorriram, e não foi um sorriso de consolo.

— *Silêncio ou morte?*
— *O sucesso ou o fracasso dele?*
— *Sua cooperação ou não?*

Então Rae tomou sua decisão. Quando Devlin acordou, ela permaneceu em silêncio. Saber de seu futuro era um dom e um fardo.

Anos mais tarde, implorou a ele para poupar Ani. Ameaçou retornar para seu corpo mortal. Ameaçou expor a si mesma e a ele para Sorcha.

— Você está escondendo algo de mim. — Devlin ficou frente a frente com ela na caverna. — A Hound não é ninguém para você.

— É sim — insistiu Rae. — Peço uma única coisa. Você me prometeu anos atrás que eu poderia ter três desejos. Pedi que você me permitisse partilhar sua carne, pedi para ser mantida a salvo. Este é o último que lhe peço.

— Você me pede para desobedecer a minha rainha? Se ela algum dia descobrir... — Devlin se ajoelhou aos pés de Rae. — Não me peça isso, Rae.

Ela esticou as mãos, pousando-as sobre as dele como se realmente pudesse tocá-lo.

— Ela é mais importante do que lhe posso dizer. Preciso que você faça essa última coisa.

— Não me peça para descumprir a ordem. Minha honra. Meus votos... Não me peça isso.

— Você me prometeu. — Rae sentiu lágrimas descerem por suas bochechas. Insubstanciais como era, as lágrimas

desapareceram no ar conforme deslizavam por seu rosto. —
Por favor, Devlin. Este é meu último pedido.
— Eu não posso manter meu voto para você e para a minha rainha. — Ele se levantou e baixou a vista para olhá-la. — Não me peça para escolher.
Ela se odiou por fazer exatamente a mesma coisa que as irmãs de Devlin tinham feito com ele, mas ergueu o olhar e disse:
— Estou pedindo para você escolher.

Depois que ele partiu, não se falaram por meses. Ele não ia até ela, não a deixava possuí-lo. Com o tempo, voltou, mas nunca conversavam sobre o assunto sem discórdia. Ela odiava o segredo, odiava as Eolas por criarem aquele conflito e odiava a si mesma por não conhecer uma solução.

Sem ele, ficaria sozinha no Mundo Encantado, etérea para sempre, sem a sensação de ter um corpo. Considerou a possibilidade. Era impraticável ignorá-la.

Agora o futuro que a Rainha da Alta Corte tentara deter estava sobre eles, e Rae tinha que ajudar a assegurar que acontecesse como deveria.

Sem violar a restrição das Eolas.

Com um temor que ela não podia reprimir, Rae fechou os olhos e permitiu-se flutuar na direção de Devlin. Nunca contara a ele que podia visitar sonhos no mundo mortal. Com exceção dos sonhos de Ani, nunca o fizera, mas podia encontrar Devlin em qualquer lugar. Foi seguindo seus fios que encontrara Ani na primeira vez: as emoções dele haviam aflorado com o mero pensamento de matar Ani, com a escolha que Rae pusera em suas mãos. Sem ter a intenção de fazê-lo, Rae fora até Devlin, correndo em uma trilha fina como um sussurro, que ela desconhecia, mas estava com muito medo para entrar na mente dele. *A rejeição dele seria apenas um pouco menos terrível do que a morte. Ambas significariam perdê-lo.*

Mas Rae não podia se sentar e não fazer nada. Em sonhos ela não era desprovida de poderes. Ali, tinha voz e força — então entrou no sonho que ele estava tendo longe dela, no mundo mortal.

— Rae? O que está fazendo? — Devlin observou-a entrar em seu sonho calmamente, como se nada fosse estranho. — Você enlouqueceu? Não pode ficar aqui.

Em vez de se acovardar com as palavras de Devlin, ela sorriu, confiante.

— Não é como se eu nunca tivesse entrado em seus sonhos.

— No *Mundo Encantado*. Aqui não. — Ele pegou as mãos dela. — Você está em perigo?

Ele estudou Rae, mas nenhum sinal de aflição estava claro. Na verdade, ela parecia tão encantadora quanto em sua verdadeira forma mortal. Mas estranhamente usava o vestido simples que seu corpo mortal trajava. Seu cabelo estava tão longo quanto na realidade, arrumado em uma trança longa e bem firme que ele fizera.

— Estou bem.

— O que você está fazendo? — Ele não soltou as mãos dela. — E se entrar em sonhos aqui for fatal? E se estar *aqui* significar que você retornou para seu corpo?

Ela fez uma pausa.

— Eu precisava ver você.

— Rae... — Ele deu um passo para trás, e seus olhares se encontraram. — É isso? Seu corpo está falhando? Você sentiu? Alguma doença? Posso ir até ele...

— Não. Eu só precisava falar com você. — Ela pareceu melancólica e perdida por um momento. Com hesitação, perguntou: — Posso ver? Meu corpo?

Devlin recriou a caverna onde ela adormecera havia tanto tempo. Atrás dela, um caixão de vidro e prata apareceu. Não foi preciso concentração para aprender os detalhes com precisão: ele mesmo o fizera. A cada ano mortal ele a abria e checava o corpo dela, que permanecia em um estado de inércia desde que saíra dele. Ela vivera no Mundo Encantado por quase um século mortal e, como ser espectral no Mundo Encantado, parecia ser capaz de viver sem envelhecer. Seu corpo, sem seu ser de sonhos dentro dele, não envelheceu, mas, se ela retornasse para ele, todos os anos que vivera se tornariam *reais*, e seu corpo envelheceria — e morreria.

— Pareço a mesma — murmurou ela —, mas a caverna mudou um pouco.

— Eu acrescentei algumas vigas para estabilização. Era lógico. — Devlin não olhou para trás. Visitara a realidade o bastante, até ver que a imagem do corpo dela era desnecessária. — Acho que o vestido ainda está bonito.

— Ele vai se desfazer também. Tudo se desfaz. — Lágrimas brilharam em seus cílios extremamente escuros. — Talvez eu devesse finalmente trocá-lo.

— Se você preferir. — Ele sugerira isso por anos, mas Rae sempre insistira em ser vestida novamente com réplicas do vestido que usava quando se deitou na caverna aquele dia.

Ele achava aquilo uma insistência estranha, mas Devlin não entendia a mente mortal.

Ele satisfizera os pedidos dela, vestindo-a com novas versões do mesmo vestido quando o velho se desfazia em pedaços, decompondo-se, diferente de seu corpo. Eles duravam mais tempo desde que ele a tirara do chão da caverna úmida e encerrara seu corpo congelado na caixa de vidro. Mesmo que Rae e seus vestidos fossem protegidos da umidade e dos vermes da caverna, o material continuava a se desfazer ao longo do tempo, só que mais lentamente.

Rae tirou as mãos das dele.

— Tenho visitado o mundo real por... catorze anos mortais, acho. — Ela parou de falar e olhou para cima, encarando-o. — Eu visito Ani.

De repente, Devlin sentiu-se grato por aquilo ser um sonho. No mundo real, nunca permitiria a si mesmo o luxo das emoções extremas que sobrepujaram sua mente lógica. Foi tomado por terror, inveja e traição.

Uma cadeira apareceu atrás dele, quando começou a cambalear. Ele se afundou nela.

— Você caminha nos sonhos da Hound? Por que, Rae? Como você pôde... não acredito... *por quê*?

Rae removera a caverna do cenário do sonho dele e a substituiu por um campo nevado.

— Quero vê-lo feliz. Quero que você tenha tudo de que precisa. Quero *contar-lhe* coisas... que não posso contar.

— Rae?

— Quero tanto lhe falar — sussurrou Rae ao se afundar no chão de neve que se esticava tanto quanto ele podia ver e olhou para ele. Lágrimas rolavam por suas bochechas. —

Você tem que a manter a salvo, Devlin, daqueles que querem ferir vocês dois.

Devlin tirou o cabelo dela de seu rosto.

— Rae...

Rae apertou o pulso de Devlin com sua mão gelada.

— Proteja-a, mas tome cuidado consigo mesmo. Você está me ouv...

As palavras dela pararam quando Devlin despertou, perplexo. Estava no sofá muito pequeno do trem, e algo pressionava sua garganta. Sentia como se estivesse engasgando. Abriu os olhos e viu a serpente de Seth. A presença atenta do réptil era desconcertante.

Devlin murmurou:

— Vá embora!

Ela o observou através dos olhos indecifráveis por vários segundos e em seguida deslizou para o chão.

Ele não conseguia se recordar da última vez que estivera drogado. E enquanto o rejuvenescia, a bebida medicinal aparentemente o levou a ter sonhos ridículos.

Devlin se levantou e pegou uma camisa limpa e jeans em uma pilha de roupas sobre uma cadeira onde Seth, obviamente, as havia deixado. *Tenho estado demais aqui se ele tem mudas de roupas minhas à mão.* Ele era o assassino da Alta Corte. Por toda a eternidade, criaturas mágicas o temeram. No entanto, um ser mágico recém-transformado o drogara e aparentemente vira seu futuro.

Uma criatura que Sorcha não me revelou ser um vidente.

Devlin nunca reagira bem a surpresas.

A porta se abriu, e o vidente em questão entrou no recinto. Ele colocou uma mochila surrada na mesa da cozinha.

— Bom dia, irmão.

— Pare de me chamar de irmão. Devlin apontou para a jiboia enrolada. — Bote isso de volta na gaiola. Não gosto dela rastejando em cima de mim.

— Boomer gosta de você. — Seth aninhou a cobra em seus braços e a carregou para o terrário. Olhou para Devlin, analisando-o. — Você parece bem melhor. Alguns dias a mais para se recuperar antes de ir embora seriam...

— Pare. — Devlin pôs as roupas novamente na cadeira e caminhou até Seth. — Estou aqui para cuidar de você.

— Não, não está. Estava, mas seu propósito mudou. — Seth fechou o terrário de Boomer.

— Você não vai embora de novo — rosnou Devlin. O impulso de envolver a garganta de Seth com as mãos o pressionava, mas violência não fazia sentido algum a este ponto. *Sou da Alta Corte*. Ele empurrou as tentações para as profundezas de sua mente.

Seth sorriu placidamente e andou até as roupas. Sem nenhuma indicação visível de que havia má vontade entre eles, ele deixou de lado as de cima e carregou as restantes para a mesa.

— Agora há água quente.

— Você não vai deixar essa casa enquanto eu tomo banho.

— Certo. — Seth abriu a mochila que havia deixado sobre a mesa de sua pequena cozinha e enfiou as roupas lá dentro. — Eu saí para comprar alguns suprimentos enquanto você dormia. Estão aqui também.

— Suprimentos?

— Sua viagem. Você partirá antes do que eu esperava. As coisas mudam. — Seth virou-se, mas não antes que Devlin conseguisse ver um lampejo de preocupação em seu rosto.

Capítulo 12

Ani empurrou as cobertas e se espreguiçou. Estava ainda mais cansada do que quando chegara à casa de Irial. A casa estava em silêncio enquanto ela descia as escadas. Ani parou ao alcançar a porta da sala de estar. Lá dentro, ouviu o murmúrio de vozes. Sentiu os fios emaranhados de desejo e repulsa e saiu.

Parada no degrau mais alto, com a aldraba de gárgula adormecido atrás dela, hesitou. Um Ly Erg estava parado na rua.

– Aonde você vai? – perguntou ele.

– Não vou com você. – Estremecendo, apesar do sol do meio-dia, Ani tomou a direção contrária à do Ly Erg.

As criaturas de palmas vermelhas trabalhavam para auxiliar qualquer trama concebida por Bananach, chegando ao ponto de ameaçar um motim na Corte Sombria. Era inevitável: eles eram guerreiros, e qualquer desculpa para causar guerra os agradava. *Não são o meu tipo de seres encantados.* Mesmo que tivesse suas dúvidas sobre o novo Rei Sombrio, Ani era leal demais a Irial para apoiar as conspirações contra o rei que ele escolhera para a corte.

Ela desceu o primeiro beco sombrio; sua corte normalmente esperava em tais lugares. Em vez das criaturas que ela considerava reconfortantes, havia outro Ly Erg observando-a. Ela virou em outro e depois outro beco até chegar a um lugar que muitos consideravam a parte menos atraente da cidade. Petróleo e produtos químicos rolavam nas poças de água marrom que se acumulavam nas depressões e buracos no asfalto. O mundo era refletido ali, de volta para ela — um pouco menos brilhante, um pouquinho menos nítido. Para Ani, era lindo. Como sua própria corte, parecia que a água escura podia tornar as coisas feias se não fossem olhadas de perto, mas ela nascera fora dessas sombras: via beleza onde alguns viam apenas sujeira.

Claro, nem tudo vindo da escuridão era encantador, assim como nem tudo o que surgia da luz. *Essa* verdade ficou assustadoramente clara quando Bananach apareceu. Postou-se diante de Ani como se se tivesse materializado, a escuridão ganhando forma entre uma inspiração e um grito. Os Ly Ergs haviam levado Ani em direção a ela.

— Garota. Filha de Gabriel. — A criatura-corvo inclinou a cabeça com expectativa. — Eu a requisito. Venha.

Um dos Ly Ergs de antes estava atrás de Bananach.

Ani engoliu um grito de medo. Poucos seres a assustavam, e a guerreira de cabelo de corvo era uma delas. Garras e bico, cinzas e sangue, Bananach perturbava até mesmo o Rei Sombrio. A inquietação e desconfiança crescentes entre as cortes encantadas haviam fortalecido Bananach o bastante para que ela pudesse enfrentar até mesmo as criaturas mágicas mais fortes.

— A Senhora da Guerra ordena que você a siga. — O Ly Erg gesticulou. — Vai resistir?

O olhar esperançoso no rosto dele deixou claro para Ani que resistir provavelmente não seria uma boa opção.
— Não.
— Boa filhote — disse Bananach.

Nem a criatura-corvo, nem o Ly Erg pronunciou outra palavra enquanto caminhavam em direção a um prédio que parecia não ter sido habitado durante a vida inteira de Ani. As janelas eram pintadas de preto com barras de ferro estiradas sobre elas como venezianas antifuracões. Eles não estavam nem a doze quarteirões da casa de Niall. *Ela me mataria no território dele?* A resposta era, como tudo o que envolvia Bananach, impossível para Ani entender. Guerras eram caprichosas e ousadas por natureza.

Bananach puxou o metal e fez um gesto para que Ani entrasse.

O coração de Ani trovejou de tal forma que ela podia senti-lo sob sua pele. O que não conseguiu sentir foi qualquer emoção vinda de Bananach. *Isso não é bom.* Antes de cruzar o umbral, Ani perguntou:

— Sou convidada ou prisioneira?

— Talvez. — Bananach deu a Ani um olhar incompreensível e apontou para a janela. — Vá agora, antes que a segurança dos meus soldados fique comprometida.

O Ly Erg virou, provavelmente para retornar ao seu posto, e Ani atravessou devagar a janela para uma sala que parecia pertencer ao castelo de um guerreiro medieval. Espadas e outras armas afiadas eram forjadas. Outras estavam sendo reparadas. No entanto, assim que Ani começou a entender o anacronismo estranho das atividades dos moradores, avistou o curioso contraste no lado oposto da sala. Monitores de computador e estações de trabalho repousavam sobre enormes mesas de madeira. Ani os observava.

— Você não faz parte da Caçada. Não pertence nem à corte deles. — Os olhos escuros de Bananach eram familiares o suficiente para parecerem reconfortantes, mesmo que suas palavras fossem um insulto.

— Eu sou. — Ani ergueu o queixo. — Nosso rei...

— Seu rei. Não meu. Não quero um rei.

— Você fez um juramento — sussurrou Ani.

— Fiz. Foi por isso que não matei Niall. Por isso Irial viveu por tanto tempo. — Bananach olhou além de Ani para encarar o vazio. — Será que *ele* virá por você, Filha de Gabriel? Será que ele a salvará de minhas garras?

Ani não sabia ao certo a que "ele" Bananach se referia. *Gabriel? Niall? Irial? Algum outro "ele"?* Com Bananach, a clareza era evasiva.

E então Bananach estava ao seu lado, seus lábios contra o ouvido de Ani.

— Seu pai não vai aprovar. Você não deve contar-lhe. Não deve contar nada a eles.

— Contar a ele que eu... Eu nem mesmo sei o que você quer dizer. — Ani tentou manter um tom respeitoso e equilibrado, mas acompanhar os comentários da criatura-corvo era impossível.

— Essa é uma boa resposta, Menina de Gabriel. Diga isso a eles quando perguntarem. Finja ignorância. Eu falarei por você. — Bananach assentiu uma vez, como se para afirmar alguma coisa. — Segredos de mulher. Você me dá o que eu quero, e lhe darei muito.

— O que você *quer*? — Ela tinha certeza de que agora fora respeitosa. Rabbit lhe ensinara a importância das palavras e frases certas, os tons e gestos adequados, todas as maneiras corretas de falar com os loucos ou perigosos. Bananach era ambos, louca e perigosa.

Ela deu uma risada alta e inclinou a cabeça novamente.

— Preciso de sua força e seu sangue, pequena Hound.

— Estarei viva no final?

— Talvez. — Bananach agachou-se à sua frente e olhou para ela. — Ainda não vejo com tanta clareza.

— Ah. — Ani olhou em volta, procurando uma saída. Lutar não era uma opção, não contra Bananach. Porém, Ani podia *correr*, não como os Hounds mais rápidos, mas mais rápido que a maioria das criaturas mágicas.

Mais rápido que ela?

Bananach acariciava o braço de Ani como se ela fosse um cão perdido.

— Há algo de especial dentro de você, e eu preciso disso. Estou oferecendo-lhe a chance de continuar respirando enquanto o removo.

— Eu...

— Primeiro, você vai matar Seth... e Niall. Talvez Niall primeiro. Você não está presa pela fidelidade, como eu. Eles não vão suspeitar de você. — Bananach estendeu a mão e acariciou o rosto de Ani. — Você vai fazer isso. Depois virá para mim e me dará seu sangue.

Ani estremeceu. A porção de mortalidade que ela carregava não era apenas uma limitação em sua força: apesar de seus esforços, também significava que ela era menos cruel do que a sua corte. Cogitar o assassinato de pessoas que ela conhecia parecia errado. Ela se forçou a não recuar e perguntou:

— Ou?

Bananach corvejou.

— Sem "ou". Não há escolha, criança. Desobedecer a mim seria muita... tolice. Eu irei buscar você.

Os pensamentos na mente de Ani, a ameaça àqueles que amava se Bananach viesse atrás dela... eram mais do que Ani conseguia processar.

— Você nasceu para isso. Se ele a tivesse matado, seria diferente, mas ele não matou, não foi? — Bananach levantou-se e recuou. — Ele quer que eu vença. Foi por isso que a deixou viver. Por mim.

— Se *quem* me matasse?

— Já cansei de falar. Vá e faça o que eu disse, ou ficarei desapontada. — Bananach se afastou e deixou Ani sentada em meio a forjas e computadores. A criatura-corvo nem olhava, então – esperando um pouco de resistência – Ani correu. Atirou-se pela sala em uma velocidade que raramente alcançava. Nesse instante, ela era em cada fibra a filha de Hounds, a cada respiração uma Hound.

Nenhuma mortalidade a desacelerava, e ninguém a impediu.

Capítulo 13

Devlin parou na entrada do beco enquanto a Hound fugia. Com o sangue dela como guia, seguiu seu rastro até a casa de Irial e Niall e em seguida até o covil de Guerra. *O que você estava fazendo, Ani?* Ele queria segui-la. Era algo ilógico ela ser importante. *Se estivesse morta, não seria.* Ele pensou sobre a morte dela enquanto esperava do lado de fora da casa do Rei Sombrio, pensou no terror dentro dele enquanto esperava fora do ninho de Bananach.

E então Ani tinha ido embora.

— Ela é imprevisível — sussurrou Bananach em seu ouvido. As penas negras delas o roçaram quando ela o abraçou.

Devlin se afastou.

Ela se moveu silenciosamente em volta dele, suas garras o espetando de lado.

— Caos revestido de pele. É demais para você, querido Irmão.

Segurando o pulso dela em sua mão, apertou o suficiente para fraturar os delicados ossos de ave, dando-lhe a dor de que ela gostava.

— Precisa mesmo me provocar?

Bananach riu, um crocitar irritante acompanhado por uma reunião de corvos sobre o telhado acima deles. Ela segurou o pulso com alegria.

— Jante comigo, irmão. Estou solitária.

— O que você quer com ela?

Bananach não se fez de desentendida.

— Ela vai me libertar. Seu sangue é o segredo que eles não queriam que soubéssemos.

— O que *tem* no sangue dela que é importan...

— Tsc. Tsc. — Bananach cobriu a boca dele com a mão. — Sem perguntas. Ela é especial, e eu preciso dela.

Devlin removeu a mão de Bananach.

— Você precisa?

— É claro. — Ela corvejou, e o bando de pássaros de asas negras respondeu.

— Você precisa do Hound — repetiu ele.

Bananach olhou para ele com orgulho.

— E você sabe por que, não é? É por isso que não a matou. Agora entendi. Ela é a chave. Com o sangue dela, posso *vencer*. Depois de todo esse tempo, Irmão, posso derrotar Razão.

— Por que eu não...

— Não a matou. — Bananach acariciou-lhe a bochecha. — Quando eles a trouxeram para a Corte Sombria, foi como um pequeno cordeiro entre os lobos, eu enxerguei sua diferença. Escutei. Sei que foi você que não acabou com a vida dela.

Devlin encarou sua irmã, mudo e receoso. Suas mãos não tremiam. *Eu poderia forçá-la a ficar calada?* Ele não podia matá-la, assim como não poderia matar Sorcha. *Como você elimina problemas que não pode matar?*

— Alguém veio no meio da noite e assassinou a mãe da pequena ovelha, e o próprio Rei Sombrio a tem protegido todos esses anos. — O polegar de Bananach acariciou a pele sob o olho de Devlin. Sua garra raspou a carne de modo que um pequeno corte apareceu entre a pele dele e sua mão. — E você... Eu o vi olhando para ela na boate deles. E eu soube.

Ele não sabia o que dizer. Dizer a verdade ou tentar despistá-la poderia dar errado, mas ir embora acabaria com qualquer chance de descobrir o que ela queria de Ani.

— Você é muito atenta.

Ela sorriu.

— Foi um teste, mas eu...

— Não foi um teste. — Ele alcançou a mão de Bananach e a puxou, afastando-a de seu rosto. Entrelaçando os dedos aos dela, acrescentou: — Eu não testaria você.

Bananach suspirou.

— Você me testou, mas eu dei um jeito. O sangue da pequena me dará uma força que eles não podem compreender.

— É mesmo. — Devlin sentiu o despertar de um medo que nunca havia sentido antes pela rainha, pela corte ou pelo próprio Mundo Encantado. Era por Ani, mas após uma eternidade reprimindo emoções, ele empurrou o medo para o fundo, onde sua irmã não perceberia, e ofereceu-lhe as palavras que ela esperaria dele.

— Então você enfrentaria a Rainha da Alta Corte.

— É claro!

Ele fitou Bananach, sem discutir, sem falar.

Ela lançou um feitiço para se parecer com Sorcha e riu com alegria.

— Você é uma criança tão perversa, Dev. Eu sempre soube que ia me trair. Quando ouvi o que você andou fazendo... — Bananach pausou, ainda vestida com a imagem da Rainha da Alta Corte. — Fiquei chocada. Decepcionada. Você não é como eu, Devlin. Você não pertence ao Mundo Encantado. Nunca pertenceu.

— Pare.

Bananach retornou a sua imagem.

— Você sempre gostou mais *dela*, não é?

Bananach se inclinou pesadamente contra uma cerca de arame. A força de seu corpo batendo contra a cerca tornava o chocalhar metálico desagradável.

Devlin ficou frente a frente com ela.

— Devo contar a ela onde você se esconde?

— Se *ela* se escondesse, você me cont...

— Pare. — A calma de Devlin evaporava de forma constante. — Ela é minha rainha. Ela me dá um lar, vida e razão de ser.

— Um dia tomarei minha corte de direito ou a matarei, então você vai jurar lealdade a mim. — Bananach parecia estar com o coração partido ao falar. Durante séculos, esteve fixada na mesma coisa, nem sempre, nem mesmo regularmente. Mas, quando estava perdida, seu plano B era a regência e sororicídio. — Você usou a Hound como um teste, mas eu vejo o que ela pode fazer por nós. Você duvidou que eu descobrisse, mas descobri.

— Eu não testo você, Irmã — repetiu ele. Não acrescentou que testes eram o domínio deles. Toda a relação de Bananach com ele era unicamente baseada em competição com sua gêmea, Sorcha. Ele era apenas um instrumento a ser manejado no conflito entre elas.

— Onde vamos jantar? — perguntou ele.

— Poderíamos fazer um intervalo para um pouco de matança?

— Talvez. — Ele já havia feito coisas piores em sua companhia e nem sempre sob seus comandos.

E ela se acalmou. Passou o braço em volta da cintura dele, e de modo obediente Devlin passou o braço pelos ombros dela. Ela ajustou o caimento de seus cabelos-penugem para que não ficassem presos em seu abraço, mas parecessem um manto sólido sobre seu braço e pelas costas abaixo.

Em seguida, Devlin andou até a única casa onde sabia que nenhuma irmã iria querer que ele estivesse, procurando não o rei, mas aquele na Corte Sombria que soubesse como melhor lidar com suas irmãs. Uma criatura do cardo recebeu-o, guiou-o até uma sala cuja porta era uma grande pintura surrealista que deslizava para o lado, o fez entrar e sumiu.

Na sala escura, Devlin encontrou a criatura que buscava: Irial não era um monarca, mas ainda tinha poder o bastante para que, se quisesse sua corte de volta, conseguisse retomá-la. Não era rei, mas também não era apenas uma criatura encantada. *Como eu*. Havia algumas criaturas mais fortes nas cortes, mas a maioria dos verdadeiramente poderosos era solitária — a menos que algo, além do poder, os motivasse.

Duas cadeiras estavam em cada lado do divã onde o ex-Rei Sombrio agora repousava.

Irial pegou um decantador de uma das alcovas na parede. Serviu uma taça e a ergueu.

— Beba comigo?

Devlin fez que sim, então Irial encheu uma segunda taça. Irial a ofereceu.

— Muitas noites boas podem começar com um mortal desejoso... ou semimortal, talvez.

Devlin ignorou a insinuação de que Irial sabia de Ani. Aceitou a taça e sentou-se na cadeira à sua direita.

— Talvez, mas isso não é apropriado para os que pertencem a minha corte.

— E qual seria essa corte, Devlin? — Irial nunca perdia a chance de fazer essa pergunta específica. Como os Reis e Rainhas Sombrios anteriores a ele, Irial vira coisas que Devlin preferia manter no passado.

— Eu pertenço à corte de Sorcha — disse ele.

— Por quê? Você não é como eles. Nós dois sabemos disso. Se...

— Pare. — Devlin bebeu, mantendo sua expressão indiferente enquanto observava Irial. — Não tenho interesse algum no que você pensa que sabe.

— Aaaaah. Você certamente é cruel o bastante para ser da Alta Corte.

Irial pareceu um pouco magoado, mas a tristeza momentânea se desfez sob a habitual expressão maliciosa da criatura.

Devlin pensou — não pela primeira vez — em como sua vida teria sido diferente se tivesse se juntado à Corte Sombria quando ela fora criada. Irial, como todos os Reis Sombrios anteriores a ele, era a personificação da tentação. Não tinha necessidade alguma de reprimir seus impulsos mais naturais, não precisava esconder nada.

Diferente de mim.

Irial ergueu sua taça, olhando o líquido âmbar como se fosse enxergar ali alguma verdade.

— Você esteve no Ninho do Corvo.

— Fui enviado para garantir que Seth ficasse a salvo.

— Entendo. — Irial deu um gole e deixou que o silêncio perdurasse.

— Você pode falar com meu rei se estiver em dúvida sobre a segurança do garoto. Devo ver se ele está em casa?

Devlin avaliou as palavras dele. Não era como se ele nunca tivesse conduzido negócios sem o consentimento de sua rainha. A eternidade era um período muito longo para testar a tolerância dos laços de ser governado.

Ele somente agia sem ordens quando era para o interesse de sua corte ou de sua rainha — ou quando não havia consequências.

Exceto no caso de Ani.

Devlin pôs a taça de lado.

— Não estou aqui por Seth, mas acredito que você já saiba disso.

— Claro.

Devlin odiava a necessidade de falar sobre aquilo, de admitir para qualquer um que ele se preocupava que Ani estivesse vulnerável, mas orgulho não era um luxo que ele podia se dar naquele momento.

— Ani está em perigo, e eu gostaria de mantê-la a salvo.

A gargalhada que saiu de Irial superou cada coisa sombria que já passara pelo Mundo Encantado.

— Duvido que *segurança* seja o que Ani procura.

Devlin ignorou esse fato e acrescentou:

— Ani é do interesse da minha irmã. Eu gostaria de afastá-la de Huntsdale, mas suspeito de que, se fizesse isso sem informar sua corte, seríamos perseguidos.

A aparência de preguiça e libertinagem desapareceu. O sorriso de Irial era semelhante ao de um animal mostrando os dentes.

— Você acha que a escondi só para você levá-la para o Mundo Encantado?

— Ela não vai ser refugiada no Mundo Encantado. Seria melhor não a levar para lá. Por causa do meu envolvimento na vida de Ani, Sorcha não a Vê. — Devlin disse as palavras com calma.

Irial ficou em silêncio.

— Agora que Ani foi para a sua corte, ela corre perigo. Bananach tem interesse nela também — acrescentou Devlin.

— E por que a Mão Sangrenta da Rainha da Alta Corte envolve-se, em pessoa, na segurança de uma Hound? — Irial girou a taça na mão. — É um mistério. Você não acha?

— Isso realmente importa? — perguntou Devlin.

— Talvez. Suspeito de que importe para Bananach. E para Sorcha. Importaria para mim se aqueles em quem confio estivessem mantendo tais segredos. Você está sugerindo que não importaria para eles? Para sua *rainha* especialmente?

Irial não estava dizendo nada que Devlin já não soubesse. Todas as criaturas conheciam a importância da lealdade. Uma vez que alguém fizesse um juramento a um rei ou rainha, a obediência teria que ser absoluta. Devlin agia em oposição direta às ordens de sua rainha — não apenas tinha deixado Ani viver, como agora também trabalhava para mantê-la viva, em vez de proteger Seth. Poucas criaturas pensariam que ele poderia desobedecer a um comando de sua rainha, exceto, é claro, a própria rainha.

Ela não sabia que esse dia chegaria?

O tempo passou sem palavras ou sons. Era como estar na Alta Corte, onde havia silêncio e contemplação.

Finalmente Irial disse:

— Se Ani for com você por escolha dela, dissuadirei Gabriel e Niall da ideia de persegui-los. Se ela se recusar, a protegeremos *aqui*. Mas a escolha é dela. Preciso que você me dê sua palavra.

Devlin ficou imóvel.

— Você tem a minha palavra de que a escolha é dela.

Irial olhou para ele, muito sério, franzindo a testa.

— Cuide dela.

— Ela ficará mais segura do que se estivesse na sua corte. — Devlin se virou para ir embora.

— Devlin?

Ele parou com uma das mãos na porta.

— Tome cuidado *com* ela também. Ani não é como nenhuma outra criatura. — O olhar de Irial era de pena.

— Sou a Mão Sangrenta da Rainha da Alta Corte. — Devlin endireitou os ombros e mostrou o controle que exercia sobre suas emoções, suficiente para permitir que a criatura sombria soubesse que não era necessário ter pena. — Por toda a eternidade, nenhuma criatura nascida me superou em *nada*.

— Ah, o orgulho precede a queda, meu amigo. — Irial se levantou e apertou a mão de Devlin. — Mas você já caiu, não é mesmo?

E, para isso, Devlin não tinha resposta.

Capítulo 14

Finalmente escurecera no Mundo Encantado, então Rae aproveitou a oportunidade para sair um pouco da caverna. O mundo ao seu redor parecia mais vazio do que o habitual, mas Rae havia muito tinha se acostumado com o cenário em constante mutação do Mundo Encantado. O estado de espírito da Rainha da Alta Corte determinava a realidade, e de vez em quando a rainha decidia criar uma nova paisagem.

Rae flutuou sobre um córrego que antes era um rio. Em ambos os lados, salgueiros se agarravam à margem em círculos, como grupos de pessoas conversando. Ramos finos oscilavam em uma leve brisa. Recostada no chão com os pés descalços pendurados sobre a margem, estava uma linda criatura, que Rae nunca encontrara em sonhos ou no corpo de Devlin. A criatura dormia no chão de barro escorregadio, e havia uma pilha de musgo sob sua bochecha como se a terra tivesse formado um travesseiro só para ela. Pedaços de lama, galhos e juncos foram pegos em um amontoado de fios de cabelo flamejantes. Diferentemente da maioria das criaturas da Alta Corte, esta parecia pertencer a outro lugar, como se tivesse saído de uma pintura pré-rafaelita de mulheres sensuais.

Rae entrou no sonho da criatura.

— Eu não conheço você — disse a criatura. Em seu sonho, ela estava sentada à margem de um rio muito maior. Lilases floresciam à beira de um exuberante jardim que se estendia ao longe.

Rae respirou fundo. Nos sonhos, seus sentidos eram como se fossem reais. O perfume das flores pesava sobre sua língua, tão espesso que ela quase se engasgava com ele.

— De onde você vem? — perguntou a criatura.

— Talvez você tenha me visto na rua e esteja se lembrando de mim. — Rae estava acostumada com as criaturas da Alta Corte resistindo a sua presença em suas mentes. Não era normal sonhar com estranhos, então muitas vezes precisavam ser sutilmente guiados a aceitar que ela era imaginária.

— Não. — A criatura balançou a cabeça. Seu cabelo estava solto, caindo em suas costas e esticando-se atrás dela até o terreno coberto de flores. Não havia galhos ou lama emaranhados nos cachos.

A criatura virou as costas para Rae, olhando para a água como se fosse um espelho gigante. Rostos balançavam sob a superfície como Ofélia, afogada e trágica. *Ela perdeu alguém?* A morte era muito maior para os seres encantados. Quando se tinha a promessa da eternidade, os séculos pareciam um piscar de olhos. Rae tinha visto a realidade de tal perda quando Devlin refletiu sobre o que fizera por sua rainha. As ordens dela eram sangue nas mãos de Devlin.

— Com o que você sonha? — sussurrou Rae.

A criatura não desviou o olhar da água. Veias de prata, como raízes, rastejaram da pele da criatura e afundaram na terra, ancorando-a ao solo. Rae ficou paralisada pela visão: criaturas mágicas não eram nunca tão incomuns em sua imaginação. Elas se viam muito próximas de como eram quando estavam acordadas; sua representação essencial ecoava a realidade. Eram da Alta Corte, lógicos nisso como em todas as outras coisas.

— Meu filho já não está comigo. — A criatura olhou para Rae. — Ele *se foi*, e não consigo vê-lo.

O coração de Rae doía por ela. As criaturas mágicas tinham tão poucas crianças que a perda de uma delas devia doer ainda mais do que a perda da maioria das criaturas. Rae sentou-se ao seu lado, com cuidado para não encostar nas raízes que se estendiam das mãos, braços e pés da criatura.

— Sinto muito.

— Eu sinto falta dele. — Seis lágrimas deslizaram pelo rosto da criatura. Caíram no chão e ali ficaram como gotas de mercúrio.

Rae as juntou em suas mãos e levou-as à beira do rio. Com suas palavras, ela remodelou a água, esticando-a e alargando-a até que se tornou um oceano.

— Sete lágrimas no mar — disse à criatura.

Em seguida Rae voltou para o lado dela e se ajoelhou. Com a mão estendida, acrescentou:

— Sete lágrimas para um desejo.

Pegou a sétima lágrima enquanto caía.

A criatura ficou em silêncio quando Rae arremessou a lágrima na água.

— O que você deseja? Enquanto estiver dormindo, seu desejo pode se tornar real. — Rae continuou ajoelhada ao seu lado. — Diga-me.

A mulher encantada olhou para Rae. Sua voz era como uma brisa leve, mas disse as palavras, fez seu desejo.

— Eu quero ver meu filho, meu Seth.

Atrás deles, o mar desapareceu, e em seu lugar apareceu um espelho. O espelho era enquadrado por vinhas endurecidas e enegrecidas como se tivessem sido escurecidas pelo fogo. No espelho, Rae podia ver uma criatura diferente de todas as outras que já vira e de visual destoante da aparência austera da maioria das criaturas da Alta Corte. Seth tinha joias de prata decorando as sobrancelhas, um anel de prata no lábio inferior, e uma longa barra de prata com pontas que pareciam flechas perfurava a curva superior de uma orelha. Cabelo preto-azulado emoldurava um rosto que não era bonito como o de um ser encantado, mas faminto como o de um mortal. Seth não parecia nada com o filho da vibrante criatura.

É por causa dele que ela se vê com âncoras prateadas?

Seth estava lutando com um grupo de criaturas com tatuagens que se moviam em seus antebraços. Se fossem mortais, Rae diria que eles eram o tipo de pessoa que se deve evitar ao atravessar a rua. No espelho, Seth passou os braços em torno de uma criatura feminina musculosa e jogou-se com ela através de uma janela. Cacos de vidro atingiram o piso de cimento dentro de um quarto sombrio.

Onde eles estão? Será que ela viu seu filho morrer? É disso que se trata?

Rae se contraiu, pondo-se no lugar daquela criatura ao pensar que testemunhara a morte de seu filho.

A criatura não arrancou o olhar do espelho. Ela levantou uma das mãos como se fosse tocar as imagens.

— Meu menino lindo.

Seth estava rindo da cara feia no rosto da criatura feminina musculosa.

— Peguei você — disse ele.

— Nada mal, filhote. — A criatura de aparência cruel na imagem puxou vidro de um corte longo no ombro. — Nada mal mesmo.

Outra criatura jogou uma garrafa de água em Seth. Apenas o braço desenhado aparecia, mas, mesmo sem ver o rosto, Rae sabia que este era outro lutador. Sua voz ressoava como um estrondo de trovão:

— Vai mais uma rodada com Chela?

Seth balançou a cabeça.

— Não posso. A Corte do Verão festejará esta noite. Ash... estamos conversando, e ela quer que eu a acompanhe.

— Keenan?

— Ainda sumido. — Seth sorriu, mas rapidamente desviou o olhar, como se sua felicidade fosse imprópria.

— Que pena.

— Você sabe onde ele...

— Pare — interrompeu Chela, a criatura do sexo feminino. — Não é papel de Gabe *ou* meu lhe dizer o que descobrimos para o *nosso* rei.

Seth assentiu.

— Entendi. Boas lutas hoje?

— Você ainda está revelando demais seu próximo movimento — disse uma voz, presumivelmente Gabe.

— Amanhã?

— Na hora em que você acordar, já será noite. — Gabe apareceu na cena e sorriu. — *Se* você participar direito, filhote, verá que festanças não combinam com acordar cedo.

As palavras faladas pelas criaturas na cena pareciam muito precisas para serem uma memória. Além disso, esta cena não terminava na morte de Seth. *Isso não é bom.* Enquanto Rae assistia, teve a grave suspeita de que tinha feito algo novo: de alguma forma, tinha concedido à criatura um vislumbre do mundo mortal naquele mesmo instante. *Como eu fiz isso?*

— Seu filho não está morto? — perguntou.

— Não. Ele está no mundo mortal. — A criatura voltou-se para fitar Rae com olhos arregalados. Uma lente transparente deslizou sobre suas pupilas desumanas, lembrando a Rae dos répteis que tinha visto. Criaturas mágicas eram *Outros*. Ela soube disso desde seu primeiro dia ali, mas raramente ficava tão óbvio quanto naquele instante.

— De onde você vem? — exigiu a criatura.

— Eu sou apenas um sonho — disse Rae, como dissera a tantas outras criaturas adormecidas. Mas sua voz vacilou, fazendo suas palavras soarem falsas. — Isso tudo é apenas um sonho.

— Não.

— Sua imaginação? Talvez você já tenha me visto em uma pintura, algo que viu no palácio...

— Não. — A criatura cruzou os braços e encarou Rae. — Eu conheço cada detalhe de *cada* pintura no meu palácio. Você é algo novo. O que fez aqui foi... impossível. Eu não posso ver as teias daqueles ligados a mim. Eu o *vi*.

Rae congelou.

Meu palácio? Fios de visão? Sorcha.

Rae se levantou e deu um passo para trás, afastando-se de Sorcha e do espelho onde Seth estava andando por uma rua que não parecia em nada com o mundo mortal que Rae lembrava. *Devlin vai ficar furioso... se eu sobreviver às próximas horas.* As palavras de repente soaram muito mais perigosas do que ela imaginou ser possível. Os sonhos eram seu domínio. Ali, ela deveria estar segura. Ali, ela deveria ser onipotente. Sorcha, no entanto, *era* onipotente. Dentro do Mundo Encantado, o mundo se refazia ao seu capricho e vontade, e Rae não tinha certeza se isso se estendia aos sonhos.

Ou ao mundo mortal.

– Quem é você? – Sorcha não se levantou do chão. Mesmo sem um trono ou armadilhas de poder, ela era ameaçadora. O mar cresceu em ondas gigantescas que não caíam. Pairou, ameaçando cair mesmo congelado. A água solidificou, aprisionando as ondas. A mente adormecida de Sorcha estava assumindo o controle das imagens que Rae não conseguia segurar.

Exceto o espelho. Continuou na frente dela, intocado pelos cacos de gelo que se quebravam nas ondas e caíam como pedras no início de uma avalanche.

– Um sonho. Eu sou apenas o rosto que se materializou para sua própria diversão. Nada mais. – Rae esperava que a expectativa de que a verdade sempre vinha dos lábios dos seres encantados fosse suficiente para lhe dar tempo de fugir.

– Se você preferir que eu desapareça – Rae virou as costas como se fosse embora –, o sonho é seu.

– Pare.

Rae parou no meio de um passo. Então, decidida de que a ação mais segura, o plano mais *sábio*, era continuar, ela continuou andando.

Em um piscar de olhos, Sorcha apareceu na sua frente.

— Eu disse para você parar.

— Você não pode controlar sonhos, Sorcha — sussurrou Rae. — Não pode controlar nada aqui.

— Eu controlo tudo no Mundo Encantado. — Seu olhar altivo lembrou a Rae tanto de Devlin, que ela se perguntou como não reconhecera Sorcha de imediato.

— Mas nós não estamos realmente no Mundo Encantado. Os sonhos não são o seu reino. — Rae sorriu para Sorcha o mais delicadamente que pôde. — Há mortais, *seanchaís*, com a capacidade de distorcer sonhos. Mas você? Você é apenas outra criatura mágica na *minha* terra dos sonhos.

— No entanto, você não é apenas outra criatura. — O olhar de Sorcha absorvia cada detalhe da aparência de Rae. — Quem a tem escondido de mim?

— Ninguém — mentiu Rae. — Eu sempre estive aqui. Você simplesmente não me interessava.

E então, antes que a Rainha da Alta Corte pudesse descobrir segredos perigosos, Rae saiu do sonho e voltou ao Mundo Encantado.

Capítulo 15

Ani ainda estava abalada, horas depois de ter deixado Bananach — situação agravada pelo fato de que alguém a seguia. *Será que Bananach me deixou ir embora só para descobrir para onde vou?* Ani não tinha certeza. As janelas do Barracuda eram tão escuras que ela não conseguia ver o motorista, mas percebia que seu perseguidor era arrogante. Seguir alguém em um carro tão maneiro dizia muito sobre a personalidade do motorista. Em uma criatura mágica, esse tipo de confiança e egotismo não seria surpreendente, mas a maioria das criaturas não dirigia. Não era uma versão com muito aço, e mandar fazer um carro customizado de materiais não hostis era tolice.

Embora existam alguns.

Ela tentou pensar nas raras criaturas que achariam lindo carros atraentes o suficiente para mandar construí-los sem aço. Era uma pequena lista. Na maioria das vezes, criaturas pilotavam bestas enfeitiçadas para parecerem motos ou até mesmo construíam carros mágicos com materiais terrestres. Não seriam capazes de criar este. O motor rosnou com energia malcontida, tanto que parecia tremer ao se arrastar atrás dela.

Ela virou em um beco. *Não, não é uma criatura mágica.* Provavelmente um mortal dirigia a Barracuda. E ela conseguiria confrontar um mortal.

O carro virou atrás dela. O típico cheiro pesado de escape estava ausente quando o carro diminuiu a velocidade perto dela e parou. Ficou ali – motor em marcha lenta, zumbindo –, mas ninguém apareceu. As janelas permaneceram fechadas.

– Ótimo. – Ela deu um passo em direção ao carro. – Se você não vai se revelar, vamos fazer desta maneira. – Ela parou ao lado da porta do motorista. Deixar seus medos e raivas fluírem para alguém estúpido o bastante para atravessar o caminho de uma filha da Caçada era muito tentador, mas ela deu mais um aviso. – Você não deveria me provocar.

O carro não recuou. O motorista não saiu nem desligou o motor.

Ani agarrou a maçaneta da porta – e congelou. O material sob sua mão não era apenas metal. Ela olhou através das janelas, agora transparentes. *Vazio.* O carro na sua frente não era feito por criaturas mágicas. Era algo muito mais raro, algo vindo de contos infantis, em que ela há muito tempo deixara de acreditar.

Um cavalo sem cavaleiro.

Sob sua mão o carro pulsava, como um ronronar. Vibrava pelo seu corpo.

– Meu? – perguntou ela.

Um do outro. As palavras vieram espontaneamente em sua mente.

Tinha uma voz que ela ouviu. Diferente de quando ela andava no corcel de outro, o dela estava em sua mente, uma parte dela.

Claro que sou. A voz não tinha sexo. *Eu sou seu. Agora você não montará nenhum outro.*

— Nunca mais. Só você. — Ela acariciou as longas linhas elegantes do capô. Era tudo o que um clássico deveria ser: poderoso e belo, linhas fortes e com um ótimo motor.

Mudou sob sua mão, tornando-se uma Ducati Monster preta com rodas raiadas cromadas.

— Caramba. — Ani o sentiu rindo quando ela praticamente babou na motocicleta.

Em seguida, era um cavalo, um cavalo esquelético capaz de atropelar qualquer criatura em seu caminho. Levantou e baixou a perna, quebrando o asfalto já trincado sob um casco de aço afiado. Como os mais perfeitos habitantes da Corte Sombria, era belo em seu horror.

— Você é lindo.

E letal, Ani.

— Sim. Foi isso o que eu disse. Letal *é* lindo. — Ela acariciou o pescoço dele. Após o terror de enfrentar Bananach, havia pouco que pudesse aliviar sua ansiedade. Isso podia. Aliviava.

Você precisou de mim.

— Sim — sussurrou Ani.

Senti a sua necessidade de fugir e por isso estou aqui. Ele fechou os olhos e descansou a cabeça no ombro dela. *Podemos ir daqui.*

Ele a havia escolhido, a elegido. Ela tinha a própria montaria, não de Chela, mas a sua. Semimortais não têm cavalos, e corcéis sem donos não vagavam no reino mortal. No entanto, ele estava ali.

Venha, Ani. O corcel tornou-se um carro de novo. Ele abriu a porta. *Ande comigo. Para longe daqui.*

Ani deslizou para o banco do motorista. O motor rodou com um rosnado satisfatório.

— Ah. — Ela soprou a palavra, e o carro arrancou do beco com uma velocidade que fez seu coração acelerar.

Assuma o volante. Eu confio em você, assegurou ele.

— Pegue de volta se eu falhar. — Ela havia dirigido um carro de verdade algumas vezes, mas não o suficiente para ter certeza de que poderia lidar com aquilo.

Sempre. Eu vou mantê-la segura, Ani. Sempre. Você é minha agora.

— E você... — Ela não conseguia completar a frase.

Então seu corcel disse. *Eu sou seu. Sempre.*

Após algumas horas vertiginosas, Ani guiou seu corcel para um beco perto da loja de tatuagem. O passeio a ajudara a tranquilizar suas emoções, dando-lhe espaço para se acalmar, mas as exigências de Bananach não eram algo que ela podia compreender por conta própria. Ani não poderia matar seu rei, mesmo que quisesse. Ela não tinha nenhum desejo de dar a Bananach sua força ou seu sangue. E, apesar de sua antipatia por Seth, ela não tinha certeza se poderia matá-lo.

Será que um dos três atos seria suficiente para apaziguar Guerra?

Ani não sabia, mas tinha a certeza de que Niall, seu rei, não seria complacente com o assassinato de Seth. *Mas se ele não soubesse...* As possibilidades estavam ali. Ignorar Bananach não era um plano viável. Ela era louca, perigosa e poderosa.

Será que eu posso matar Seth?

Ele não pertencia, de fato, à Corte Sombria. Se ele fosse importante para Irial, seria diferente. Por outro lado, *era* da Alta Corte e amado pela Rainha do Verão. Incitar a raiva deles não era uma boa ideia.

Mas enfurecer Bananach também não.

O motor parou, e Ani saiu do banco do motorista do Barracuda e, com delicadeza, fechou a porta. Era uma bela besta, mas estava segura no beco. O maior risco era ele comer algum mortal tolo que tentasse roubar suas partes ou se apoiasse nele, mas o corcel parecia cansado o suficiente para não ter que se preocupar com sangue na grelha quando voltasse.

Ela se inclinou sobre o capô do carro e sussurrou:

— Volto logo.

O motor roncou brevemente, e em seguida as luzes interiores se apagaram.

Ani caminhou pela calçada até a Pinos e Agulhas. Ela parou. Assim que cruzasse o batente, haveria perguntas. Se ela respondesse, um sermão se seguiria. Seu irmão não sobrevivera na fronteira entre a Corte Sombria e os mortais sem nervos de aço. Ele a ensinara o que precisava para sobreviver e não havia recuado diante da sua desumanidade ou da doçura mortal em Tish. De alguma forma, ele amava as duas, apesar de suas diferenças.

— Vai entrar? — Rabbit estava parado no outro lado da janela da frente. Seu cavanhaque era uma trança preta em um tom de laranja berrante. O plugue de osso que esculpira para ele após uma de suas primeiras caçadas estava em sua orelha. Suas roupas eram seu padrão de brechó: calça escura e uma camisa de botão de mecânico falsamente proclamando-o um empregado do Joe's Stop and Go.

Minha casa.

Ela pôs a palma das mãos sobre o vidro da porta, cobrindo as horas em que supostamente o estúdio estaria aberto.

Rabbit a observou com a expressão taciturna de costume. Ele faria muitas perguntas depois, mas logo ali viu o que Ani não admitiria: ela estava com medo. Seu irmão era o único a murmurar palavras de conforto quando chegava em casa chorando ou furiosa. Ele a ensinara a lidar com um mundo que a confundia. Ele a ajudava a chegar à conclusão de que as coisas que a diferenciavam eram tanto pontos fortes quanto fraquezas.

Ela abriu a porta da loja e se jogou em seus braços.

Ele a abraçou com cuidado, como fazia quando ela era uma garotinha e pensavam que poderia vir a ser mais mortal. *Como Tish.*

— Quer me contar o que há de errado?

— Talvez. — Ela se afastou e andou até a cadeira de vinil vermelho no canto mais distante.

Rabbit virou a placa de "aberto" para "fechado" e trancou a porta.

— E?

— Eu vi Bananach. — Ela cutucava um fio solto preso sob um pedaço de fita isolante que Rabbit tinha usado em vez de costurar um dos rasgos na cadeira. — Ela quer algumas coisas de mim.

— Ela é problema. — Rabbit baixou as persianas de modo que nenhum transeunte os visse sentados ali dentro enquanto a placa estava virada.

— E *nós* não somos, Rabbit? — Ani olhou para ele. Rabbit parecia ser problema. Estereótipo ou não, sua família parecia do tipo que não teria problemas em contornar ou quebrar algumas regras. Eles *haviam* violado tanto as leis mortais quanto as tradições do Mundo Encantado. Ele as tinha escondido de quem quer que tenha matado Jillian, da Alta Corte e da maior parte da Corte Sombria. Ele roubara vontades dos mortais e liberdade, quando as vinculou à Corte Sombria nas trocas de tinta.

— Existem problemas, e existe *ela*. — Rabbit se sentou de pernas cruzadas no chão imaculado da loja de tatuagem. Mesmo naquela sala de espera, ele o mantinha tão limpo quanto podia. Quando era criança, ela construía carros de Lego e cidades de palito de picolé no chão da sala de espera à noite, enquanto Rabbit trabalhava.

— Ela quer que eu faça algumas coisas... e... — Ani juntou as mãos e apertou-as firmemente, depois forçou-se a encontrar o olhar dele. — Eu não quero lhe contar.

— Nós não causamos problemas apenas por causar. Não problemas de verdade. É preciso haver uma razão. Você entendeu, não é, Ani? — Rabbit chegou mais perto para se sentar a seus pés. — Eu não posso mantê-la segura, agora que está na Corte. Você expôs o que é, e eles não vão mais deixá-la viver entre os mortais... não nos próximos anos.

Ela inclinou a cabeça desafiadoramente.

— Irial confia em mim.

— Eu também — disse Rabbit, antes de olhar para a porta. Alguém estava tentando girar a maçaneta apesar da placa virada e das persianas fechadas. Ele baixou a voz e acrescentou: — Então, pense no que ela lhe pediu.

— Eu só... Estou com medo. Se eu não cooperar... — Suas palavras desapareceram ao pensar sobre despertar a ira de Guerra.

— Daremos um jeito. Vamos. — Rabbit levantou-se e puxou-a para ficar de pé. — Podemos conversar durante o jantar. Vou fazer uma sobremesa.

Ele a envolveu pelo ombro com um dos braços.

— Abrir uma lata de sorvete não conta. — Ani tentou suavizar sua voz. Era o que Rabbit fazia quando havia estresse: dava-lhe espaço para relaxar, enquanto examinava o que a perturbava. Ela respirou fundo e acrescentou: — Eu quero algo *feito* por você.

— Combinado. — Ele abriu a porta para a parte privada da loja, onde tinha vivido a maior parte de sua vida. — Vou ligar para Irial.

Ani cambaleou um pouco. Ela não queria contar a Irial que tinha visto Bananach. *E é por isso que Rabbit estava ligando para ele. Cuidando de mim.* Seu irmão sempre fazia o que podia para mantê-la segura. Isso não havia mudado. Sua capacidade de ajudar podia ter mudado, mas o desejo de fazer tudo o que podia ainda era o mesmo.

— Eu vou contar a ele, Rab. — Ela entrou na frente dele. — Você não precisa se envolver.

Rabbit pareceu mais velho do que normalmente.

— Se Bananach quer você nos planos dela, Irial precisa saber. O novo rei precisa saber... e você, Senhorita Impulsividade, precisa de alguém mais forte do que eu ao seu lado. Você liga, ou eu ligarei.

Ela apoiou-se na parede, pegou seu celular e pressionou o seis. O telefone tocou apenas umas poucas vezes antes que Irial respondesse.

— Oi. Muito tempo que não conversamos. — O nervosismo em sua voz era suficiente para informá-lo de que aquele não era um telefonema para bate-papo.

— Onde é que você está?

— Em casa. — Ela fechou os olhos para que não pudesse ver a preocupação no rosto de seu irmão.

— Preciso dizer algo a Gabe? — perguntou Irial.

— Ainda não. — Ela ouviu Rabbit se afastar. Os passos dele eram golpes sólidos no chão. Mas ela não abriu os olhos. Em vez disso, esperou o apito do forno sendo pré-aquecido, o barulho da água caindo enquanto ele lavava as mãos, sem dúvida, já limpas, e os armários abrindo e fechando-se. Finalmente, ela disse: — Preciso falar com você. Tenho um... problema, eu acho. Situação? Não sei. Preciso de ajuda.

— Fique em casa. Estou indo. — Irial não desligou o telefone. Continuou na linha, uma linha vital de que ela não queria precisar, depois falou enquanto ia em direção a ela. — Alguém machucou você?

— Estou bem. — Ela se sentou no chão, de costas para a parede, enquanto o medo a que resistia começou a dominá-la. — Estou fazendo o jantar.

— Vou ajudar.

Ela sorriu.

— Não estou fazendo nada extravagante como você faria.

— Você *machucou* alguém? — perguntou ele.

— Não.

— Então vai ficar tudo bem. — A voz de Irial era como a que ela lembrava dos medos de infância. Ele era o seu salvador, aquele que levou ambas, ela e Tish, a um lugar seguro, que fez com que se escondessem da crueldade da Alta Corte e de quem matara Jillian. — *Você* vai ficar bem.

— Eu não tenho certeza desta vez. — Ani se levantou e foi para a cozinha. Rabbit beijou sua testa quando ela parou ao lado dele no balcão da cozinha minúscula. — Bananach me quer.

Capítulo 16

Quando Tish entrou na cozinha, deu um gritinho agudo como se não se vissem há semanas.

— Eis um som do qual não sinto falta. — Rabbit cobriu o ouvido e simulou estar se contraindo. — Tenho sorte por não estar surdo.

Ani passou o telefone para Rabbit.

— Fale com o Iri. Vou fofocar com Tish.

— Fique em casa! — Rabbit gritou quando elas saíram em direção ao quarto.

Não.

Ani desejava poder contar tudo a Rabbit, mas, quanto mais pensava nisso, mais percebia que era algo muito sério. Viera correndo para casa, expondo Tish e Rabbit a um perigo em potencial. Partir por um tempo era a melhor alternativa. *Especialmente agora que tenho meios para fazê-lo.* Ani se perguntou rapidamente se isso era parte do motivo pelo qual o corcel viera até ela. Ela precisava fugir para algum lugar em que sua presença não pusesse sua família em risco.

— Amo você. — Ani abraçou a irmã. — Mais do que qualquer um ou qualquer coisa. Sabia disso?

— Também amo você. — Tish franziu a testa. — Então... o que você fez agora?

— Nada ainda. — Ani ligou o som, e as caixas de som imediatamente ganharam vida. O grave era pesado, e o peso dele pressionava sua pele.

Minha casa.

Ela sabia que Rabbit percebera que a música era para impedi-lo de ouvir a conversa. Seu irmão podia não ser tão Hound quanto ela, mas tinha uma audição especialmente aguçada. Ela parecia ter herdado quase todas as características de seu pai. Rabbit tinha algumas: longevidade, força, audição. E Tish... Tish tinha qualidades leves de Hound. Era o que chamavam de crescer: um pouco mais forte, um pouco mais rápida, com propensão a se meter em problemas.

Elas se sentaram na cama de Tish. A cama de Ani ainda estava lá, desfeita desde a última visita, e com a aparência do paraíso de que ela precisava. Não podia ficar, contudo, não aqui, não no lugar onde sua irmã predominantemente mortal estava.

— O que está acontecendo? — Tish cruzou as pernas e esperou.

— Estou meio metida em uma situação — começou Ani.

Tao rápido quanto pôde, explicou tudo sobre Bananach. E disse:

— Conte a eles. Conte *tudo* a Rab e a Iri.

— Ani! — Tish esticou a mão para pegar a da irmã, mas Ani já estava de pé, afastando-se.

— Não posso ficar. — Ani aumentou o som. — Se ela vier atrás de mim...

— Não. Você não pode *ir* — sussurrou Tish. — Se ela a estiver procurando... Ani. Faz aquela coisa do foco. Isso ajuda.

Ani olhou para a porta fechada.

— Se ela vier, machucará você e Rabbit. Eu não deveria ter vindo aqui. Preciso me afastar de todo mundo antes que ela chegue. É o mais seguro e...

— Agora *Iri* sabe. Ele vai dar um jeito. Podemos todos ir morar com ele. — Tish se levantou e pegou as mãos de Ani, acalentando-a como quando eram pequenas e Ani surtava. — Vamos. Simplesmente fique aqui.

— Não posso, Tish. Você fica com Iri, tá? Fique com Rabbit. Com Gabr... *Papai*. — Ani sentiu como se algo cheio de espinhos estivesse rastejando dentro de sua pele. Ela precisava fugir. A ideia de ficar, de não sair dali, fez com que se sentisse engasgada. Irial poderia manter Tish e Rabbit ao lado dele. Eles estariam mais seguros sem Ani por perto. Ela não podia ficar presa dentro de casa ou colocá-los em perigo.

— Preciso sair de circulação por um tempo — disse.

— E ir para *onde*? — Tish ainda se abraçava a uma das mãos de Ani.

— Ainda não sei. — Ani se libertou do abraço de sua irmã e abriu o armário. Pegando uma mala de mão, começou a botar algumas roupas dentro.

Silenciosamente, Tish ajudou, permitindo o que a irmã queria, com suas ações, em vez de palavras. Tish pegou uma escova. Lágrimas brotaram em seus olhos.

— Tome cuidado, NiNi.

Ani a abraçou, mal segurando as lágrimas ao ouvir o apelido carinhoso.

— Vou ligar.

— Rab está com seu telefone. — Tish enfiou a mão no bolso e pegou seu telefone rosa chamativo. — Leve. Vou pegar o seu quando ele acabar de falar com Iri.

Silenciosamente, Ani pôs o telefone de Tish no bolso da frente. Elas trocavam frequentemente, então mantinham os contatos uma da outra nos dois aparelhos. — E Glenn? Eu não tenho o número dele no meu celular.

Tish deu um sorrisinho.

— Acho que preciso ir ao Ninho do Corvo, então.

— Não. — Ani se contorceu ao pensar em sua irmã saindo sozinha. Ela tirou o telefone do bolso e procurou entre os contatos. — Copie o número. Ele pode encontrar você no estúdio. Nada de sair sozinha a não ser que Iri permita. Combinado?

Tish anotou o telefone em sua mão e em seguida abriu a gaveta de cima do criado-mudo entre suas camas. Aninhada entre vários sutiãs e meias-calças estava uma *sgian dubh* que combinava com aquela que já estava no tornozelo de Ani.

Tish pegou a faca de cabo preto e um coldre de perna da mesma cor.

— Leve a minha faca da sorte.

— Tem certeza? — Ani deu um tapinha em sua outra perna. — Eu já estou com a mais pontuda.

— Leve a minha também. Nunca é demais ser cuidadosa... ou se armar — gracejou Tish.

— Verdade. — Ani levantou a perna da calça e prendeu o coldre. Ela podia ser da Corte Sombria a ponto de gostar de carregar uma faca tradicional, mas não era fã de prendê-la em sua meia ou bota. Tradição era importante, mas adaptação também.

Ani deslizou a faca para dentro do coldre.

Tish abriu mais o armário.

— Metais sagrados?

Quando estavam na escola, Irial as levara a uma série de visitas a diferentes casas de adoração. Em cada lugar, um homem ou mulher fazia uma oração para um punhado de lâminas. No final, as garotas tinham uma caixa de coisas pontiagudas abençoadas por representantes de várias das crenças mortais dominantes. Como muitos dos presentes que Irial dera a elas, os "metais sagrados" eram práticos. *Nunca se sabe*, dissera Irial, *e não somos a única coisa que vagueia pela noite*. Ani detestava carregar o metal abençoado porque impedia a aproximação de muitas das criaturas de que ela gostava, mas não ia correr riscos. *Não agora*.

Tirou a blusa, deslizou um coldre vertical de ombro, o ajustou e então pôs uma das lâminas abençoadas restantes — uma lâmina parcialmente serrada de aproximadamente vinte centímetros — no estojo que agora se encontrava na lateral de seu corpo.

— Fique parada. — Tish endireitou as tiras do coldre. — Leve todas. Vou conseguir um novo estoque para a gente com o Iri.

Ani assentiu. Em seguida pegou uma faca de combate, limalhas de ferro comprimidos em um contêiner como o do spray de pimenta e um pequeno porrete. Enfiou tudo na mala junto com suas roupas. Armas não dariam a ela a força necessária para superar Bananach, mas se encher de acessórios não era uma ideia ruim ao planejar pegar a estrada e viajar. *E Bananach não é o único problema lá fora.* A ideia de solitários hostis, de Ly Ergs, de ficar sozinha sem a proteção da Corte Sombria fez com que Ani parasse, mas pensar em pôr sua família em risco ao permanecer na cidade superou qualquer hesitação. Ela pegou uma ponteira.

Tish cruzava e descruzava as mãos. Seus nervos estavam se agitando mais e mais, mas não queria impor mais estresse a Ani. Nunca fazia isso. Suas emoções diziam o que suas palavras não expressavam. Ela estava preocupada — mas Ani também estava.

E nenhuma de nós precisa falar sobre isso.

O sorriso que Tish ofereceu era prova de que ela entendia a impossibilidade de discutir aquelas coisas. Ainda mais significativas foram suas palavras:

— Papai vai ficar furioso quando encontrar você.

— Quem disse que ele vai me encontrar? Ele não é o único com um corcel agora. — A ideia de Gabriel saber sobre seu corcel era só o que a fazia feliz naquele momento. *Ele ficará orgulhoso.* Ela virou as costas e, suavemente, sussurrou: — Amo você.

Tish a agarrou e a abraçou com o máximo de força que conseguia.

— Tome cuidado, por favor.

— Você também. — Ani abraçou a irmã com a mesma força.

Tish a apertou ainda mais e depois deu um passo para trás.

Juntas, abriram a tranca e levantaram a janela.

Com a mala pendurada no ombro, Ani desceu pela janela e chegou à rua. Tish jogou a ponteira para ela e em seguida fechou a janela com cuidado. As cortinas caíram, e Tish se foi.

Ani estava na metade do quarteirão no segundo em que seus pés tocaram a calçada. *Isso é para o melhor.* Ela sabia disso – especialmente quando, a menos de um quarteirão do estúdio, percebeu que estava sendo seguida de novo.

Sem mudar a velocidade de seus passos largos, rumou em direção a uma rua lateral que a deixaria próxima de onde Barracuda estava estacionado. Calmamente, percorreu o caminho até o corcel.

Você consegue me ouvir? Quando se afastou, ela pensou no carro, imaginou a empolgação ao dirigi-lo e o capô quente. *Você está acordado?*

Estou, mas seria mais fácil se eu tivesse um nome, Ani. Sua voz tinha o mesmo zumbido vibrante do motor. *Pensei nisso. Falta-me um nome. Ser um Corcel com um Dono significa que eu ganho um nome.* O corcel produziu um ruído surdo com as palavras na mente dela. *É importante ser Nomeado.*

Tudo bem, mas agora? Não é a melhor hora, ela pensou de volta.

Em breve, respondeu o corcel.

Ela deixou a mala cair no chão, esticou o braço e pegou a *sgian dubh* em seu coldre de tornozelo. Em seguida, virou-se para encarar seu perseguidor – e titubeou. A criatura do Ninho do Corvo que a beijara e sentira o gosto de seu sangue estava na rua.

– É *você* – disse ela.

– Sou.

Você não deveria falar com esse aí, Ani, resmungou seu corcel. Ani o sentiu crescer atrás dela. Neste momento, era um Hummer, enorme e largo, parecendo ter muito mais aço do que quase qualquer criatura podia suportar. Sendo uma criatura, não uma máquina, não havia metal de fato, mas a ilusão era convincente. Devia ser assustador.

Mas o Garoto Bonito diante dela não se intimidava.

Ela não se aproximou nem um pouco.

— Pensei que você tivesse ido embora.

— Eu fui.

Ele a observou do mesmo jeito que no Ninho de Corvo, sem piscar.

Ani estremeceu. Parte dela queria perguntar se ele a rastreara, mas outra parte preferia não saber.

— Você sabe quem eu sou?

Ele lhe lançou um olhar meticuloso.

— A criatura do Ninho do Corvo... ou eu deveria saber algo mais sobre você?

Ela endireitou os ombros e o encarou. Não era, sem dúvida, uma tarefa difícil.

— Você estava me seguindo.

— Sim. Você vai fugir?

— Deveria?

— Não. — Ele passou por ela, virando em um beco estreito que estava repleto de sombras. — Você deveria vir comigo.

Ela esperava que ele a tivesse seguido por causa do beijo, mas não era tola. Todos queriam favores de Gabriel, Irial ou Niall: provavelmente ele estava lá para assuntos políticos.

Ou por causa de Bananach.

— Guerra enviou você até aqui? — perguntou ela em vez de segui-lo.

Ele parou e olhou para trás.

— Ninguém me enviou. Estou aqui por interesse próprio.

Ani estremeceu.

— Interesse em quê?

— Você — respondeu a criatura, sua voz sussurrando em meio às sombras.

Ani foi até a entrada do beco.

Ele não é uma presa, murmurou seu corcel.

Só um pouco de diversão, uma pequena refeição antes da minha partida, Ani disse ao corcel. *Não vou matá-lo... a não ser que seja preciso.*

A tentação de não contar à criatura quem ela era lutava contra seu espírito esportivo.

— Eu não sou solitária — garantiu.

Ele mantinha seu corpo com uma graça muito espontânea — sem tensão, mas atento a cada movimento. Ela observava as reações dele enquanto se aproximava. Ele a rastreou como alguém acostumado a lutar.

— Sei disso. — Ele quase sorriu. O canto de sua boca se ergueu. Não era a crueldade da Corte Sombria, o tédio da Alta Corte nem a doçura da Corte do Verão.

— Você vem da Corte do Inverno? — perguntou ela. Sua mão, atrás de si, segurava sua faca.

— Não. O frio não combina comigo. — Ele não sorriu. Se já era pecaminosamente bonito antes, agora a expressão em seu rosto, conforme ela se aproximava, tornava-o quase irresistível.

Ela examinou os seus olhos. Nuvens escuras de tempestade estavam escondidas além, mas não havia calor.

— Você não é do Verão.

— Nem você.

Se ela já não soubesse, acharia que ele era da Corte Sombria, mas um poder como aquele não ficava oculto em meio à multidão, e, entre Irial e Gabriel, ela tivera educação mais do que suficiente a respeito dos poderes de sua própria corte.

— E você parece muito divertido para ser da Alta Corte.

— Realmente.

Os olhos dele expressaram o que suas palavras não admitiam: ele era perigoso. Cada instinto nela sussurrava que ele era feito do mesmo tipo de sombras das quais viera Irial. Deveria estar na corte de seu rei.

Eu não me adapto ao beco nessa forma, Ani. A voz do corcel era um aviso abafado enquanto ela caminhava em direção à criatura.

— O que é que você é? *Gancanagh?* Uma criatura das águas? Dê uma dica. Solitário, mas com poder suficiente para caminhar por esse lugar. — Ela aproximou a outra mão da faca na lateral de seu corpo. *Não que isso vá ajudar em muita coisa.* Se estivesse certa a respeito do quão forte ele era — e ele tinha que ser, para andar por Huntsdale tão confiante, tão descuidado —, ela não seria forte o bastante para derrotá-lo. Ani sustentou o olhar dele.

— Quem é você?

— Devlin. Mantenedor da ordem de Sorcha, mas...

— Merda. — Ela recuou. — Eu não vou para o mundo *dela*. Pertenço à corte de Ir... à Corte Sombria de Niall. Sou protegida. Você não pode me levar.

O pânico cresceu dentro dela como um rio de coisas aladas lutando para escapar de espaços muito pequenos. Com pressa, ela se afastou, até que um sopro de uma respiração sulfúrica aqueceu suas costas. Seu corcel se transformara novamente.

Eu avisei, grunhiu o corcel.

Ela olhou para trás. Não era um cavalo, mas algo reptiliano que estava onde antes se encontrava o Hummer. Escamas verdes cobriam o corpo maciço. Garras do tamanho de seu antebraço se enterravam no chão. Asas penadas se dobravam, firmemente unidas nas costas de seu corcel para não baterem nas laterais dos prédios que ladeavam o beco. Ele abriu a mandíbula para exibir uma fina língua preta.

A pesada cabeça se abaixou e por um instante ela pensou que ele ia engoli-la.

Não seja tola. Eu não comeria você – ele fez uma pausa, deixando uma estranha quietude na mente dela que lhe dizia que o pensamento estava pela metade. *Não, mesmo que estivesse faminto. Curioso. Nunca tive um guia antes de você... Eu a salvaria antes de sequer pensar em mim. Huh. Isso é...*

– Podemos falar sobre isso depois? – Ela olhou para um olho enorme e serpenteante.

É claro.

Devlin a puxou para si. Enquanto um dos braços envolvia sua cintura, o outro a segurava do quadril à garganta.

– Eu poderia matar isso aí – sussurrou ele – ou você. É o que eu faço, Ani. Mato aqueles que estão fora da ordem.

Ela puxou o pulso com a mão livre e simultaneamente tentou bater com a cabeça na dele.

A mão de Devlin se apertou ainda mais em torno de sua garganta.

— Pare.

— Sou uma Hound de Gabriel — falou com a voz aguda. — Pertenço à Corte Sombria, não sou uma semimortal qualquer. Haverá consequências se você...

— Diga à besta para recuar ou terei menos opções. Não quero isso. Nem você. — Devlin apertou-a. — Mande isso se afastar e poderei soltar você.

Ani olhou para o corcel. Os olhos serpenteavam enquanto grandes tempestades de fogo se retorciam dentro deles. Suas garras haviam rasgado sulcos no asfalto.

Eu o mato se você for ferida. Ele exibiu a língua novamente. *Enterro minhas garras nas tripas dele e...*

— Não vou ser ferida — disse Ani, muito mais confiante do que de fato se sentia, mas fazendo as palavras parecerem verdadeiras. Se fosse mentira, não teriam saído de sua boca tão facilmente. — Ele vai me soltar.

Ele não a soltou, mas a força de seu braço na garganta dela afrouxou até que a pressão de seus dedos mal fosse notada.

— Eu vou soltá-la *se*...

Ela tensionou o corpo.

— Você não vai fugir de mim. — As palavras dele eram uma brisa suave contra a sua bochecha. — Eu realmente não quero matá-la hoje.

Ela continuou parada.

— Ou me levar para Sorcha?

Ele riu, um som delicioso, tão sombrio quanto se pertencesse a qualquer uma das criaturas da Corte Sombria.

— Não, definitivamente não.

Então ele relaxou o aperto, deixando que ela se soltasse.

Uma vez que estava a vários passos dele, ele ofereceu a mão como se fosse cumprimentá-la.

– Como eu disse, sou Devlin.

Ela encarou a mão esticada e depois dirigiu o olhar para o rosto dele. Seu coração batia no mesmo ritmo da cacofonia de medo e raiva dentro dela.

– Devo dizer "prazer em conhecê-lo" ou alguma outra gracinha?

Com o coração ainda vibrando, Ani se virou e caminhou até o corcel.

Ela o afagou. Era uma besta menor agora – um pouco mais do que o dobro da massa de sua forma equina – com um corpo de leão, cabeça de réptil e asas penadas. A besta encostou as asas em sua lateral e se deitou sobre a barriga, para que Ani pudesse escalar pelas costas se quisesse.

Ela não subiu, mas se inclinou para mais perto.

Eu gostaria de receber um nome agora, Ani, murmurou.

– Depois – prometeu ela ao corcel sem tirar os olhos de Devlin. – Eu vivo aqui. Sua rainha não tem nada...

– Ela não me enviou atrás de você hoje. – Ele permaneceu inflexível, não tão seguro quanto estava antes de segurá-la. Ele lembrava-lhe de coisas que achava bonitas: força mortal e violência contemplativa.

– Não quero fazer nada com a *Alta* Corte. – Por dentro ela gritava, mas sua voz era equilibrada. – Só vá...

– Está planejando ajudar Bananach? – perguntou Devlin. – Você lhe dará seu sangue?

– Não. Não vou ajudá-la, nem a você nem à Alta Corte. – Ani passara a vida recusando-se a se entregar ao medo. Isso não mudaria por um acaso genético que fazia todo mundo querer seu sangue. Ela se endireitou. – Você pode me matar, mas eu *nunca* trairei Irial.

A expressão de Devlin se suavizou por um momento, muito brevemente para notar, se ela não fosse acostumada a estudar as criaturas que ocultavam suas expressões. A suavidade se fora de maneira tão súbita quanto aparecera.

– Entendo.

Ani estremeceu. Ele dissera que não estava ali por ordem de Bananach, mas sabia a respeito de seu sangue e que Bananach o queria. Não se sentia particularmente inclinada a ficar lá respondendo perguntas. Sair da cidade soava mais sábio no momento.

– Então, se isso é tudo, estou indo – disse ela.

Ela começou a se virar, mas a voz a impediu.

– Sou o Assassino da Alta Corte. Acredite em mim quando digo que fugir de mim não é o melhor para você, Ani.

Capítulo 17

Devlin esperou para ver como Ani reagiria. Um fio de entusiasmo zumbia dentro dele. Se ela fugisse, ele a perseguiria. Apesar de uma eternidade vinculado à corte de sua irmã, ele ainda não havia dominado esse instinto natural. Como as Mãos Sangrentas da Rainha da Alta Corte, ele podia às vezes libertar esse impulso com impunidade, mas assim era o trabalho – com morte no final da perseguição. Perseguir por prazer, perseguir *Ani*, era extremamente tentador.

Ela não fugiu. Em vez disso, inclinou o quadril e olhou para ele.

– Você tem *alguma* ideia do que aconteceria se me matasse?

Perplexo, ele a observou encará-lo claramente desafiante em cada movimento e palavra.

– Diga – disse ele.

– Irial, Gabriel e Niall, todos iriam atrás de você. – Ela tinha as mãos no quadril, queixo levantado, ombros para trás.

– Você atrai um ataque com essa postura. – Ele apontou para as mãos dela. – Embora a base esteja boa.

— O quê?

— Seus pés. É uma postura firme, se eu fosse atacá-la — esclareceu. Ele queria treiná-la. Provara o seu sangue: sabia que ela estava a caminho de se tornar igual, em força, a Gabriel.

— Você está planejando me atacar?

— Não, eu gostaria de falar com você. É um pouco mais civilizado — disse ele.

— Certo. Conversa *civilizada* depois que você me rastreou, me agarrou e sugeriu me matar. Parece que você é da Alta Corte, né? — Ela balançou a cabeça e olhou para sua besta. Ele pressionara o focinho ainda reptiliano em seu ombro enquanto ela falava. Qualquer que fosse a conversa que estavam tendo era bloqueada aos seus ouvidos.

Ele aguardou.

— Tudo bem... Vamos conversar. — Ela ficou tensa, mas sua postura agressiva não mudou.

— Venha. — Ele se virou e caminhou para a claridade da rua. Ele não lhe ofereceu o braço, não esperou para ver se ela o seguia.

Devlin reprimiu todas as coisas confusas que sentia, escondeu-as e manteve sua expressão impassível como havia muito aprendera a fazer. Era tolice seu impulso de protegê-la, mas ele queria muito uma solução que não envolvesse a morte de Ani.

Especialmente pelas minhas mãos.

Ele caminhou pelas ruas, seguindo as curvas do desenho malprojetado da cidade até chegar ao distrito de armazéns. As poucas criaturas que o vissem, sem dúvida, comunicariam a sua presença a Niall e Irial. A maioria das criaturas não seria tola a ponto de levar a notícia a Gabriel, mas deixaria essa tarefa para seu rei ou para o ex-rei. O temperamento dos Hounds era facilmente provocado e lentamente reprimido. Apenas uma criatura que quisesse apanhar levaria a Gabriel notícias do contato de Devlin e Ani. Como guardiões da ordem de cortes opostas, Gabriel e Devlin não combinavam.

Devlin parou em um cruzamento. Carros mortais passavam correndo, e ele se maravilhou com o apelo de viajar nas gaiolas emaranhadas de metal. Grande parte do mundo mortal não parecia natural.

Diferente do Mundo Encantado.

Ele se perguntou, como fizera por séculos, se conseguiria se acostumar a viver no mundo dos mortais. Bananach tinha conseguido. Muitas criaturas tinham se acostumado quando o Rei Sombrio os tirara do Mundo Encantado muitos anos antes. Outros adoeceram. Alguns morreram ou enlouqueceram. Mesmo assim, outros se desenvolveram. Devlin, por sua vez, sentia-se muito oprimido pelo ritmo desse mundo.

Informação em excesso sempre bombardeando os sentidos: buzinas e motores, o néon e as luzes ofuscantes dos letreiros, a fumaça e os perfumes dos mortais. Era chocante, e, quando não era, a peculiaridade dos recursos visuais e do clima o deixavam indisposto. Era um mundo curioso onde nada além de gelo ou água caía das nuvens, onde a comida tinha o mesmo gosto toda vez, onde o clima era classificado pela localização e rotação do planeta. A fluidez do Mundo Encantado fazia mais sentido para ele.

Devlin parou. Diante deles, uma vitrine estava preenchida com sapatos coloridos. Carros deslizavam pela rua. Vozes se chocavam, sirenes berravam.

— O que está olhando? — Ani apareceu ao lado dele. Ela parecia menor de perto, ou talvez só parecesse assim porque não estava demonstrando agressividade. O topo da cabeça dela estava no nível de seu ombro. As pontas rosa-berrante do cabelo roçaram seu antebraço quando ela virou a cabeça para olhar adiante.

Uma mulher magra demais para ser saudável parou do outro lado da vitrine para olhar os sapatos. Seu rosto era iluminado pelas luzes fortes no interior da loja. Ela olhou para fora, mas seu olhar se afastou rapidamente antes de pousar nele.

Devlin voltou sua atenção para Ani. Como Rae, ela não tinha medo dele. Até sua rainha o achava assustador: era a ordem das coisas. Criaturas mágicas deveriam temê-lo. A morte no Mundo Encantado — ou por ordem dele — era a sua função. Ani parecia, de maneira tola, não se afetar. Quando descobrira que não havia qualquer ameaça fatal imediata, tornara-se atrevida. *É por isso que Rae queria que eu visse Ani? Será que ela sabia?* Não podia ser. Não havia como Rae saber que Ani não teria medo. Ainda assim, tal destemor perto dele era raro, e ele apreciava.

— Olá! — Ela o cutucou. — O que você está olhando?

— Precisamos atravessar aqui. — Ele não sabia o quão rápido ela podia andar, mas notou que os mortais eram mais lentos. Ela não era completamente mortal, e seu pai era um dos tipos mais rápidos de criatura. Pensar nela sendo esmagada pelos pedaços de metal que corriam perto deles era desconcertante.

Ela é importante.

Ele agarrou o braço de Ani um pouco acima do cotovelo e começou a andar, forçando-a a se apressar para manter o ritmo com suas passadas mais largas.

Ela arrancou o braço da mão dele.

— O que está fazendo?

— Ajudando você a atravessar a rua. — Ele estreitou os olhos para o tom dela. Ousadia só era engraçada por algum tempo. Quando interferia em seus objetivos, deixava de ser divertida. — Os veículos correm, e você ainda é um pouco mortal. Não tenho certeza do quão rápido os mortais...

— Eu sou uma *Hound*. — Ela correu quarteirão abaixo.

De longe, ele podia ver sua postura beligerante. Era imprudente, mas não inesperada. Ele deveria tê-la segurado com mais força.

Ela não se deixa amarrar. É... Devlin congelou. Pensamentos, ações, tudo em torno dele pareceu parar enquanto observava Bananach aparecer atrás de Ani e deslizar o braço em volta do ombro da Hound.

NÃO.

Antes da objeção se tornar um pensamento completo, Devlin parou diante delas.

— Afaste-se, Irmã.

— E o que eu ganho em troca?

Ela envolveu a mão no ombro de Ani, de modo que suas garras forçaram a pele, sem penetrar, mas profundo o suficiente para que a Hound ficasse marcada.

Ele havia escolhido ser governado pela lógica, e lógica dizia haver uma resposta aqui que tiraria Ani com segurança do alcance de Guerra. Mas não foi a lógica que conduziu suas palavras.

— Ela é minha. Está sob minha guarda.

— Está viva. — Bananach esfregou o rosto contra os cabelos de Ani em um gesto felino que parecia peculiar para a criatura-corvo. — Isso é bom. Acho que preciso dela viva. Ela tem uma missão, agora. Não tem, filhote?

Ani encontrou o olhar dele. Ela não parecia ter medo, apesar da situação, e Devlin se perguntou se ela tinha as faculdades mentais perfeitas. Ele tinha visto isso em algumas das criaturas mistas, a falta de medo instintivo. *Ela não tem nenhum senso de autopreservação?*

Ela arregalou os olhos, como se estivesse enviando-lhe pensamentos.

Devlin a fitou, tentando entender o que ela estava tentando transmitir.

Ani apertou os lábios e, quase imperceptivelmente, inclinou a cabeça. Seu olhar foi lançado incisivamente para a esquerda.

Parado na calçada ao lado dele estava o corcel de Ani, na forma de um carro agora. Sua intenção parecia ser a de usar a besta como uma arma. Os resultados desse tipo de ataque não tinham grandes chances de serem graves, mas aborreceriam Bananach — o que a levaria a atacar Ani.

E eu acabaria tendo que ferir Bananach.

Devlin andou para a frente, colocando-se entre o corcel e sua irmã. Ele nem sempre gostava de suas mães-irmãs, mas tinha jurado mantê-las seguras como pudesse.

Mesmo de mim.

Aproximando-se o máximo que podia de sua irmã, fez de si uma barreira contra a lesão a Bananach.

Ani o encarou.

— Você cometeu erros. Irmãs sabem. — Bananach esticou o pescoço para a frente até que sua bochecha se esfregasse contra o rosto de Ani. — Não vou contar nossos segredos.

Devlin mediu as palavras. Não podia dizer nada falso a Bananach. *Queria que Rae estivesse aqui.* Ser possuído, de modo a permitir que seus lábios formassem uma mentira, seria incalculavelmente útil naquele momento.

— Você não contará segredos também, não é, filhotinha? — Bananach girou Ani para ficarem frente a frente. — Você irá para a sua corte. Ele pode ajudar. É por isso que veio, irmão? Para ajudar?

Bananach olhou para Devlin sobre o ombro de Ani.

Ele sustentou seu olhar e disse:

— Foi. Eu vim para ajudar.

Como a maioria das criaturas, Bananach era persistente. Insistia na clareza das palavras, mas não foi assim com ele. Ela acreditou. Bananach beijou a testa de Ani.

— Confie nele, pequenina. Ele é sábio.

Alguma parte das emoções de Devlin havia muito reprimida encolheu-se de dor ao ouvir essas palavras. Mesmo reprimida com tudo o que ela tinha feito, ainda era sua criadora. Traí-la hoje, como traíra Sorcha catorze anos antes, feriu Devlin.

Por você, Ani.

Ani se afastou de Bananach e lançou um olhar a Devlin. Depois caminhou em direção ao corcel. Um tremor em sua mão quando a estendeu para a maçaneta do carro revelou seu medo ou talvez sua raiva.

Silenciosamente, ele virou as costas para sua irmã e seguiu Ani.

Devlin deslizou para o assento do passageiro e mal tinha fechado a porta quando Ani saiu cantando pneu. Ele podia ver sua irmã pelo espelho retrovisor: ela ficara parada, olhando para eles.

Ani ligou o som. Guitarras furiosas e vozes gritando explodiram dos alto-falantes.

Ele colocou a mão sobre a de Ani.

Ela bruscamente retirou a sua.

— Você está ajudando Bananach? — Ani não desviou o olhar da rua. Ela corria entre os carros e, ocasionalmente, chegava perto o suficiente para fazer Devlin se preparar para o som de metal raspando. — Ela disse...

— Se eu dissesse que queria afastá-la dela, acha que ela teria nos deixado ir?

Ela olhou para ele.

— Por que eu deveria confiar em você?

— Talvez você não devesse. — Ele tinha acabado de trair sua segunda irmã por Ani, mas não podia dizer que não a mataria. Se as opções fossem a vida de Ani ou o bem do Mundo Encantado, ele agiria pelo interesse do Mundo Encantado. — Eu não estou querendo que se machuque ou morra, Ani.

As mãos dela apertaram o volante.

— Mas?

Devlin olhou para Ani, desejando que tivesse ficado escondida em segurança, que ela nunca tivesse atraído a atenção de Sorcha antes ou a de Bananach agora. Ele não podia dizer-lhe essas coisas, não agora, quando ela já estava tão furiosa e assustada. Também *não* podia *deixar* de lhe contar algo, então disse:

— Mas você tem algo que Bananach quer, algo que ela acredita que a permitirá derrotar Sorcha, a se tornar mais poderosa do que Guerra jamais deve ser, e eu não posso deixar que ela vença.
— Por quê?
Ele soltou um suspiro.
— Você quer ajudá-la?
— Não, mas...
Devlin a interrompeu.
— E eu prefiro não ter que matar você. Se ajudá-la, é o que vou precisar fazer.
Depois disso, nenhum dos dois falou, enquanto a música tocava a volumes obscenos e ela dirigia com descuido suficiente para ele ter certeza de sua origem, forçando o motor ao saírem de Huntsdale.

Por favor, deixe-me encontrar uma solução que não seja a morte dela.

Capítulo 18

Rae não dormia de fato, mas podia atingir um silêncio meditativo bastante energizante. Sentiu-se como se flutuasse em um vazio cinzento onde o mundo não podia alcançá-la.

— Você!

Rae focou sua atenção na caverna, forçando-se a voltar ao estado no qual tipicamente existia, olhando as paredes rochosas que chamava de "lar" nos últimos anos. Na alcova sombria, a rainha do Mundo Encantado aguardava. Sua mão esquerda segurava um espelho quebrado. Em volta de seus pés cacos de vidro reflexivos estavam espalhados como ossos em um campo de batalhas abandonado.

— Nenhum desses funciona como aquele que você fez. — Sorcha jogou o espelho no chão, onde seus estilhaços se juntaram aos que já estavam ali. — Você esteve em minha mente.

Como ela me encontrou?

Rae se encolheu. Fingiu estar confortável enquanto mal descansava em uma rocha alongada no chão da caverna. Era uma ilusão, mas era o tipo de coisa que fazia com que se sentisse ligada ao mundo desperto. Ela olhou diretamente para Sorcha e disse:

— Estive.

— Não lhe dei permissão para viver no Mundo Encantado. Você nunca me pediu — disse Sorcha. As palavras perderam o ritmo no final, uma questão que não devia existir. Seus olhos estavam perdidos, o olhar não centrado em Rae, mas em algo além dela. Não estava tão adorável ali quanto no mundo de sonhos. Aqui, sua majestade era exagerada; sua rigidez, desconcertante. A vitalidade flamejante de seu ser de sonhos fora silenciada, como se Rae a visse através de um vidro espesso.

Rae sentiria compaixão, mas Sorcha era a rainha que ela temera, a criatura que mantivera Devlin preso a um caminho que não lhe servia. Com uma palavra dela, Devlin poderia morrer; Rae poderia morrer. Essa realidade anulava qualquer piedade que Rae, de outra forma, teria.

Ela se levantou e caminhou para as sombras, abrindo mais distância entre elas, de pé, como se estivesse se apoiando na parede da caverna. A distância não a manteria segura, mas fazia com que se sentisse menos inquieta com a presença da rainha da Alta Corte.

— Posso pedir permissão agora?

Sorcha parou.

— Não sei bem. Não sei se gosto de sua disposição em caminhar nos meus sonhos... nos sonhos de qualquer um. É indecoroso.

Rae se manteve em silêncio. Em sua vida mortal, ser acusada de indecorosa era algo grave. Os instintos muito antigos de Rae fizeram com que quisesse se desculpar por seu comportamento inapropriado, mas não havia feito nada assim: tentara aliviar o sofrimento de uma criatura em luto.

As desculpas que devia eram a Devlin, por ter se exposto. Então Rae permaneceu em silêncio, as mãos cruzadas recatadamente, o olhar baixo. O semblante de decência pareceu uma resposta apropriada.

— Ainda assim, não sei ao certo como matar você. A falta de um corpo para sangrar complica as coisas. — Sorcha era tão insensível quanto Devlin parecia para a maioria das criaturas, tão inflexível quanto a lógica devia ser. Era assustador.

— Entendo — assentiu Rae. — Você tentou desejar que eu morresse?

— Não.

— Posso perguntar...

— Não. — Sorcha de repente estava sentada em um trono de prata instalado sobre um estrado. Nada havia ali um segundo antes. Por meio de seu desejo, a rainha materializara uma cadeira, um chão, pilares de mármore e...

Não estamos na caverna. Rae estremeceu. Obviamente, Sorcha podia realocar Rae. *Ou ela moveu o mundo ao nosso redor?*

— Felizmente para você, decidi que você tem utilidade. — Sorcha ergueu a mão em um movimento para trás. Duas mortais se adiantaram. As duas estavam veladas. Gaze de um cinza translúcido pendia sobre seus rostos e envolvia seus ombros. Pedaços de um tecido parecido cobriam seus corpos. Os braços e pés estavam nus.

Rae se perguntou se as conhecera enquanto passeava por sonhos ou usava o corpo de Devlin, mas não podia afirmar com certeza pelo relance de um braço ou pé. Permaneceu em silêncio diante da Rainha da Alta Corte.

— Durmam — ordenou Sorcha às mortais. — Aqui.

O chão era indubitavelmente bonito. Um mosaico de azulejos criava uma arte elaborada que pisavam como se mal fosse uma superfície de apoio. Mas não era macio nem convidativo.

As mortais se abaixaram até o chão em obediência. Cruzaram seus calcanhares nus e dobraram as mãos sobre a barriga, parecendo cadáveres disfarçados em um funeral. Ainda em silêncio, debruçaram-se aos pés da rainha. O que não estavam fazendo, entretanto, era dormir.

Rae ficou na dúvida se comentava ou não. Se falasse, havia uma chance de que Sorcha ficasse mais desgostosa. Se elas dormissem, Rae suspeitava de que receberia ordens para invadir os sonhos delas por alguma razão que Sorcha inventara mas não compartilhara ainda.

– Diga-me o que elas sonham – mandou Sorcha.

– Não estão adormecidas.

– É claro que estão. Eu disse para dormirem. Elas dormirão. – O olhar sem paixão de Sorcha não suscitava discordância, mas a Rainha da Alta Corte estava errada.

– Não posso entrar nos sonhos se elas não estiverem sonhando – mentiu Rae. Ela *podia* induzi-las a sonhar. Era necessário muito mais concentração, mas se elas fossem criativas, o que muitos mortais no Mundo Encantado eram, podia até fazê-las dormir. Ela não tinha muita experiência com isso porque Devlin a mantinha cuidadosamente escondida, mas havia uns poucos truques que Rae praticava em segredo quando mortais ou criaturas estavam fora de alcance.

– Faça-as sonhar. – Sorcha amaciou a saia ao se sentar em seu trono desconfortável. Deu mais atenção ao caimento de sua vestimenta do que às mortais a seus pés.

— Elas estão acordadas. — Rae não sabia ao certo quanto desapontamento a Rainha da Alta Corte podia perdoar. Desejou ter dito adeus a Devlin.

— Durmam — repetiu Sorcha às mortais, mas elas não dormiram. A Rainha da Alta Corte podia mudar tudo à volta deles, mas nem mesmo ela podia controlar as respostas biológicas de seres despertos.

— Talvez se você lhes der travesseiros ou algo mais macio que o chão — sugeriu Rae.

Antes que as palavras tivessem sido inteiramente pronunciadas, a sala mudou. Agora as mortais estavam se reclinando em camas cuja espessura tinha vários centímetros. Sobre elas havia mais travesseiros do que colchões. Dosséis cheios de espinhos se retorceram em volta dos colchões-travesseiros. Deles, musgos espanhóis se dependuravam como cortinas.

As mortais não se moveram. O mundo em volta delas mudara, e ainda assim elas permaneceram na mesma posição, como mortas. Sorcha, por sua vez, não teve reação alguma a nada daquilo. Essa era a Rainha da Alta Corte da qual Devlin protegera Rae. Era a Rainha da Alta Corte em toda sua glória desdenhosa.

Rae, entretanto, não pertencia à Alta Corte. Estava no Mundo Encantado por acaso e, em princípio, só tinha saído com Devlin por uma eventualidade. Com o passar do tempo, isso mudou: Devlin era importante.

E seria bem-vindo nesse momento.

A rainha do Mundo Encantado ergueu o olhar e encarou Rae.

— Diga-me com o que elas sonham. Agora.

Na cama, as mortais respiravam lenta e ritmadamente. Caíram no sono, e Rae seguiu a primeira delas em seu mundo de sonhos.

A mortal trabalhava com tecidos. Em seu sonho, estava em um grande armazém aberto. Havia pilhas muito altas de tecidos, tiras de pelo e tonéis de itens estranhos. Pedras sem corte e metais sinuosos estavam empilhados e à mão.

A mortal sentou-se em uma mesa que se estendia por toda a sala. Em cima dela, desenhos eram iluminados por luzes de fundo, de forma que o pergaminho em que foram feitos parecesse brilhar. Algumas das ilustrações já estavam presas aos moldes. Outras estavam com os tecidos cortados, mas não alfinetadas nem costuradas.

O sonho não era particularmente interessante para Rae. Era apenas uma artista desejando mais ferramentas com as quais criar uma nova arte. Tais sonhos não eram os mais tediosos no Mundo Encantado, mas não eram divertidos de ajustar também. Mortais eram resistentes a alterações em seus sonhos. Artistas eram ainda piores. Tinham sido trazidos ao Mundo Encantado por sua criatividade, que era sua essência.

Rae saiu do sonho da artista.

— Acorde. — Sorcha cutucou a mortal e depois gesticulou para Rae. — E então?

— Ela sonha com sua arte. Tecidos, um armazém, alguns estranhos complementos para os figurinos que desenha em seus sonhos — disse Rae.

A mortal assentiu, e Sorcha sorriu.

Mas Rae se sentiu suja. Não que o conteúdo fosse escandaloso. Era o sentimento de que estava violando uma confiança ao revelar o que vira a Sorcha. Nunca relatara sonhos a ninguém.

– A outra. – A Rainha da Alta Corte gesticulou para a mortal que ainda dormia. – Com o que ela sonha?

Rae hesitou, e algo em sua postura deve ter demonstrado essa resistência.

Sorcha estava ao seu lado, tão perto que Rae sentiu-se inclinada a tentar usar o corpo dela como fizera com o de Devlin tantas vezes. Mas era um último recurso, uma medida a tomar quando não tivesse outras opções. Ainda não era um segredo que revelaria.

– Qual é o seu nome? – perguntou a Rainha da Alta Corte.

– Rae.

– Eu governo o Mundo Encantado, Rae. – Sorcha respirou, suas palavras tão suaves que não formavam um suspiro verdadeiro. – Todos aqui se curvam a minha vontade. Ar, forma, qualquer coisa. Você me obedecerá, ou não permitirei que continue no Mundo Encantado.

Rae continuou em silêncio.

– Com o que ela sonha? – repetiu Sorcha.

E Rae entrou na mente da mortal, na esperança de que a garota não tivesse segredos que a rainha quisesse saber. Dentro do sonho, a mortal esperava ansiosamente. Sentava-se tensa no que parecia ser exatamente a sala que haviam deixado.

– Volte – disse uma voz sem corpo. No mundo desperto, Sorcha estava falando com a mortal que sonhava.

– O quê? – perguntou Rae à garota.

– A rainha está convocando você. Saia do meu sonho. – A mortal estava imóvel, mas em seguida olhou para a esquerda e para a direita como se mais alguém pudesse entrar em seu sonho. Com uma expressão de alerta em seus olhos, a mortal acrescentou: — Apresse-se agora. Ela não gosta de esperar.

A Rainha da Razão tornou-se algo que não é racional.

Rae assentiu e voltou à sala em que estava Sorcha.

— Você me convocou?

A postura da Rainha da Alta Corte mudou. Sua arrogância se transformou em excitação, sem sombra de dúvida. Seus olhos prateados brilharam como se luas cheias repousassem ali. Ela sorriu para Rae, não com afeto, mas com prazer.

E Rae raramente se sentira tão amedrontada quanto naquele momento.

— Funciona. — Sorcha olhou para as pessoas mortais e disse: — Preparem tudo.

As duas garotas se sentaram. Uma delas veio para levar a roupa de sair da Rainha. A outra arrumou os travesseiros em uma cama ornada que de repente aparecera diante delas. A estrutura da cama era de pedra, e em sua espessa colcha havia uma pilha de travesseiros que fazia o papel de colchão.

Sorcha se inclinou para perto de Rae e sussurrou:

— Eu verei meu filho. Você tornará isso possível.

Rae não conseguia se mover por medo.

— Você sairá do meu sonho assim que eu conseguir vê-lo. — Sorcha desceu a meia dúzia de degraus de rocha até a cama. Em seguida reclinou-se, paredes de vidro límpido cresceram por todos os lados.

— Somente Devlin ou Seth terão a capacidade de me acordar. Diga-lhe, quando ele voltar, que estou segura em minha cama.

Ambas as mortais prestaram uma reverência. Nenhuma delas falou nada.

— Vocês farão como o ordenado, e a cada dia você, Rae, me visitará para dizer o que meus ouvidos e olhos — disse ela, olhando para as duas mortais — relataram.

— Sua Alteza...

— *Minha Rainha* — corrigiu Sorcha. — Sou a rainha de tudo no Mundo Encantado. Você deseja viver no Mundo Encantado?

— Sim.

Sorcha ergueu a delicada sobrancelha.

Rae fez uma mesura.

— Desejo, *minha rainha*, mas e se houver perigo? Será que *nós* não deveríamos ser capazes de acordá-la?

— Não. — A Rainha da Alta Corte fechou os olhos, e o vidro se expandiu ao seu redor, enclausurando-a. — Eu já falei. Você obedecerá.

Capítulo 19

Enquanto Ani lidava com a sua raiva, Devlin se manteve em silêncio o quanto pôde — o que, depois de séculos no Mundo Encantado, era como a imobilidade da terra. Entretanto, diferentemente de sua experiência no Mundo Encantado, ficar quieto com Ani ao seu lado era um desafio. Quanto mais o carro disparava para a frente, cortando os demais veículos por pequenos espaços, mais Ani irradiava tranquilidade.

Diferente de mim.

Devlin achava inquietante a semelhança do corcel com um carro mortal. Estar preso em uma gaiola de aço não o enfraqueceria fisicamente como faria a muitas criaturas, mas mesmo assim era preocupante. Além do mais, a escolha do corcel por um veículo pequeno significava que ele se sentia fisicamente desconfortável. O espaçoso Barracuda fora substituído por um Austin Mini ridiculamente pequeno. Era vermelho-cereja, conversível e, de acordo com Ani, "um clássico de 1969". Nada nele era sutil ou desenvolvido para não chamar atenção — ou para ser ocupado por alguém com altura acima da média. E Ani tinha necessidade de ouvir música em um volume que sem dúvida causaria danos permanentes a ouvidos mortais. Era o aspecto final em uma tríade de desconforto.

— Ani? — Ele levantou a voz sobre o estrépito de alguém cantando a respeito de "estar cansado de alegrias baratas".

Ela o ignorou, então ele baixou o volume.

— Ani, eu gostaria de discutir nosso plano. — A voz dele não revelava nada de sua frustração ou preocupação.

— *Nosso* plano?

— É. *Nosso* plano. Você acha que pode enfrentar minha irmã sozinha? — Devlin apertou mais a porta enquanto ela acelerava de novo.

— Eu posso me virar sozinha. Você não foi de *ajuda nenhuma* quando eu quis atacá-la. — Ani olhou na direção dele e deu um sorriso forçado. — Você foi inútil. Eu devia deixá-lo em algum lugar na estrada. Talvez se tivéssemos tentado...

— Você teria sido dominada ou morta. — Ele fechou os olhos por três segundos, abriu-os e tentou achar uma sentença que não revelasse como ambas as possibilidades lhe eram angustiantes. Ele se controlou: — Essa foi a melhor decisão. Precisamos continuar indo em frente, encontrar um lugar razoavelmente livre de criaturas mágicas se formos descansar por mais tempo. Talvez, se sumirmos, minha irmã redirecione sua atenção. Ela nem sempre é *constante* em seus interesses, e há bastante discórdia em Huntsdale para distraí-la.

Ani estava em silêncio, olhando adiante para a estrada cada vez mais congestionada que havia pela frente. Ela reduziu a marcha e então abusou das engrenagens enquanto ultrapassava um caminhão enorme. Devlin se perguntou como ela seria se tivesse sido criada pelos Hounds. O temperamento dela era menos feroz do que o deles, mas a impetuosidade era mais extrema.

Ela quebrou o silêncio.

— Ela me pediu para matar Niall, e eu cheguei a pensar nisso.

A calma dele vacilou.

— Você não deveria contar isso para muita gente.

— Eu sei. Não pensei *muito* nisso. Se Niall se fosse, poderia aborrecer Iri. — Ela franziu o cenho. — Sou da Corte Sombria, então eu deveria me sentir à vontade com essa coisa de matar. Mas, mesmo que isso *não* fosse deixar Irial triste, não acho que poderia matar Niall. Ele não merece morrer.

— Você mataria para proteger Irial? — instigou Devlin.

— Claro.

Ele continuou:

— E matar Niall não seria trair a sua corte?

— Acho que sim, mas nunca jurei lealdade. Hounds não fazem isso. Mortais também não. — Ela se enfiou em um espaço minúsculo entre dois carros e em seguida, saindo dali, ultrapassou um carro esportivo que ia devagar demais para o gosto dela. — Ele não é meu rei de verdade, então, quero dizer, *tecnicamente*...

— Você não é uma mortal de fato — interrompeu ele. — Hounds são leais. Irial mereceu sua lealdade, portanto suas escolhas são perfeitamente racionais *e* estão dentro dos parâmetros esperados para um Hound da Corte Sombria.

— Ceeeeerto. Os parâmetros. — Ela desviou sua atenção da estrada e fechou a cara para ele. — Sua corte deve ser uma festa sem fim.

— De fato. — Devlin não conseguia reprimir um sorriso diante do humor oscilante dela.

Ani direcionou o carro para uma rampa de saída sem desacelerar.

— A questão é, estou tentando entender isso, mas a parte que não compreendo é que ela quer que eu mate *Seth* também.

Devlin paralisou. De todas as coisas que Ani poderia fazer, atacar Seth com certeza garantiria a sua morte. *Será que foi isso que Sorcha previu?* Devlin encarou Ani, refletindo. *Mas ela não matou Seth.* Se Seth estivesse em perigo, Devlin deveria retornar para Huntsdale. Contudo, Seth estava com Niall e Irial. Não era como se estivesse desprotegido ou indefeso, à própria sorte. Sorcha não veria desse jeito, é claro: as falhas de Devlin com sua rainha só vinham se multiplicando.

A meio caminho de uma curva em "S", Ani se virou para olhá-lo, em vez de mirar a estrada.

— Por que matar Seth? Você tem as habilidades lógicas, então me ajude a entender.

— Para aumentar as hostilidades — murmurou Devlin. — É o motivo pelo qual ela faz tudo o que faz, incitar todos nós a uma grande discórdia.

— E Seth é tão importante assim? Hein?

Assim como você, pensou Devlin, mas não podia dizer em voz alta. *Não para ela. Não neste momento.* Deixar que Ani soubesse que ela era importante a ponto de chamar a atenção das duas primeiras criaturas, que sua morte havia sido ordenada e era ainda bastante provável, que assegurar que ela continuasse vivendo fora sua maior traição – às duas irmãs – e uma traição que ele perpetuaria o quanto fosse possível... tudo parecia pesado demais para ser dito. Em vez disso, ele ficou em silêncio.

Ani entrou numa vaga de estacionamento e desligou o motor.

Do lado de fora do carro, grupos de mortais circulavam em torno do que as placas haviam proclamado um "lugar de descanso" na estrada. Ninguém parecia descansar, apesar de ser muito cedo. Mortais andavam em direção aos prédios sem identificação, retornando sem notar muito o mundo, da mesma forma como tinham entrado. Algumas poucas criaturas se empoleiravam nos galhos de árvores em uma área poeirenta onde alguns mortais permitiam que seus animais se aliviassem. Um cão preto e branco rosnava para um homem sorveira-brava que batera nele porque o animal havia tentado urinar nele.

— Vou esticar as pernas um pouco enquanto você pensa ou me ignora ou seja lá o que estiver fazendo. — Ani abriu a porta e saiu.

O que não é seguro. Ele pensou nas possibilidades: de estarem sendo seguidos por Sorcha — ou Bananach — que poderiam saber que Ani estava fugindo. Ou de solitários descobrirem que ela era importante. Ou de criaturas aleatórias tentarem atacá-la porque, teoricamente, seria uma disputa justa. O mundo subitamente parecia mais ameaçador do que nunca.

Em uma fração de segundo, ele estava fora do pequeno carro e a seguia, mas ela já estava cruzando o estacionamento e se dirigindo a um prédio. Ani tinha a velocidade de um Hound, especialmente quando contrariada. Ele a seguiu por uma porta pesada — e foi saudado por expressões furiosas de várias mulheres e garotas mortais que estavam em uma fila para as cabines sanitárias.

— Você está bem, querida? — perguntou uma mortal mais velha para Ani. A mulher segurava firmemente um pequeno potinho preto com um borrifador.

— Devlin. — Ani pegou a mão dele. Ela deu vários passos até a porta. — Você não pode me seguir até dentro do banheiro feminino. Saia.

Ele olhou em volta, estudando todas no local — a maioria estava olhando para ele. Devlin assentiu.

— Vou ficar do lado de fora, na porta. Se houver algum perigo...

— Eu sei. — A voz dela não tinha emoção alguma, mas seus olhos, não. Ela estava estranhamente satisfeita com alguma coisa.

Enquanto pensava sobre o jeito curioso com que ela o olhara, Devlin postou-se do lado de fora do banheiro feminino, posicionando-se tão perto da porta quanto podia, sem bloqueá-la.

E ouviu as mortais conversando com Ani.

— Querida, você está com problemas? Ele parece terrivelmente preocupado. — A mesma mulher mortal falava.

— Ele está abalado por um susto que levamos mais cedo. — Ani sem dúvida sabia que ele ouvia, mas a voz dela estava no volume normal. — Ele é bastante sensível, mas eu não... não estou *tão* preocupada quanto ele.

— Deus os abençoe, pobrezinhos — respondeu a mulher. — Bem, vou esperar bem aqui enquanto você usa o banheiro. Ele não pode entrar, mas você não fica sozinha.

Do lado de fora da porta, Devlin sorriu consigo mesmo diante da gentileza da mulher. Seus esforços seriam em vão se houvesse alguma ameaça a Ani, mas, se a Hound fosse a mortal que aparentava ser, a gentileza da mulher *seria* um agrado. Era o tipo de altruísmo mortal que surpreendia Devlin ao longo dos séculos.

Os outros mortais, que mantiveram distância de Ani ao ouvir suas palavras, não eram o único tipo encontrado no mundo. Ao contrário de tantas criaturas, mortais eram imprevisíveis. *Como Ani.* Isso o confundia – e o deixava estranhamente perplexo.

Quando Ani saiu, a mulher mortal estava de maneira protetora ao seu lado. Elas pararam diante dele, e, antes que a mulher pudesse falar, Ani a abraçou.

— Você é uma boa pessoa.

— Bem... — A mulher pareceu um pouco surpresa, mas ainda assim esticou a mão para apertar a de Ani. — Você ficará bem.

Ani assentiu e se aninhou contra Devlin como se fossem algo mais do que estranhos.

— Vou, sim. Ele vai cuidar de mim. Não vai, Dev?

— A esperança é a última que morre — murmurou Devlin.

Depois de alguns momentos de papo, a mulher caminhou até um mortal que a esperava a vários passos deles.

Ani continuou apoiada contra Devlin e suspirou de um jeito que evocou um monte de ideias inapropriadas. Ele conteve suas emoções o quanto pode. Não partilhava seus segredos e emoções com ninguém. *Exceto Rae.* Uma preocupação inesperada por sua amiga incorpórea o tomou de assalto.

Com ela, a curiosa compreensão de que ele gostaria de poder apresentar Rae a Ani.

A Hound em questão acariciava com as pontas dos dedos a pele por baixo da blusa dele. Ela ainda se apoiou nele enquanto andavam de volta para o carro.

— Ani?

— Hum? — Ela ficou perto dele, agindo como se fossem... *alguma coisa*.

— O que você está fazendo? — Devlin estava relutante em perguntar, temendo que qualquer resposta fosse decepcionante. Ele não tinha nada que se permitir pensar nesse tipo de coisa com a Hound. Sabia havia anos que era inapropriado deixar a emoção prejudicar seu julgamento.

Ela olhou para ele com uma expressão travessa.

— Você se considera muito Alta Corte, Devlin?

Ele não conseguia responder, não com honestidade. *Ou talvez porque eu não sei mais.* Com relutância, afastou-se dela.

— Eu sou as Mãos Sangrentas da Rainha da Alta Corte, Ani. O quanto *você* acha que isso me torna Alta Corte?

Ela pulou no capô do carro, que tinha mudado de forma enquanto eles estiveram fora. Mais uma vez, tornara-se um Barracuda. Distraída, ela deu tapinhas no capô.

— Honestamente? Acho que você é muito mais como a minha corte do que admite.

Ele se aproximou de modo a ficar ao lado de Ani. Baixou a voz e disse:

— Você é uma criança. Eu não esperaria que você...

— Uma criança? — A sua voz foi perigosamente suave, e Devlin reconheceu o lampejo nos olhos dela.

Parte da mente dele – *a parte racional* – alertava para que não respondesse, mas instintos que ele tipicamente reprimia o impulsionavam adiante. As duas respostas entraram em conflito momentaneamente, mas, apesar de ter passado séculos escolhendo lógica, ele sabia que não era o que queria. Se fosse verdadeiramente lógico, mataria Ani antes de ir adiante com essa insanidade. Sua rainha poderia relevar o lapso em sua obediência. Rae acabaria perdoando-o com o tempo. Ele precisava pôr as coisas em ordem de novo.

Não posso.

– Você está tentando me dizer que eu imaginei seu interesse por mim quando nos conhecemos? – Ela endireitou uma das pernas, vestida de jeans, diante dela. A outra estava dobrada no capô do carro. – Sem meias palavras. Diga por que está me ajudando ou por que não admite o impulso que sentiu com a visão de hoje cedo. Você estava de fato preocupado comigo.

Ele quis aproveitar as brechas em suas sentenças para enrolá-la, quase tanto quanto quis dizer-lhe a verdade.

– Isso importa?

– Acabei de conhecê-lo, mas você parece mais preocupado com minha segurança do que a maioria das pessoas que conheço... e isso quer dizer alguma coisa. – Ela pôs as mãos no quadril, abraçando-se. – É, eu acho que deve significar algo.

Ele a observou se preparar para argumentar com ele.

– Sou mais forte do que você. É lógico que eu a mantenha a salvo.

– Não é lógico. – Ela inclinou a cabeça e arregalou os olhos de modo suplicante. – Você sabe o que eu sou, Devlin.

Espera que eu me sente perto da mais poderosa criatura que já conheci fora da minha corte e não me pergunte por que apareceu do nada, se preocupando com a minha segurança?

— Meus motivos não deveriam importar. — Devlin não podia dizer que *não* importavam: seria uma mentira.

— Diga-me o motivo. — As palavras dela não eram um pedido, mas uma ordem. — Diga-me se não é pessoal. Eu quase acreditei que eram apenas negócios, mas você não estava me olhando como se esse fosse o caso, quando me seguiu, e certamente não estava pensando na Alta Corte quando toquei em sua pele. Diz para mim por que me quer com você.

Ele não ia responder àquilo, não agora e possivelmente nunca. Ergueu uma mão.

— Venha. Precisamos ir. Entre no carro...

— Problemas! — interrompeu Ani e deslizou do capô do carro. O olhar dela não estava mais nele.

Devlin se virou, ficando lado a lado com ela.

Dois Ly Ergs se aproximaram, um de cada lado. Outro ser, uma criatura do cardo fêmea, estava a uma pequena distância. Eram criaturas da Corte Sombria, mas os Ly Ergs frequentemente se aliavam a Bananach. Devlin não sabia se haviam sido enviados para persegui-los ou simplesmente haviam se encontrado. O que ele sabia *de fato*, entretanto, era que representavam um problema que precisava ser resolvido rapidamente.

— Eu cuido dos Ly Ergs — disse Ani.

— Não dos dois. — Viu Ani pelo canto do olho e estava consciente de que o carro se transformara em uma besta reptiliana. O corcel e todas as criaturas estavam invisíveis aos mortais no estacionamento.

— *Venha*. — Ela não desviou os olhos dele, mas o seu tom era tão bom quanto um olhar penetrante. — São só dois. Você cuida *dela*.

— Um. — Ele rastreou os Ly Ergs, observando a calma evidente nos músculos ainda não tensionados, os batimentos não acelerados. Eram lutadores treinados, diferentes da criatura do cardo, que ficou afastada, observando.

— Você é tão mal quanto Irial — murmurou ela enquanto dava um golpe rápido em um Ly Erg, e Devlin estava dividido entre um instinto e um impulso incomum de observá-la. A lógica venceu.

Ou talvez um apetite por discórdia.

Quando se tratava de lutar, não era a lógica que o governava. Então, ele aceitou ambos os lados de sua hereditariedade: a necessidade de eliminar seus oponentes equilibrava-se com a alegria de ver um derramamento de sangue.

— Venha pegar — desafiou Ani. Uma longa faca estava na mão dela enquanto se aproximava de seu alvo. Uma segunda faca curta estava na outra mão.

Devlin perscrutou as florestas: várias outras criaturas apareceram em meio às árvores. Ele quis dizer a Ani, desejou brevemente poder falar com ela como seu corcel, mas, quando a olhou, Ani inclinou a cabeça, fungou e sorriu. Ela era mais Hound do que qualquer outra coisa. A visão dele permitia que soubesse a mesma coisa que o olfato revelara a ela.

— Mais diversão, Dev — gritou ela enquanto tentava novamente espetar o Ly Erg diante dela. — Vou pegar pelo menos dois.

Devlin esticou o braço, agarrou o Ly Erg diante dele e, antes que a criatura pudesse responder, cortou a sua garganta.

— Precisamos ir. — Devlin observou enquanto pelo menos mais quatro criaturas aproximavam-se pela esquerda. A criatura do cardo se virou e correu, o que pareceu mais nefasto do que vitorioso. Mesmo que as criaturas não estivessem agindo segundo os interesses de Bananach, a criatura fugitiva provavelmente se reportaria a ela. Ele precisava levar Ani para bem longe dali.

O corcel mordeu o Ly Erg, espetando-o. Ani disparou e cortou os joelhos da criatura, levando-a ao chão.

Enquanto ela recuava, o corcel se transformou em carro de novo, com as duas portas abertas. Sem uma segunda olhada para o Ly Erg que sangrava, Ani deslizou para o banco do motorista.

Ela lançou um olhar para Devlin.

— Nós os derrotaríamos.

Ele parou, olhando para ela, percebendo, ao fazê-lo, que ela era tão capaz quanto um Gabriel jovem podia ser — e se perguntou rapidamente se deveriam ter feito aquilo, se deveriam ter perseguido a criatura do cardo.

— Talvez o derrotássemos. Você é uma parceira valiosa, Ani.

O sorriso maldoso dela em resposta era mais animador do que a luta.

— Você está absolutamente certo, sou sim.

Capítulo 20

A luta mais cedo naquela manhã tinha deixado Ani agitada. Ela se mexia na cadeira, batia as mãos no volante e não conseguia ficar parada. Ficar enjaulada em pequenos espaços nunca funcionara para ela. E era ainda pior quando estava inquieta.

Você quer parar?, pediu o corcel.

Ele não vai concordar, murmurou Ani. Devlin estava sentado ao seu lado, calado e inacessível.

Várias curvas depois, estavam em uma estrada menor. Devlin ainda não havia despertado de qualquer contemplação em que estivesse. Seus olhos estavam fechados.

Um barulho surdo veio do motor quando o corcel parou no acostamento. Ao seu lado um trecho de floresta se estendia para a escuridão. *Diga que é um problema mecânico*, sugeriu o corcel. *Você precisa de uma boa corrida.*

— O que estamos fazendo? — Devlin abriu os olhos e lançou um olhar desconfiado para ela.

— Parando. — Ela abriu a porta e pisou o cascalho. Nenhum carro à vista. A lua estava alta no céu, e o único som na escuridão vinha dos animais.

Ani respirou fundo.
Devlin abriu a porta.
— Ani!
Ela se alongou.
— Ani — repetiu ele.
— Você pode vir ou ficar aqui. Eu volto logo — assegurou Ani e em seguida correu para a floresta.

Fazia tanto tempo que tinha saído para correr, e, quando *corria*, Gabriel sempre a mantinha cuidadosamente cercada por Hounds. Ela não podia decidir sua própria rota. A liberdade de correr como quisesse era algo sem precedentes em sua vida, assim como ser perseguida.

Ani não ficou surpresa por ele tê-la seguido. Na verdade, ficou feliz. Era inesperadamente emocionante sentir-se uma presa.

Devlin manteve a velocidade quase tão bem quanto um Hound. Isso a fez imaginar qual era sua linhagem.

Após cerca de vinte minutos, ela parou, alongou-se e esperou por ele. As emoções de Devlin ainda estavam firmemente comprimidas, ilegíveis para ela.

— Você é desgastante — disse ele.

— Eu sou o quê? — Ela inclinou-se contra uma árvore, observando Devlin percorrer os últimos metros entre eles.

— Desgastante, cansativa, capaz de esgotar meu último bocado de paz. — Ele a encarou, como se sua atenção estivesse somente nela, mas Ani não tinha dúvida de que ele sabia onde cada criatura perto deles estava. *Porque ele é um predador também*. A maioria dessas criaturas havia desaparecido enquanto Devlin e ela corriam pela floresta e ao longo da rodovia.

— O que estava pensando? — A voz dele estava tão baixa que ela precisou suprimir um arrepio. Ele estava escondendo alguma coisa, várias coisas se os instintos dela estivessem certos.

— Que eu precisava de uma corrida. Você escolheu vir *comigo*, então não vá pensando que você é quem manda aqui.

— Ela jogou a perna para chutá-lo no rosto.

Ele pegou o pé de Ani.

— Não. Você já brincou. Precisamos ir.

Ani puxou o pé das mãos dele. Ela não cumpria ordens muito bem, nem mesmo quando seu instinto lhe dizia que ele estava certo.

— Não é a *sua* vida em perig...

— Pare. — Ele sustentou seu olhar, e não era frustração que transparecia em seus olhos. Raiva queimava ali, tão intensa que ela não precisava ser da Corte Sombria para senti-la.

Era estimulante. Apesar de ser uma criatura da Alta Corte, Devlin tinha um núcleo sombrio que era tudo o que a própria corte de Ani deveria ser. Devlin era tudo o que ela queria ter encontrado em sua própria corte: ele a via como igual, mas ainda assim queria mantê-la segura. Ele não repudiava seus desafios nem se curvava a eles.

— Volte para o corcel — começou ele.

— Não. — Ela chegou mais perto. — Quero respostas antes de ir a qualquer lugar com você.

Ele passou a mão pelos cabelos e estreitou o olhar.

— Deuses! Talvez eu *devesse* ter matado você quando ainda era um filhote que só choramingava.

Ani congelou.

— Repita isso.

Ele virou de costas.

Ela agarrou seu braço.

— Repita. Isso. Mais uma vez. *Agora*.

Devlin sacudiu o braço para se soltar de Ani com tanto esforço quanto precisaria para espantar uma mariposa.

— Deixa isso para lá, Ani.

— Foi você. Na nossa casa. Você... — Ani cambaleou para trás e caiu no chão. Ela levantou a cabeça para encará-lo. — Você matou a minha mãe.

Seu rosto branco como mármore não mostrou remorso algum, nenhuma dor por levar a mortal que tinha trazido ela ao mundo.

— Eu mantenho a ordem para a Rainha da Alta Corte. É meu propósito.

Minha mãe.

— Você matou o amor de Gabriel. Minha mãe... *Por quê?*

— É o que eu faço, Ani. Coloco as coisas em ordem novamente. Minha rainha tem problemas suficientes com mestiços de outras cortes. Descendentes da Corte Sombria são imprevisíveis. — Ele olhou para ela incisivamente. — Alguns são ameaças maiores do que outros. Fui enviado para corrigir o problema.

— Descendentes? — Ela fixou o olhar nele.

— Sim. — Ele ficou tão imóvel quanto uma escultura, parecendo desconhecer a estranheza de sua pose imutável, não querendo sujar-se por se juntar a ela no chão.

Sentindo-se como uma estranha em seu próprio corpo, Ani ficou de pé. Vagamente, percebeu que suas mãos estavam sujas de tanto se empurrar do chão. Naquele momento, cada detalhe parecia muito nítido, muito *real*.

Devlin continuou imóvel.

— Você era importante o suficiente para atrair a atenção da Rainha da Alta Corte, e agora... — Suas palavras sumiram quando Ani se aproximou.

Ela inclinou a cabeça para que pudesse fitar o rosto dele, e então lhe deu o tapa mais forte que pôde com sua mão coberta de sujeira.

— Então você matou Jillian? Porque os *descendentes* dela eram uma ameaça?

Ela levantou a mão pela segunda vez, mas ele não a deixou agredi-lo novamente.

— Não. Só você era a ameaça. — Devlin segurou o pulso dela e, simultaneamente, abandonou o ridículo autocontrole a tal ponto que ela pôde sentir suas emoções, pela primeira vez.

Amargura. Medo. Vontade de protegê-la. Desejo.

Ani parou. Os sentimentos de Devlin não indicavam que ele queria machucá-la. Diziam que a queria em segurança.

O que não estou conseguindo perceber aqui?

Ela o encarou, deixando as emoções de Devlin rolarem por ela, absorvendo-as para saciar sua fome.

— Você não me matou antes. Não vai fazer isso agora... Você me mataria se elas mandassem?

— Bananach não me dá ordens.

Ani quase sorriu com a ideia dele fazendo jogos de palavras com ela.

— Boa desviada. Tente novamente. Você me mataria se Sorcha ordenasse?

Ele não se moveu.

— Se ela me ordenasse a acabar com a sua vida e eu desobedecesse, seria expulso da minha corte. O meu voto de fidelidade seria imoral. – Ele manteve o olhar de Ani. – Eu seria abjurado.

– Você *já é*. Está escondendo coisas dela, *me* escondendo. – Depois ela entendeu. – Você sabia onde eu estava durante toda a minha vida.

Ele fez que sim.

Ani enfiou as mãos no bolso de trás do jeans e balançou em seus calcanhares.

– Por que não disse a Sorcha onde eu estava? Por que me poupou? Por que não salvou Jillian também?

Ele a encarou por vários segundos, nivelando sua respiração, sem palavras, mas suas emoções ricochetearam de excitação pelo medo e pela esperança. Agora que ele estava exposto, ela podia se nutrir como uma gulosa com apenas uma amostra de seus sentimentos.

Como se alimentar de um rei.

Devlin estendeu a mão e segurou o seu rosto.

– Pegue o que quiser, Ani. Isso não vai fazê-la entender.

Ela ficou boquiaberta. Ninguém de fora da corte deveria saber o que a Corte Sombria usava para se alimentar. A punição por compartilhar esse segredo é ficar sem comer até morrer.

Ele baixou a mão de seu rosto para sua clavícula, apoiando-a na base da garganta, acima de seu coração.

Ani não tinha certeza se era uma ameaça ou uma carícia.

Ele ficou perfeitamente imóvel, a mão inerte contra sua pele, inspirando e expirando lentamente.

– Pergunte novamente. – Sua voz era suave. – Faça a sua pergunta.

Ela parou. Devlin não estava neutralizando suas emoções. *Onde está a armadilha?*

– Você me mataria? – perguntou.

– Não essa. – Ele passou o polegar sobre a pele nua de sua garganta. – Faça outra pergunta.

Ela esperou a vida inteira para fazer esta pergunta, neste momento, para esta criatura.

– Por que você matou Jillian?

Devlin se inclinou e cochichou em seu ouvido:

– Não matei. Ela está escondida no Mundo Encantado.

Ani sentiu-se cambalear, mas Devlin a pegou antes que ela caísse. Ele a ajudou a amortecer a queda. Uma vida inteira de certezas, tudo o que ela achava que sabia sobre seu passado, tinha mudado. Sua mãe estava viva. Era quase bom demais para acreditar. Sua visão embaçou quando lágrimas encheram seus olhos. O monstro que ela temia a tinha salvado, salvado Jillian e havia se arriscado para fazê-lo. Depois de todos esses anos temendo a criatura que tinha mudado sua vida, Ani olhou para Devlin e soube que ele era a razão dela estar viva. *A razão de Jillian estar viva.* Não podia fazer com que todas aquelas mudanças se encaixassem em sua mente. Tudo o que pôde dizer foi:

– Minha mãe.

Ele ajoelhou-se ao seu lado.

– Ela não queria que você soubesse, mas... não aceitarei que você me odeie. Não posso mantê-la segura se você me odiar.

– Ela está... *onde*? Onde ela está? É para onde estamos indo?

– Não. Está segura, mas não podemos ir até ela – disse ele.

– Pensei... – Ani tentou encontrar palavras para os anos de medo e perda, mas não havia nenhuma. – Pensei que ela estivesse morta. Que você...

— Foi para o melhor.

— Ajude-me a entender como. Por não saber, passei minha vida achando que ela estava morta e temendo que alguém, aparentemente você, voltaria para machucar Tish. — Ani sentiu lágrimas correndo pelo rosto.

— Eu não tive muita escolha. Sorcha pode ver todos menos aqueles mais próximos a ela ou aqueles cujas vidas influenciam *sua* própria vida — começou ele.

Ani não podia falar, não podia fazer muito mais do que olhar para ele e esperar pelo resto.

— Se eu escondesse Jill, ela não seria importante o suficiente para chamar a atenção de Sorcha... especialmente se Jill não se lembrasse de ter filhos. — As emoções de Devlin tomaram várias direções diferentes, mas a sua inflexão não se alterou. — A alternativa era a morte dela.

— Você salva muitas pessoas que Sorcha quer mortas?

De repente, suas emoções foram completamente bloqueadas dela.

— Só você.

— E Jillian.

— Não. A morte de Jillian não foi comandada, mas... se ela desaparecesse faria Irial colocar você sob os cuidados dele. Foi ideia dela. Ela teria feito qualquer coisa para manter você e sua irmã seguras.

Ani se sentou. Pensou em estender a mão e dizer que ele tinha lhe dado tudo ao não matar Jillian.

Ou a mim.

Quase uma hora se passou enquanto ficaram em silêncio, um ao lado do outro, e depois Ani olhou para cima e capturou seu olhar.

— Você é uma criatura tradicional, não é, Devlin? Três perguntas. Essa é a regra, não é?

— Sim, mas eu já...

— Eu quero uma terceira pergunta — interrompeu ela. — E quero que prometa que vai respondê-la.

Ele não desviou o olhar nem disse que ela não tinha esse direito. Em vez disso, assentiu.

— Diz para mim quem você é, Devlin. Você sabe *tudo* sobre mim. — Ela pegou a mão dele. — Viu cada passo da minha vida.

Ele se surpreendeu.

— *Não* vi. Fiquei longe... Eu só a via de passagem até a outra noite. Não a seguiria dessa forma. É... impróprio.

A expressão dele implorava por sua compreensão. A Alta Corte era contenção, não desejo. Era razão, não impulso. E Ani foi percebendo que Devlin violava todas as características de sua corte para estar com ela, para salvá-la e escondê-la. Ela não sabia *o motivo*.

— Você me conhece, minha história, minha família, e eu *preciso* conhecer você. — Ela não soltou a mão dele, como se aquilo fosse a única coisa que evitaria que ambos desmoronassem. Não era sobre o desejo pelo outro, mas sobre o sentido das coisas. Segurar-se a ele fazia sentido. — Diz para mim quem você é. Há muito mais do que o que está acontecendo aqui.

Suas emoções já voláteis se tornaram tão intensas que ela estremeceu novamente.

Ele pareceu estar assustado, era o que seu gosto revelava.

— Por toda a eternidade, tenho agido pelos melhores interesses da minha rainha... até o presente momento. E agora Guerra me diz que você é a chave para a morte da minha rainha. Eu deveria matar você, Ani. Eu deveria tê-la matado naquela época. Eu deveria matá-la agora.

— Estou feliz por não ter feito isso.

— Eu também — admitiu ele —, mas se a sua vida significar a morte dela... não posso sacrificar tudo.

— Eu sei. — Ani não tinha palavras que tornassem as coisas mais compreensíveis para qualquer um deles. Palavras não eram o seu forte. Ela se apoiou nos joelhos para ficar cara a cara com ele.

Devlin não recuou. Seu coração não disparou, não muito, mas ela o ouviu acelerar.

Por mim.

Lentamente, como se ele fosse um vidro que ela pudesse quebrar, Ani se inclinou e roçou os lábios nos dele. Não foi nem mesmo um beijo, apenas um leve roçar, mas parecia o tipo de beijo que fazia o mundo parar de girar — o que a deixou ainda menos capaz de falar.

O que segue esses tipos de frases? Ou emoções?

Ani começou a voltar em direção ao corcel.

— Vamos.

— Aonde? — Ele olhou e sentiu-se alarmado. — Eu não posso levá-la até Jill. Ela está no Mund...

— Eu sei — disse ela. Fosse qual fosse a razão da Rainha da Alta Corte para encomendar aquela morte, Jillian presumivelmente não tinha desaparecido, e a última coisa que Ani queria era ter Sorcha atrás dela também. Doeu perceber que sua mãe estar viva não a tornava *mais presente.*

— Quais são as minhas chances de sobreviver? Quero dizer, realmente?

Devlin amarrou a cara.

— Você não precisa se preocupar com números. A probabilidade é que Bananach não pare de pensar em você. Os resultados prováveis são...

Ela ergueu a mão.

— Certo. Minhas chances não são boas.

Eles caminharam em silêncio até chegarem à estrada.

— Acampar — anunciou ela. — Rabbit costumava nos levar para acampar, mas apenas com um bando de guardas e só por alguns dias.

— Você é uma criatura peculiar, Ani. — Devlin começou a puxar sua mão, mas ela a segurou. *Só um pouco mais*. Ela tinha quase certeza de que esta era uma nuance de Devlin que ela não veria com muita frequência.

Ela foi até o lado do passageiro.

— Eu quero apenas passear na floresta.

— Provavelmente as cidades são mais seguras.

Relutante, ela soltou a mão dele.

— Então essa é a resposta previsível, certo? Bananach imaginaria que você seria previsível, com a coisa toda da Alta Corte. Então não seremos previsíveis.

Devlin parou.

— E se eu insistir que as cidades são a melhor escolha? Você vai fugir?

— Não. — Ela beijou a bochecha dele antes de se afastar. — Você salvou a minha mãe e a mim. Você é fatal o bastante para me manter segura. E, mesmo que não queira admitir ou saiba o porquê, você está completamente interessado em mim. Eu não sou da Alta Corte, mas sou prática o suficiente para identificar as razões para ficarmos juntos. Acho que vou mantê-lo por perto por enquanto.

— Você vai me *manter por perto*? — Devlin deu-lhe um olhar que Ani suspeitava ser intimidante, mas uma criatura que tinha crescido com a Caçada e o Rei dos Pesadelos como companheiros não era facilmente intimidada.

— Por ora. — Ela reprimiu um sorriso com uma nuance de arrogância em sua voz. — Você não é tão chato quanto finge ser, e, considerando a minha família, isso é um elogio.

— De fato. — Ele colocou a mão na porta do carona do que atualmente era um magnífico Lexus vermelho.

Ani deu a volta no carro para o lado do condutor e olhou por cima do teto para ele. Uma parte de sua consciência pouco utilizada a alertou para ficar longe dele, mas, por uma das únicas vezes em sua vida, não era apenas a fome dirigindo seu interesse. Ela *gostava* de Devlin.

Capítulo 21

Devlin se punia enquanto eles aceleravam ao longo da rodovia. Estava se aproximando muito de Ani. Ele viveria para sempre, e ela tinha apenas um piscar de existência. Ani era uma Hound como nenhum outro, uma criatura diferente de qualquer outra que conhecia.

E é vulnerável.
E ela realmente não deveria estar viva.
E perdê-la me destruiria.

Ele não acreditava em destino inescapável. Tinha visto ambas as irmãs analisarem fios de possibilidades com frequência suficiente para saber que poucas coisas no mundo eram inevitáveis. Ele mesmo tinha atravessado dificuldades, observado sua fluidez e se maravilhado com sua transitoriedade. Onde Bananach via pontos passíveis de discórdia, Sorcha via pontos que poderiam aumentar a ordem. Devlin muitas vezes via ambos, mas, ao olhar para Ani, percebeu que não via nada. Todos os fios dela estavam em branco para ele.

Um fragmento de uma memória da vida de Ani inquietava sua mente, mas ele não conseguia se concentrar nele.

Rae. Ela sabia de alguma coisa. Ele se lembrava disso. *Qual é o resto?* Sua cabeça latejava enquanto tentava fazer a memória vir à tona. *Por que fui enviado para matar Ani?* Se a ameaça fosse à Sorcha, ele estaria disposto a matar Ani, mas, apesar do que Bananach havia insinuado, Devlin não acreditava que Ani ajudaria Bananach. Ani não daria seu sangue para Guerra nem mataria Sorcha.

Porque ela não é tão cruel.

Devlin se perguntou se os fios tinham se alterado como resultado de suas ações, se ao contar a Ani o que tinha feito havia mudado o caminho dela. *Será que minhas escolhas mudaram as coisas, ou elas já faziam parte do meu caminho?* Não havia como perguntar a Sorcha o que ela tinha visto antes de Ani estar ligada a Devlin, e não havia como saber se Bananach interpretara as possibilidades de maneira correta. O mais fino fio de possibilidade era suficiente para Guerra abraçar como uma verdade predestinada. Seus desejos confundiam sua interpretação. Era uma espécie perversa de esperança.

A única verdade inevitável era que Sorcha tinha *parado* de ver Ani quando sua vida se ligou à dele e à da Corte. Ele percebeu em um terrível momento de clareza: Sorcha sabia então que o fio de Ani se entrelaçaria ao dele.

A visão tornou-se tão clara e tão repentina que ele se sentiu mal. Não tinha dúvida alguma de que ambas as irmãs eram ciumentas ou cruéis o suficiente para mudar sua vida por interesse próprio. Era quem elas eram. Sorcha remodelava o mundo para curvá-lo à sua vontade. Bananach manipulava criaturas para produzir destruição. Talvez fosse para Ani nunca se entrelaçar na vida delas, mas sempre na dele. *Será que seria assim que o sangue dela mataria Sorcha? Pela recusa dele em derramá-lo? Por ele não a matar?* Tais interpretações pareciam muito com as de Bananach.

Mas o sangue de Ani é diferente. Eu provei. Ela é diferente.

— Você está bem? — A voz de Ani o assustou. — Você está, hum, bloqueando suas emoções novamente.

— Diga-me *exatamente* o que Bananach quer de você.

— Que eu mate Seth. Que eu mate Niall. E que eu dê o meu sangue porque... — Ani respirou fundo. — Se você contar a alguém o que lhe direi agora, Irial *vai* querer você morto. Então você não pode dizer nada. Nunca.

Ele assentiu.

— Irial é superprotetor, mas... ele... — Ela fez uma pausa, respirou e continuou: — Posso confiar em você?

Ele hesitou. O peso daquela decisão era inesperado. Devlin nunca tinha escolhido deliberadamente colocar alguém à frente de sua rainha.

Até agora. Eu o faria. Por você.

— Pode confiar em mim — assegurou Devlin. Ele pensou em lhe dizer que tinha falado com Irial sobre ela, mas mencionar que Irial lhe dera o consentimento para que levasse Ani não era algo que queria fazer. A premeditação poderia deixá-la irritada, e isso não ajudaria em nada.

Também levaria a mais coisas que não quero discutir. Quando o ex-Rei Sombrio avaliou as emoções de Devlin, aparentemente havia encontrado preocupação suficiente para convencer Irial de que Ani estaria segura sob seus cuidados. Devlin a levaria à segurança e, em seguida, encontraria uma maneira de retirar-se de sua vida. Era a escolha lógica, o caminho apropriado.

— Diga-me — pediu ele.

— Então sabe como posso me alimentar de suas emoções?

— Ela parou apenas uma fração de segundo antes de dizer: — Isso é uma característica da Corte Sombria.

— Eu sei.

— Mas eu posso fazer o mesmo com os mortais. — Ela acelerou o carro, quer fosse intencionalmente ou não. — Eu realmente não deveria ser capaz de fazer nenhuma das duas coisas.

Devlin se esforçou para manter suas emoções sob controle. Quanto mais Ani revelava, mais ele percebia o quão rara era. *Se Sorcha descobrir que Ani vive, irá caçá-la.* As chances de Bananach revelar isso a Sorcha, de deixar escapar que ele estava com Ani, eram grandes. Guerra alfinetava. Era seu jeito de agir.

Nenhuma de suas irmãs vai descansar até que uma delas possua ou destrua Ani.

Ani não olhava para ele. Ela dirigia o carro ainda mais rápido. Havia coisas que ela não contara, coisas que, obviamente, achava que não deveria dizer, então ele esperou.

Após vários minutos em silêncio, ela continuou:

— Você sabe, *Hounds* não se alimentam assim de maneira alguma. Nós não somos gente de emoções. Eles são o que nós evocamos, não o que consumimos.

— Hounds precisam de toque, não de emoção — disse ele, percebendo então que ela não tinha dito anteriormente o que estava admitindo agora: ela precisava de toque. Ele estendeu a mão e cobriu a dela, que estava sobre a marcha. — Eu fui insensível. Você me perdoa?

Ani acelerou ainda mais.

— O que está...

— Fome de pele. Hounds têm fome de pele. — Ele entrelaçou os dedos aos dela. — É por isso que você estava querendo ficar perto de mim. Faz sentido, agora. Eu deveria ter pensado nisso. Peço desculpas.

Ele percebeu a respiração de Ani acelerar, como se ela estivesse com medo. Hounds normalmente tinham fome de pele, não apetite emocional, e, ao olhar para ela como mortal e como parte da Corte Sombria, ele não havia levado em conta a linhagem de seu pai. Poucos Hounds tão jovens conseguiriam lidar com isso tão bem a ponto de esconder. Por isso eles não viajam sem a matilha, e Devlin tinha presumido — erroneamente — que a independência de Ani significava que ela não carregava essa característica.

— Eu não vou me aproveitar — sussurrou ele. — Você pode segurar minha mão ou... me abraçar, como fez, se estiver precisando de alimento. Eu deveria...

— Não foi por isso que eu quis tocar em você. — Ela corou um pouco.

Isso foi tão inesperado que o fez hesitar.

— Ah. Devo retirar a minha mão?

Ani riu.

— Por deus, *não*. Estou com medo. Faminta. Estou imaginando se vou morrer. Hounds precisam de toque... Eu não tenho certeza se normalmente fica mais fácil com a prática, mas para mim nada parece muito certo. Estou cada vez pior.

Devlin olhou pela janela, não para ela, mas baixou seu controle para que algumas de suas emoções ficassem expostas e Ani pudesse prová-las. Ele se abriu ainda mais para ela.

— Dev!

Ele olhou, mas não podia falar. As regras sob as quais vivera por toda a eternidade estavam desaparecendo. Ele nutrira sua necessidade por sangue ao longo dos anos, deleitara-se na luta. Tinha escolhido outros prazeres que sabia não serem da Alta Corte. Mas em seu âmago optara por viver como se a Alta Corte fosse seu instinto. Todos os dias fizera essa escolha.

— Posso continuar segurando sua mão? — perguntou Ani.
— Por favor! Eu quero, e você... e eu acho que *você* também me quer. — As últimas palavras saíram apressadas e emboladas, e então ela fez uma pausa. Ela virou a mão para que sua palma ficasse para cima, e o carro se ajustou em volta deles, de forma a de repente entrar no modo automático. O câmbio desapareceu. — Estou enganada?
— Não. — Ele apertou a mão dela.

Em toda sua vida, Devlin nunca estivera em um relacionamento. Era uma coisa ocasional duas criaturas na Alta Corte escolherem entrelaçar sua vida, mas ninguém nunca olhara para Devlin daquela forma. Ele não era considerado alguém de quem se aproximar, muito temido para ser desejado, como se reconhecessem que ele não pertencesse de fato à sua corte. *Sou o inocente nessa história.* Pensar nisso o distraiu: apenas duas criaturas existiram antes dele, ainda assim ele era inexperiente em relacionamentos.

Qual é a importância disso? Não posso ficar com ela. Não posso me envolver em um relacionamento.

Devlin olhou pela janela enquanto cruzavam a paisagem. Se Ani sobrevivesse, Devlin a levaria de volta à Corte Sombria, para os cuidados de Irial e Niall, para os Hounds.

Eles eram sua corte e família. E ele retornaria para o Mundo Encantado. Era a ordem do mundo. Uma aberração de emoção não mudaria a ordem lógica.

Foco na situação de Ani.

Devlin empurrou suas emoções novamente para debaixo das camadas de controle da Alta Corte e começou a pensar no que Ani revelara. Em algum lugar nos detalhes ele encontraria a resposta; era lógica simples. Devlin precisava apenas focar.

Os motivos de Bananach eram sérios o bastante para que seu interesse não arrefecesse. Assassinar Bananach seria catastrófico, e matar Ani era insustentável. *Então aonde isso vai nos levar?* Eles não podiam passar toda a vida de Ani fugindo, mas ele não tinha um plano melhor.

Ani observou Devlin excluí-la. Sentiu as paredes subirem e, se não fosse pela mão dele na sua, se perguntaria se estava sozinha no carro.

Ele está com medo de você, sugeriu o corcel.

Ani não queria falar sobre aquilo. Em vez disso, pensou: *O que você acha de Barry como nome?*

Fez-se o silêncio.

É o diminutivo de Barracuda. *Pode ser de macho ou fêmea.* Ela trocou de faixa de novo e acelerou.

Eu gosto, o corcel rosnou alegremente. *É meu. Meu nome é Barry.* Ela sorriu para si mesma. *Um problema resolvido, alguns mais por vir...*

Infelizmente, o resto do dia se passou em silêncio. Eventualmente, Barry sussurrava: *Durma, Ani. Eu dirijo.*

Os quatro dias e noites seguintes se passaram basicamente no mesmo esquema – paradas rápidas para comer, horas de silêncio e descanso esporádico enquanto Barry a carregava para mais e mais longe de todos os que ela conhecia. Eles passaram pelo centro dos Estados Unidos, indo na direção oeste, onde havia parques abertos, áreas naturais em que era possível acampar e correr. Passavam por cada cidade – ou cada lugarejo em que remotamente houvesse aço – que podiam, avançando mais devagar devido ao tráfego mortal, mas se escondendo de criaturas mágicas. Se não fosse pela ameaça atrás deles, seria o início de uma viagem magnífica. *Ainda poderia ser, se ele me deixasse entrar.* Ela achara Devlin impossivelmente tentador quando o conhecera, e sua opinião a respeito dele apenas melhorara após lutar ao seu lado. As revelações que ele compartilhara fizeram com que ela gostasse dele, mas a paixão que Devlin escondera – e revelara durante a luta e a fuga – fizeram-na desejá-lo.

Mas, durante a viagem, Devlin mantivera suas barreiras erguidas. Falava cada vez menos e, quando o fazia, era educado, mas distante. O silêncio e a distância em um espaço tão pequeno eram enlouquecedores. Depois de suas breves revelações, ela tinha esperança de que algo estivesse acontecendo entre eles, mas as ações de Devlin davam a entender outra coisa.

Mais tarde, no que Ani pensava ser o sexto dia de viagem, ela foi para o estacionamento de um motel. O edifício era cercado por uma espessa cerca de metal. As varandas dos quartos tinham trilhos de ferro, e as janelas tinham grades de aço. Com a aversão dos seres encantados a ferro, e, consequentemente, a aço, era o lugar ideal para que eles descansassem. Contanto que o prédio não pegasse fogo, estavam a salvo de perigos mágicos e mortais.

— Eu ficarei com Barry enquanto você pega um quarto.
— Ani tocou brevemente a mão de Devlin, tirando-o de qualquer que fosse a contemplação em que estava.

Ele a olhou, confuso.

— O quê?

Ani gesticulou para as luzes que zumbiam e diziam "livre" e se perguntou se ele já estivera em um motel. De alguma forma, ela duvidava de que as coisas fossem assim no Mundo Encantado.

— Um quarto. Você tem dinheiro ou cartão de crédito?

— Tenho, mas... — Devlin fechou a cara. — Barry?

— Meu corcel... — Ela correu a mão sobre o painel. — Foi Nomeado.

— Eu poderia ter dado um nome a ele — resmungou Devlin.

Ele ainda está aborrecido com os ajustes de assento, disse Barry com um divertimento pronunciado. *Os joelhos dele... a cabeça... e talvez os braços estejam um pouco doloridos, espero.*

Sabiamente, Ani não respondeu a nenhum deles. Tudo o que disse foi:

— Vou ficar bem aqui. Do lado de fora da porta, dentro de Barry, o tempo todo.

Prestativamente, Barry abriu a porta do passageiro.

— Por que estamos parando? Isso pode... — O encosto do assento dele caiu para trás. — *Barry* pode dirigir enquanto você descansa.

— Quero tomar um banho. Um travesseiro. Uma cama. — Ani gesticulou. — Por favor! Um quarto para passar a noite.

— Não acho que isso importe. — Ele soou tão exausto quanto ela se sentia, e Ani percebeu então que ele não estava nem perto de bolar um plano além de "continuar em movimento", que era o mesmo desde o começo.

Poderíamos matar aquela mulher-corvo, sugeriu Barry.

Particularmente, Ani concordou, mas ela não sabia se Devlin toparia esse plano. Bananach era quem era. Se não parar em lugar algum e se esconder por um tempo fosse o bastante para que ela esquecesse Ani, esse era um plano melhor do que pedir a Devlin para matar sua irmã.

Ani fechou os olhos para esperar que Devlin voltasse. O pior dos quartos soava uma delícia. Água quente e uma cama de verdade raramente pareciam tão tentadoras quanto naquele momento.

Seriam melhores ainda se compartilhados com ele...

Capítulo 22

Rae achava que ficar presa na caverna era frustrante, mas no palácio de Sorcha percebeu como fora sortuda. Na caverna, Rae ficava sozinha, mas não estava à mercê de ninguém. Ali, ela era prisioneira de Sorcha. Era a única ligação entre o Mundo Encantado e a rainha responsável por manter o mundo em ordem.

E havia perdido o interesse em fazê-lo.

Sorcha se refugiara em um sonho para que pudesse ver o filho ausente.

Uma das mortais veladas estava sentada, observando a rainha dormir. A outra deixara o quarto para falar com quem normalmente consultava para encontrar informações para a rainha. Nenhuma delas falava com Rae, a menos que fosse inevitável. Mantiveram-se afastadas dela, que estava sentada no degrau do estrado. Mesmo com o aposento livre de outras criaturas, não pisavam o topo do estrado ou perto da cadeira de fios de prata trançados que ali estavam. Permaneciam distantes e em silêncio.

Medo dela ou de mim?

O aposento no qual Rae esperava era muito maior do que a caverna. Era vasto, desaparecendo em trechos de sombra de um lado e enormes janelas arqueadas do lado oposto. O canto mais distante era revestido de portas gradeadas, algumas cobertas por tapeçarias antigas. Além dos mosaicos que rodeavam a cama de vidro da rainha adormecida, o piso era de pedra preta lisa, e todo o aposento era intercalado com colunas brancas que sustentavam um teto de estrelas dispersas.

Rae se levantou e aproximou-se da rainha. O vidro tinha assumido um tom azul-escuro, que se fechava cada vez mais, enquanto Sorcha dormia. E, enquanto escurecia, mais e mais criaturas adormeciam em sonos dos quais não despertariam. Rae podia senti-los, seus sonhos além do quarto em que ela servia à rainha adormecida.

Onde está você, Devlin? Por favor, por favor, volte para casa. Mas desejos não alteravam o mundo desperto, e esperar ser resgatada era tão inútil agora quanto em sua vida mortal.

– Chegou a hora novamente – falou a mortal. – Você deve verificar nossa rainha.

Rae não tinha ideia de como a menina sabia a hora ou conseguia manter a contagem dos momentos que passavam. Não importava. O importante era que Rae precisava ir até a Rainha da Alta Corte.

– Eu odeio isso – murmurou enquanto se aproximava da crisálida de vidro azul e entrava no sonho de Sorcha.

Sorcha não desviou o olhar do espelho. Era o mesmo espelho turvo envolto por uma moldura de videiras enegrecidas pelo fogo, como no primeiro sonho. Nele, Rae via o filho de Sorcha, Seth. Ele estava sentado em uma estranha cadeira verde, desenhando em um caderno. No que dizia respeito a visões interessantes, esta nem se classificaria, mas Sorcha estava hipnotizada por ela. A expressão da Rainha era de total êxtase.

— Ele cria tanta beleza. — Sorcha levantou a mão e fez como se traçasse o esboço. — Quem dera eu fosse tão hábil.

— Você cria o mundo inteiro. Isso é...

— *Nada* comparado a ele. — Sorcha desviou o olhar da imagem para encarar Rae com o semblante fechado.

E Rae entendeu que discordar abertamente era imprudente.

— Sim, minha rainha.

Como o próprio Mundo Encantado, a paisagem ao redor do sonho de Sorcha encolhia. No sonho, apenas as duas paredes da pequena sala onde ela estava com o espelho permaneciam bem detalhadas. Além dessas paredes, era como se estivessem em uma pintura apenas parcialmente concluída. A paisagem onírica era um vazio azul que escurecia, como se fosse uma espécie de céu infinito ou mar que ainda não estava em foco.

Rae começou a vislumbrar os campos do Mundo Encantado, reconstruindo a paisagem como era quando o sonho começou. O vazio da fantasia era perturbador, ainda mais porque a sonhadora era aquela que construíra e mantinha o Mundo Encantado.

— Não. Eu não quero nada disso. — Sorcha acenou com a mão, limpando tudo antes que a paisagem estivesse realmente lá. Aquele era o seu sonho, por isso tal alteração era possível, mais ainda, talvez, porque a rainha entendia os detalhes de refazer a realidade.

Se ela não consegue olhar além do espelho em seu sonho, o que isso significa para o Mundo Encantado?

Rae ficou parada inutilmente na sala do sonho, não exatamente no nada além dela, mas perto o suficiente daquele abismo para precisar lutar contra seu instinto de formar mundos lá. Era um plano vazio sem os desejos de ninguém, os horrores de ninguém, as digitais de ninguém para alterar. *Assim devia ser o Mundo Encantado antes de Sorcha.* A Rainha da Alta Corte, no entanto, estava alheia às coisas ao seu redor. Tudo o que via era a imagem de seu filho no mundo mortal.

Sorcha não desviou o olhar do espelho uma segunda vez.

— Deixe-me.

Rae começou:

— Talvez você devesse acordar. O mundo está desmoronando...

— Eu vou acordar quando meu filho retornar. — A Rainha da Alta Corte acenou com os dedos. De repente, três criaturas leoninas aladas forjadas de luar e relâmpago surgiram entre elas, protegendo a rainha, mantendo-a fora de alcance. Os corpos translúcidos dos animais tremulavam com o lampejo que brilhava dentro deles. Quando um abriu a boca, faíscas escaparam. Ele não avançou, mas observou Rae. A segunda criatura se alongou ao lado de Sorcha. Suas asas se abriram e bloquearam a visão de ambos, de Sorcha e do espelho. O terceiro rosnou ao se agachar.

Rae não sabia o que aconteceria se fosse mordida por eles, mas não quis ficar para descobrir. Com uma reverência muito pouco adequada, Rae se virou e saiu do sonho de Sorcha para o decadente Mundo Encantado.

Ela precisa acordar.

Rae dera a Sorcha a janela para o mundo mortal. Era uma anomalia, mas a Rainha da Alta Corte era a personificação da lógica. Ela não deveria estar tão fascinada. Algo estava errado, e a causa disso ia além da compreensão de Rae.

Preciso falar com Devlin.

Claro que ele não tinha sequer dito a Rae que tinha um sobrinho. A Rainha da Alta Corte tinha um filho que vivia no mundo mortal. Isso explicava as frequentes visitas secretas de Devlin, mas não tornava claro por que a Rainha da Ordem se comportava de forma tão irracional.

Algo está errado aqui.

Silenciosamente, Rae atravessou a sala do trono e parou. Uma das mortais estava chorando.

– O que aconteceu? – perguntou Rae.

A outra mortal apontava para uma das altas janelas em arco. Rae não podia se aproximar dela, com o céu tão brilhante como estava, mas conseguia ver, mesmo a distância, que a montanha estava parcialmente desaparecida. O Mundo Encantado estava mudando, desfazendo-se cada vez mais. Como a mente da rainha só notava as imagens no espelho, a paisagem do Mundo Encantado já não era real para ela. Algumas criaturas não conseguiam se ajustar à falta de lógica e a seguiam, refugiando-se em seus próprios sonhos. *As criaturas que eram verdadeiramente da Alta Corte estavam perdidas sem ela.* Na rua lá fora, tais criaturas deitavam-se em posições estranhas, caindo no sono onde estivessem. O Mundo Encantado adormecia.

A mortal chorosa levantou o véu e olhou para Rae.

– O mundo está acabando.

Atrás de Rae, a Rainha dormia. Ela exibia um sorriso, parecendo mais em paz do que quando acordada ou em seus sonhos.

— Volte. — A mortal caiu ao chão e olhou para Rae com o rosto molhado de lágrimas. — Fale com ela. Ela precisa acordar.

E Rae não tinha escolha. Fora do palácio, as criaturas estavam, aparentemente, ou adoecendo ou adormecendo. Dentro do palácio, havia poucas criaturas ainda acordadas. Rae sentia os tentáculos de todos os seus sonhos, como convocações sussurradas. Pela primeira vez desde que ela entrara no Mundo Encantado, havia sonhadores por todos os lados.

Rae voltou ao sonho de Sorcha.

A rainha não havia se movido. Permaneceu agachada em frente ao espelho.

— Minha rainha? — Rae tentou estabilizar o tremor em sua voz.

— Quanto tempo faz?

— Sua corte precisa de você. Acho que já é hora de despertar.

— *Você* acha? — riu Sorcha. — Não. Só devo ser interrompida se houver uma crise.

— E há. — Rae se ajoelhou ao lado da rainha. — O Mundo Encantado parece estar... caindo aos pedaços. Partes dele estão desaparecendo.

Sorcha a encarou por tempo suficiente para dar-lhe um olhar indulgente.

— É grande o suficiente para ficar bem, criança. Vá sem fazer barulho. Meu filho está descansando. Ele dorme tão irregularmente às vezes. Eu me preocupo com a saúde dele.

A Rainha da Alta Corte não tinha interesse nas observações de Rae, em sua própria corte ou no Mundo Encantado. Rae pensou em retirar o espelho, mas não havia ninguém ao redor capaz de lidar com uma rainha irada trazida à força de volta ao Mundo Encantado. *O que eu preciso é de Devlin... o que significa que eu preciso encontrá-lo... o que significa...*

Sorcha inclinou-se para mais perto do espelho.

— Eu não consigo ver que livros ele prefere ler. Ele os empilha de qualquer jeito, em vez de arrumá-los em prateleiras.

E com isso a atenção da rainha deixou Rae, o Mundo Encantado e a crise que seu sonho causava.

Silenciosamente, Rae voltou ao Mundo Encantado — na esperança de que não se houvesse desfeito mais ainda.

O aposento estava iluminado por várias velas, e a luz escassa mal era suficiente para deixar visível a área precisamente em torno da rainha adormecida. Uma das mortais tinha desaparecido.

Antes que Rae pudesse perguntar, a outra disse:

— Ela foi à cozinha.

— Eu preciso buscar ajuda. — Rae desejou que pudesse levar a mortal com ela ou prometer-lhe que as coisas iriam melhorar, mas não tinha palavras de conforto.

Durma logo, Devlin. Eu preciso de você.

— Ela não acorda. — A mortal descansou a mão sobre o vidro azul que escurecia. Ela sustentou o olhar de Rae quando perguntou: — Para onde iremos se o Mundo Encantado desaparecer? Será que vamos desaparecer com ele?

— Ele não desaparecerá. Nem você. — Mas mesmo enquanto falava essas palavras, Rae não tinha certeza se eram verdade ou mentira. Sem a Rainha da Alta Corte para dirigir o mundo, Rae suspeitava de que o Mundo Encantado *realmente* fosse acabar. E ela não tinha ideia do que isso significava para as criaturas e mortais que ali viviam.

Capítulo 23

Devlin deslizou a chave na maçaneta da porta do motel com uma satisfação que se sentia quase envergonhado em admitir. Não que Ani dirigindo fosse ruim. *Há um certo encanto no caos.* O carro, entretanto, periodicamente deslizava o banco do passageiro tão para a frente que Devlin fora forçado a se sentar com as pernas dobradas em posições desconfortáveis. Quando não estava sendo espremido em espaços muito pequenos, o banco se deslocava tão para trás que ele se deitava completamente na horizontal.

Ani, é claro, sorria a cada vez — o que era provavelmente a única razão pela qual precisava repetir o gesto durante os últimos dias guiando em velocidades ilegais. Nem a Hound, nem o corcel entendia o conceito de não atrair atenção.

— Você já está falando comigo? — O tom de Ani era desafiador, assim como sua postura. Ela se inclinou contra a porta, perto do batente. Uma das mãos segurava a alça da mochila pendurada em seu ombro, e a outra repousava em seu quadril. — Ou ainda está fingindo que está sozinho?

Devlin olhou fixamente a inclinação revoltada do queixo de Ani.

— O que está querendo dizer?

— Você não disse nenhuma palavra sequer nas últimas oito horas. — Ela passou por ele e deixou a mochila sobre a cama.

— Oito horas?

— Sim. — Ela girou e olhou para ele. — Oito horas de silêncio.

— Eu estava analisando nossa situação.

— Em poucas palavras? Está péssima. — Ani cruzou os braços.

— Eu... — Ele a olhava com uma afeição que precisava reprimir. Todos os seus traços de Alta Corte pareciam desaparecer diante dela.

E eu gosto disso.

Ela se virou de costas para ele, abriu a mochila e acrescentou:

— Você está entre Banana...

— Não. — Devlin estava ao lado dela, com a mão sobre sua boca antes que a próxima sílaba pudesse ser pronunciada. — Não diga mais o nome dela *nem* o da outra. Por segurança. Está entendendo?

Ani assentiu, e ele puxou a mão de volta.

— Por quê? — Ela voltou a remexer em sua mochila como se nada houvesse acontecido. Talvez para uma filha de Hounds isso não fosse estranho.

— Os Hounds não são os únicos a ouvir bem. Nós já fomos encontrados uma vez. Eles levarão as notícias até ela, e há outros que querem o mesmo que ela.

— De qual "ela" você está falando?

— Ambas têm seus seguidores. E prefiro não matar ninguém hoje à noite. Eu até gostaria de entrar em uma luta, mas... – Ele olhou para as cortinas fechadas e em seguida de volta para ela.

– Eu também. – Ani sorriu para ele como se Devlin fosse algo formidável.

Era inquietante ter alguém o observando com tanta intensidade. Devlin se forçou a erguer o olhar de encontro ao dela.

– Eu a manterei tão segura quanto eu puder.

– E?

– E nada. – Devlin se virou para trancar a porta. Isso não impediria criaturas mágicas, mas manteria longe quaisquer mortais que perambulassem por lá. – Se você se aproximar da minha irmã sem acatar seus comandos, morrerá nas suas mãos. Se você obedecer às ordens dela, morrerá sob o comando da *outra* irmã. Eu serei o designado para matar você... e por alguma razão eu não gosto da ideia de sua morte.

Ele se manteve distante, permanecendo perto da porta, fora do seu alcance.

E a mantendo fora do meu alcance.

Ela tirou uma muda de roupas e uma escova de cabelos da mochila.

– Não seria mais lógico simplesmente me matar e acabar com isso? Você sabe que ambas ficarão furiosas com você, e por algum motivo não acredito que sejam do tipo que perdoa. Você poderia voltar para o Mundo Encantado, deixar tudo como era...

– Não. Não quero isso. Não quero que você se machuque e não quero voltar. – Devlin parou de falar e sacudiu a cabeça assim que percebeu o que havia acabado de falar. – Eu não quero...

– O quê?

Mas Devlin não conseguia responder. Ele a encarou.

Silenciosamente, Ani entrou no banheiro e fechou a porta.

Eu conseguiria voltar? Conseguiria fazer-lhe mal? Por que ela é importante? Rae tinha respostas. Pressionara Devlin tantas vezes para que fosse ver Ani que agora tinha certeza de que ela sabia de alguma coisa. Ele apenas não sabia o que era – ou por que ela mantinha o motivo em segredo.

Quando Ani retornou, pousou a mochila no chão, no lado oposto da cama em que ele estava sentado, mas não falou nada. Em vez disso, ficou ali e virou de costas para ele, contorcendo o corpo em várias posições de relaxamento. A blusa que usava levantou, expondo seu diafragma.

Devlin não conseguia tirar os olhos de sua pele nua.

Ela não é minha.

Mas ele a queria. Pela primeira vez em toda a eternidade, olhava para outra criatura mágica e pensava em relacionamentos, futuros, lutar ao seu lado. *Hounds não são inclinados a ter relacionamentos.* Lembrou-se desse fato, como se isso fosse de alguma forma mais importante do que o fato de que provavelmente ela morreria por causa de uma de suas irmãs.

Ela continuou a se alongar por vários minutos, então se posicionou diante dele – as mãos no quadril de novo – e perguntou:

– Você está pensando novamente sobre nossa situação ou vai dizer alguma coisa?

A expressão nos olhos de Ani dizia que estava assustada, cansada e faminta. Sua reação era a mesma da maioria das criaturas da Corte Sombria quando estavam enfraquecidas: ataques irracionais.

Devlin tomou as mãos dela nas suas.

— O tempo é diferente para mim. Se eu ficar em silêncio por muito tempo e você se sentir desconfortável com isso, fale comigo. Nunca estive em nenhuma situação em que se exigiu de mim conversa constante.

— Bem, isso só... — Ela claramente queria dizer algo hostil e, por um momento, pareceu que o faria, mas em vez disso ficou olhando para as mãos dele segurando as suas. Seus ombros relaxaram um pouco.

E ele percebeu que não só não havia falado, mas não havia nem tocado sua mão. Em quatro dias, Ani não sentira um único toque de pele até o momento em que dera um tapinha em sua mão para mandar que providenciasse um quarto.

Ele soltou a mão esquerda de Ani e desabotoou a camisa.

Ani não se moveu, não olhou em seu rosto, não reagiu de nenhuma forma.

Não é uma atração por ela. É meramente uma necessidade física. Ele a encarou, observando sua reação, desejando poder sentir o gosto de suas emoções. *Não é racional eu querer que isso signifique alguma coisa.*

Ainda sem falar nada, Devlin soltou a mão direita e tirou a camisa.

Ela levantou a vista para encontrar os olhos dele.

— O que é que você está fazendo?

— Você precisa se alimentar. — Ele se deitou na cama. — Estou aqui.

Ani ficou onde estava. Virou-se para olhá-lo de um jeito predatório. Com a voz muito baixa, perguntou:

— O que está oferecendo?

— Contato físico.

— Tem certeza? — Ela deu dois passos para a frente e se encostou na beira da cama. — Quero dizer...

Ele deixou que suas barreiras caíssem, de forma que ela pudesse sentir coisas que ele preferia que Ani desconhecesse. *Desejo. Medo. Dúvida. Alegria. Esperança. Excitação.* Estavam todas lá, emoções para alimentar seu segundo apetite.

Ela se ajoelhou na cama.

— Se você me quer, por que não...

— Você não é minha, Ani. — Ele ofereceu a mão. — Se você fosse outra pessoa... mas não é.

Ela tirou a blusa e então pegou a mão dele.

— Eu não entendo você, Dev.

Com um suspiro de alguma emoção que ele não sabia como nomear, envolveu-a em seus braços e a puxou para si. A mão de Ani estava espalmada na barriga dele, e a bochecha dela repousava no ombro de Devlin. Fios de cabelos úmidos de pontas rosa roçavam contra seu peito.

Devlin permaneceu imóvel. O único indício de que ele estava vivo era o subir e descer de seu peito. Concentrou-se em se manter assim e em ocultar suas emoções de novo. A sua proximidade o assustara, e ele não suportava a ideia de Ani saber o quão assustado ou subitamente feliz ele se sentia.

Ani, contudo, parecia distraída. Depois de uma hora ou mais, silenciosamente aninhada nos braços dele, tascou um único beijo em seu peito, diretamente em cima do coração.

— Você está me confundindo.

— Você necessita de contato. É algo lógico eu cuidar disso. — Ele relaxou um pouco, seu corpo e sua mente se recusando a seguir o caminho razoável. Apenas por um instante, ele deixou que as pontas de seus dedos acariciassem a pele dela.

Ela suspirou e pressionou mais o corpo contra o dele.

– Se estivéssemos no Mundo Encantado e eu não fosse *eu*, somente uma criatura... o que você diria?

– Sobre?

– Se eu estivesse em seus braços desse jeito.

– Você jamais estaria. – Ele achou graça da curiosidade dela. – Isso não aconteceria.

– Ficar perto um do outro? Você está dizendo que não há sexo no Mundo Encantado? – Ela ergueu a cabeça para olhar o rosto de Devlin. – Sério?

– É claro que há sexo, mas *isso* – disse ele, gesticulando para os dois – não é sexo. Sexo é uma coisa bem diferente do que estamos fazendo.

– E depois?

– Depois do sexo nos limpamos e nos vestimos. – Devlin reprimiu um suspiro de prazer quando ela se aninhou de volta em seus braços. Ele nunca abraçara alguém, nem por prazer, necessidade ou emoção.

– O Mundo Encantado parece horrível. – Ani encolheu os ombros um pouco. Distraidamente, começou a traçar algum tipo de contorno na barriga dele.

– Não, não é horrível, apenas desequilibrado.

Devlin admitiu a verdade que nunca pronunciara em voz alta. Suas frequentes viagens ao mundo mortal tornaram-no cada vez mais consciente de que a beleza do Mundo Encantado deixava algo de fora. Sem sombras, a claridade era insuficiente. A ausência prolongada da Corte Sombria do Mundo Encantado criara um vazio. O Mundo Encantado estava em desarmonia, e essa situação já se prolongava havia séculos.

É por isso que Sorcha está agindo tão mal? Ele se sentiu culpado por pensar assim, mas parecia vergonhoso que a Rainha da Ordem insistisse em enviá-lo para cuidar da criatura recém-feita.

— Dev? — Ani ergueu a cabeça para olhá-lo. — Você está fazendo aquela coisa de "não estou de verdade aqui" de novo.

— Sinto muito — disse ele, e, estranhamente, sentia mesmo, não apenas pelos momentos em que estivera alheio, mas pelos que perdera ao longo da eternidade fazendo exatamente a mesma coisa. Ser reservado não era algo de que gostasse, nem ser uma criatura de Sorcha. Seus prazeres eram quase todos encontrados no mundo mortal, onde podia deixar o autocontrole de lado por breves instantes. *Como seria o Mundo Encantado se a Corte Sombria retornasse?* A simples ideia fez surgir nele um choque incomum. Se a Corte Sombria voltasse para casa, haveria mudanças no Mundo Encantado. *E talvez... Ani.* Se não, se ele não pudesse ir para o Mundo Encantado com ela, talvez pudesse ficar no mundo mortal. Sorcha havia transformado Seth. Ela poderia torná-lo seu assassino. Se não Seth, alguma outra pessoa. *Eu podia ser livre.*

Devlin ergueu a mão para acariciar a bochecha de Ani.

— Eu não quero ficar longe. Quero ficar perto de você.

Ela ficou imóvel, segurando a respiração por um momento.

Ele não tinha decidido um plano além de mantê-la longe do alcance de Bananach.

— Até que eu saiba que você está a salvo, como poderia deixá-la?

— Irial pode me manter a salvo. Ele não é ligado à corte... Talvez ele se mudasse, ou eu pudesse me esconder. Você não tem que...

— Mas eu *quero*. — Ele contornou a linha da mandíbula dela, parando bem embaixo de seus lábios.

— Quer o quê?

— Tudo. — Ele sentiu um nervosismo estranho.

— O que está oferecendo? — perguntou ela novamente, como havia feito quando ele tirara a blusa.

— Pedindo — corrigiu ele. — Estou *pedindo* para beijar você. Posso?

— Pode, por favor — sussurrou ela.

Não foi o tipo de beijo que consumia as energias, como o que trocaram no Ninho do Corvo, não no início. Por alguns poucos momentos, foi o tipo de beijo que ele nunca dera: curioso e cuidadoso, saboroso e gentil. Então, Ani se pressionou contra ele como se estivesse faminta.

Sem lógica. Sem negociações.

Estava esticada ao lado dele, e ele rolou em cima do próprio quadril de forma a ficarem cara a cara.

Sem discussão.

Ele não tinha ideia para onde iam, mas naquele momento, deixou tudo de lado. Contanto que estivesse viva, ela era responsabilidade dele.

Minha razão.

Minha.

Quando ela o envolveu com a perna, as emoções de Devlin escaparam da última contenção. Baixando as barreiras que mantinham reprimidas suas emoções tão pouco familiares à Alta Corte ficara fácil perto de Ani. Ele gostava disso. Parecia natural.

É. Com Ani, é do jeito como deveria ser. Com Ani é do jeito que eu... Foi tomado por uma emoção desconhecida. Não era admiração nem luxúria; não era preocupação nem senso de proteção. Essas emoções estavam presentes também, mas era algo mais.

Ele sentiu o pulso dela se acelerar cada vez mais enquanto se beijavam.

Uma onda de exaustão o sobrepujou, e ele não conseguiu mais se concentrar em seus pensamentos.

Abruptamente ela se afastou.

— Não.

Ani rolou para fora da cama.

— Ani? — Ele ergueu a mão. — Eu a ofendi...

— Não. — Os seus olhos brilhavam com o verde vívido da Caçada. Ela pertencia à Caçada e poderia consumir toda a energia dele.

Devlin sentiu um fio de terror.

Ela ergueu as mãos, como se para alertá-lo para que não chegasse perto.

— Eu não posso se você... só... *não*... não com você. Não estará seguro se... Você não sabe o que eu sou.

Ela correu para o banheiro e bateu a porta.

Ani se sentou no chão sujo e tentou não tremer. Esticou a mão e trancou a porta. Não importava: nenhum dos dois seria impedido pelo trinco — ou pela porta, na verdade.

Eu não vou fazer mal a ele.

Ela podia ouvi-lo atrás da porta. Podia sentir suas emoções. *Culpa. Vergonha. Medo. Preocupação.* Se Ani não explicasse, ele pensaria que tinha feito algo de errado.

— Eu posso fazer isso, posso contar a ele — sussurrou ela. Então levantou a voz e disse: — Você pode ir para o outro lado do quarto, por favor?

Ani esperou por alguns instantes, ouvindo-o se afastar. Na quietude do quarto, ela podia ouvir o coração disparado de Devlin. *Como uma presa.* Isso não facilitava nem um pouco o autocontrole dela.

Lentamente, Ani abriu a porta e deu dois passos adiante.

Ele estava de pé, no lado oposto do pequeno quarto. As perigosas emoções de Devlin estavam protegidas novamente.

— Eu machuquei você?

Sem ter a intenção, Ani deixou escapar uma risada.

— Não.

O rosto dele não traiu nenhum sentimento.

— Eu nunca forçaria...

— Eu sei disso. — Ela se sentou no chão com as costas apoiadas no batente da porta. — Não é você... Eu...

Devlin continuou de pé onde estava.

— Você não precisa explicar.

Nem a voz nem a postura de Devlin revelou quaisquer das emoções que Ani sentira tão claramente quando estava no chão do banheiro com a porta entre eles, mas ela sabia o que ele sentia. Devlin *sabia* que ela estava consciente de cada emoção que o tomava. Parte dela queria fingir ignorar, mas ela não era egoísta o bastante para deixá-lo pensar que a culpa era dele.

Para a maioria das pessoas, sim, mas não para você, Devlin.

Ela suspirou e começou a conversa que não queria ter.

— Como você se sentiu depois que eu o beijei no Ninho do Corvo?

— Foi um longo...

— Exausto? — Ela ficou em silêncio por tempo suficiente para que ele assentisse, e então continuou: — Tonto? Fraco?

— Eu sou as Mãos Sangrentas da Rainha da Alta Corte. Não sou fraco. — Ele fechou a cara para ela. — Tenho tido muito o que fazer ultimamente, mas...

Ela interrompeu de novo.

— Eu dreno energia de criaturas mágicas... e de mortais.

Devlin ficou olhando para ela, mas havia ocultado suas emoções. Ela odiava o fato de que o fizera, quase tanto quanto o de não o ter feito enquanto se beijavam.

Ela abraçou os joelhos, envolvendo as pernas dobradas.

— Se é só emoção, sem toque, me viro bem. Se há toque, mas não há emoção, fico bem. Mas às vezes, quando envolve ambos... Eu estava bebendo sua energia aquela noite, Devlin.

Por um longo momento, ele não respondeu, então perguntou:

— E hoje?

Ani respirou fundo.

— Eu podia sentir suas emoções, então parei.

— Entendo. — Devlin andou até Ani. Quando estava diretamente de frente para ela, se ajoelhou no carpete.

Ela ergueu o olhar.

— Não quero lhe fazer mal.

— Eu realmente preciso ficar bem para te manter em segurança. — A voz dele não carregava nenhuma emoção.

— Não é esse o motivo. — Ela fechou os olhos. Tê-lo tão perto era cruel.

A mão de Devlin acariciou o cabelo dela.

— Sinto muito por ter lhe causado aborrecimento.

Ani abriu os olhos para olhar para ele.

— Eu poderia *matar você*.

— Você poderia ter feito isso agora mesmo — sussurrou Devlin. — Não acho que eu a teria impedido.

Ela estremeceu.

— Não quero machucá-lo — repetiu ela. — Quero... você.

As emoções de Devlin continuaram ocultas conforme ele corria a mão pelo braço dela.

— Eu conversei com Irial.

Poucas declarações poderiam ter alarmado Ani tanto quanto aquela. Ela encarou Devlin.

— Você...

— Ele me disse para tomar cuidado, mas não o *porquê* — sussurrou Devlin. — Eu disse a ele que queria levar você para longe, garantir que ficasse em segurança e... ele afirmou que aceitaria se essa fosse sua escolha.

— Ah.

Ele se inclinou para a frente e a beijou de leve, os lábios fechados.

— O quão fatal você é?

— Eu poderia drenar cada criatura em que tocasse se elas não soubessem como conter suas emoções. Poderia canalizar essa energia para a minha corte. Poderia alimentar a todos. — Ani não conseguiu esconder sua tremedeira. A ideia de beber vidas, de sentir corpos tornando-se gelados em seus braços era horripilante. — Banan... *ela* provavelmente quer meu sangue por esta razão. Não sei bem como, mas, se pudesse usá-lo, poderia se alimentar de mortais, semimortais, criaturas... Matar poderia ser um jeito de alimentar a corte. Ela gosta de matar.

Devlin sustentou o seu olhar.

— Não vou deixar que ela use você.

— Iri me usa também. Ele me disse para matar você, se eu precisasse.

— E você me mataria, Ani? — Ele parou de mexer a mão.

Ani pôs a mão na de Devlin, e ele se levantou e a puxou para que ficasse em pé também, direto para seus braços.

— Não quero.

— Mas se seus reis ordenassem isso? — insistiu ele.

— Desobedecer a meu rei... *ou a Iri* significa abandonar minha corte. — Ela se desvencilhou dele. — Mas eu preferia não ter que matar você.

— E eu, você. — Ele beijou a testa dela e então andou até a cama.

Ani continuou imóvel.

— Venha. Vou manter minhas emoções ocultas para poder ficar ao seu lado. — Ele puxou as cobertas.

Lágrimas ameaçaram rolar.

— Você tem certeza?

— Nunca tive tanta certeza na minha vida. — Ele ofereceu a mão de novo. — Agora descanse, Ani. Até mesmo assassinos em potencial precisam dormir.

Capítulo 24

Rae atravessou o palácio, olhando através das janelas para o Mundo Encantado. Parecia uma cidade abandonada, com o adicional desagradável de ter pedaços do mundo desaparecendo. Uma montanha tinha sumido, e o mar parecia escoar. O brilho suave de água violeta era fraco. Nas ruas, criaturas mágicas, mortais e semimortais dormiam. Nem todos estavam adormecidos, e a maior parte do mundo ainda estava intacta, mas não havia dúvida de que o Mundo Encantado se desestabilizava.

Enquanto andava abertamente pelos corredores do palácio, buscava o fio que com certeza a levaria a Devlin. Por fim, em algum lugar no mundo mortal, ela o sentiu dormindo.

Perdoe-me, Devlin, pelo que venho lhe dizer.

Não havia dúvida de que era culpa de Rae o fato de Sorcha ter abandonado sua corte. Era culpa dela que o lar de Devlin estivesse em perigo, e ela tinha que avisá-lo.

Enquanto entrava no sonho dele, ela o viu encostado contra uma parede, olhando para uma porta fechada em um pequeno edifício de pedra. O topo estava coberto com barras de metal chanfradas. O prédio inteiro estava envolto em espinhos. Era um edifício projetado para ser um mau presságio, afugentando qualquer aproximação.

Rae se perguntou se o edifício existia no mundo real: Devlin era resistente a surtos de capricho ou indulgência. Era uma característica da Alta Corte a qual ele se agarrava completamente, como se fingir ser como eles o tornasse verdadeiro. Fazia mais de um século que Rae tinha andado no reino mortal em qualquer outro lugar além dos sonhos de Ani, mas ela teve dificuldade de imaginar que tal construção de contos de fada representasse a arquitetura moderna.

O que está escondido naquele prédio?

Rae caminhou até ele.

— Devlin!

Ele se virou e franziu a testa.

— O que está fazendo, Rae? Sabe como é perigoso vir para cá? Precisa ir...

— Você tem que voltar — interrompeu Rae. — Sorcha entrou em um sonho e não quer acordar. Ela... não está bem, está apenas interessada em observar o filho dentro da paisagem onírica. Não posso mudar o sonho dela a ponto de forçá-la a acordar. A primeira vez que entrei no sonho de Sorcha, ela foi capaz de resistir a mim, e...

— O filho dela? — Devlin franziu a testa, os lábios apertados. — *Seth*.

— Você precisa trazê-lo de volta — repetiu Rae. — O Mundo Encantado está desaparecendo. As coisas estão sumindo. As criaturas estão caindo no sono e não acordam.

Devlin olhou para o edifício de pedra.

— Ela sabe o que você faz... e agora o Mundo Encantado está se desfazendo enquanto Sorcha fica no sonho vendo o *filho*. Ela destruiria o Mundo Encantado lamentando a ausência dele. Tal coisa não é lógica.

A falta de emoção na voz de Devlin fez Rae estremecer.

— Sinto muito — disse ela. — Ela planejou tudo de um jeito que apenas o filho ou irmão possam acordá-la. Não o conheço... e ela está tão obcecada em vigiar a vida dele. Eu não tenho certeza de que ela vai acordar sem ele.

Devlin amarrou a cara.

— Seth tem que ir ao Mundo Encantado.

— Você sabe onde ele está? — perguntou Rae.

— Sei. É ele que a rainha me manda vigiar. — As emoções de Devlin, geralmente tão claras para ela quando se encontravam juntos em um sonho ou no corpo dele, estavam ocultas enquanto ele falava.

— Dev?

— Ele estará lá, queira ou não. — Devlin olhou novamente para o edifício de pedra. — Sorcha nunca me contou.

Rae estendeu a mão e tocou o braço de Devlin.

Ele a olhou.

— Contou o que para você? — perguntou Rae.

— Os segredos dela. — Devlin olhou para a mão de Rae e depois para o edifício. — Mas nunca contei o meu também.

Rae estendeu a outra mão e tocou a bochecha dele.

— Sinto muito. Eu não sabia que era Sorcha quando a conheci. Sinto muito mesmo.

Ele balançou a cabeça.

— Ela já estava doente. É por isso que me pediu para ficar no mundo mortal. Eu deveria ter... Não sei. Não sei o que eu deveria ter feito. Como eu não sabia que ela tinha um *filho*?

Ele parecia perdido enquanto falava, e Rae se sentiu inútil para ajudar. Ela não podia mentir e prometer que tudo ficaria bem, não para ele.

— Eu consertaria tudo se pudesse — murmurou ela. A mão de Rae ainda estava no rosto de Devlin, que não se afastava, como tinha feito antes, quando ela lhe oferecera afeição. — Eu não posso consertar isso. Ela informou que somente você ou Seth poderiam acordá-la. Tentei falar com a rainha. Fui até ela e... ela não se importa. É a Rainha da Ordem, e não parece se importar com nada.

— É errado querer algo diferente do que a vida que se tem? — Devlin encostou a cabeça na dela. — Isso foi o que Sorcha fez, não foi?

— Sim. — Rae manteve a voz delicada. — Mas ela não está pensando nas vidas que dependem dela.

Devlin riu com amargura.

— Não vou deixar o Mundo Encantado na mão. Nunca deixei.

— Eu sei. — Rae sorriu para ele. — Você é diferente dela. Mais forte.

— Não, não sou. Eu entendo o que Sorcha está fazendo. O amor nos deixa tolos. Ele nos faz jogar fora cada pedaço de lógica, fazer coisas estúpidas, perigosas. — Seus olhos brilharam cores diferentes enquanto ele falava. — É ela. Ani. É a nova vida que quero. Por ela, eu poderia lançar o mundo no caos.

— Não. — Rae pôs as mãos nos ombros dele antes que Devlin pudesse recuar. — Mesmo agora, você pensaria no bem do Mundo Encantado. Diferente de Sorcha, você passou a eternidade equilibrando paixão e sua praticidade. Se você fosse um rei, continuaria a proteger sua corte. Ela também, se não estivesse doente.

O olhar de Devlin encontrou o de Rae e a encarou, em silêncio, por um bom tempo antes de dizer:

— Você veio para mim em um sonho no mundo mortal... por causa de Ani.

Rae recuou, afastando-se dele.

— Você guarda segredos de mim, Rae — disse ele.

Ela abriu a boca para responder, mas ele levantou a mão.

— Eu sei que sim e não estou perguntando quais são. O que preciso saber é se Ani está mais segura comigo no Mundo Encantado ou aqui sem mim.

— Não posso dizer isso — sussurrou Rae. — Ela é importante. Perdoe-me pelo que não posso dizer, mas... dê valor a ela. Ela *é* perigosa, letal, mas também é essencial. Eu daria a minha vida... o que resta dela... para mantê-la ao seu lado. Trate-a com o mesmo cuidado que sei que você tem comigo.

Devlin olhou para ela como se fosse ler os segredos em sua pele. Em seguida assentiu.

— O que vai acontecer quando você retornar ao Mundo Encantado?

— Depende se houver alguma coisa para a qual *voltar* — admitiu Rae. — Está desaparecendo rápido demais para prever. Eu não sei quanto tempo vai durar se ela não acordar.

— Vou buscar o... filho dela. — O tom de Devlin não era mais irreconhecível: ele estava com raiva agora. — Volte e tente falar com ela. Diga que Seth está a caminho de casa, que seu irmão está levando o filho que ela quer. Diga que, se o Mundo Encantado não estiver como deveria, seu filho pode não conseguir alcançá-la.

Rae não podia responder a qualquer que fosse a raiva compelindo Devlin. Ela sabia que a Rainha da Alta Corte tinha feito muita coisa para afastar Devlin dela, mas isso era novidade. A raiva era algo desconhecido. As coisas estavam mudando, e, mesmo que Rae não compreendesse tudo, ela alimentava a esperança de que levassem ao futuro que ela vislumbrara tão brevemente.

Devlin foi até o prédio de pedra. Uma parede tornou-se de vidro. Dentro Ani dormia. Ela estava segurando uma faca de cabo preto em seu punho fechado. Ele colocou uma das mãos para cima, como se tocasse a barreira.

— Ela é... feroz e forte. Minhas irmãs querem sua morte, mas eu preciso que ela viva.

— Você sempre precisou — murmurou Rae.

Ele olhou por cima do ombro para Rae.

— Espero que você esteja lá quando eu voltar ao Mundo Encantado.

Rae assentiu, então estendeu a mão e pegou a de Devlin. Ele a puxou para um abraço e envolveu-a firmemente.

— Eu queria poder mantê-la aqui ou levar Ani para lá. Queria que todos estivéssemos escondidos na sua caverna, que você estivesse a salvo de Sorcha, que Ani estivesse a salvo de Bananach.

— Tome cuidado! — pediu ela.

— Não. — Ele balançou a cabeça. — Acho que eu gostaria de *não* ter que tomar cuidado. Não só por apenas alguns momentos secretos, mas sempre. Eu fui feito de ordem e discórdia. Talvez seja a hora de me permitir conhecer os dois lados.

Rae estendeu-se na ponta dos pés e beijou a bochecha dele.

— Eu amo os dois lados, Devlin. Sempre amei.

Ele não disse nada por um momento, apenas a abraçou com cuidado. Depois disse:

— Vou levar Seth para o Mundo Encantado, acordar a rainha, mas depois disso... Não tenho certeza.

Rae queria dizer que havia outro caminho, mas não podia falar isso. Só lhe restava esperar que ele o enxergasse.

— Se houver uma maneira, eu estarei sempre onde você estiver.

A voz de Devlin estava abafada enquanto a abraçava.

— Em breve estarei em casa.

Depois que ele se virou, Rae criou uma névoa em seu sonho para esconder sua presença e sussurrou:

— Perdoe-me, Devlin.

E em seguida pegou o fio do sonho de Ani e segurou as mentes adormecidas das duas criaturas em suas mãos. Ela costurou os sonhos delas num só. Se Rae não morresse, ela poderia desuni-los mais tarde, mas, se o Mundo Encantado desaparecesse e ela com ele, Devlin precisaria de alguma outra maneira de ceder às emoções. Rae poderia lhe dar — e a Ani — um plano onde a letalidade de Ani não feriria Devlin, e seu autocontrole característico da Alta Corte poderia ser amenizado.

Capítulo 25

Ani sonhou que estava em uma praia. Atrás dela havia penhascos de arenito com uma floresta densa no topo. A maré subia, e a água banhava seus pés. A barra de seu jeans estava molhada e juntando areia.

Devlin estava diante dela. Ele olhou em volta como se esperasse ver outra pessoa também.

— E se isso não for apenas um sonho, Ani?

— Mas é — insistiu ela.

— Você sonha comigo, então? — Ele sorriu, mais livre do que no mundo desperto.

— Talvez. — Ela corou, mas não deixou sua atenção vacilar. Seu olhar absorvia os detalhes, a postura ameaçadora e o olhar inumano. A força, mais do que mágica, e a violência que não pertenciam à Alta Corte mal-ocultadas. — Você é agradável de olhar.

— Você também. — Ele estendeu a mão e acariciou o rosto de Ani. Com uma expressão séria, contornou a ponta do queixo dela com o polegar. — Você é linda, Ani. Em toda a eternidade, nunca houve outra criatura que poderia me ter feito querer esquecer tudo e todos.

— Por que você gosta da minha aparência? — Ela revirou os olhos. — Aparentemente, a minha mente nos sonhos é superficial.

— Não, não o exterior. *Você*... os temperamentos e tolices e paixão... até mesmo a maneira como você se importa com aquele corcel irritante. — Devlin a olhava como se ela fosse uma preciosidade. — Mesmo sabendo que você poderia ser fatal, eu teria dito sim.

O peito de Ani doía como se tivesse prendido a respiração por muito tempo quando perguntou:

— Para quê?

— Qualquer coisa que você quisesse. — Ele não estendeu a mão e a puxou para o seu abraço. Em vez disso, deu um passo à frente, inclinou-se e a beijou.

Quando a boca dele se abriu contra a dela, ela não bebeu a energia de Devlin. Foi apenas um beijo. Tudo bem que foi um beijo para Ani esquecer o próprio nome, mas não era fatal.

Nem tinha luxúria.

Também não era anônimo.

Beijar Devlin era diferente de todos os outros toques que ela conhecera.

Ela se inclinou para trás e olhou para ele.

— Não quero nunca machucar você.

— Você não vai. Não aqui. — Devlin estava tão perto que ela sentia as palavras em seus lábios. — Estamos seguros aqui.

Os lobos que apareceram tantas vezes em seus sonhos estavam estendidos na areia, olhando para fora de cavernas na base dos penhascos, esperando nas árvores muito acima da praia. Todos assistiam com uma satisfação incomum.

— Fique comigo — sussurrou Devlin, atraindo o olhar de Ani de volta para ele. — Só um pouco mais. Podemos lidar com o resto quando acordarmos.

Ela não tinha certeza, contudo, se suas palavras eram uma pergunta ou uma afirmação. Ela passou as mãos sobre o peito nu de Devlin. Como a maioria das criaturas em sua corte, o corpo dele era coberto de cicatrizes sutis e músculos firmes. Criaturas mágicas curavam quase tudo. Ter tantas cicatrizes significava que ele havia presenciado bastante violência.

— No quarto, eu tentei não fazer isso.

Ele não se afastou.

— Fazer o quê?

— Sentir suas cicatrizes. Lamento não ter muitas para partilhar. — Ela sentiu um rosnado no fundo de sua garganta. — Gabriel não me deixa lutar.

— Eu gosto de como você luta.

Ela sorriu.

— Hum. O que mais a sua versão do sonho me disse? Você me diria o que realmente pensa de mim?

— Diria.

— Eu gostaria de saber?

— Não tenho certeza. — Ele a beijou de novo, brevemente desta vez, e acrescentou: — Por que não me pergunta quando estiver acordada, Ani?

Pelo seu tom de voz, Ani se perguntou se isso *era* um sonho. Ela recuou e olhou para Devlin. Ele ficou ali parado, sem camisa e com os pés descalços na praia com ela. O mar além deles estava imóvel, exceto pelo som de criaturas curiosas que, ocasionalmente, rompiam a superfície. Não parecia nem sonho nem realidade.

— Estou sonhando? — sussurrou ela.

— Nós dois estamos.

— Se isso é um sonho, por que não consigo fazer as roupas desaparecerem? — Ani falou mais para si mesma do que para ele. Estendeu a mão para pegar o jeans dele. — Botões. Zíperes. É bobagem ter isso em um sonho.

Devlin não resistiu.

— É verdade. Elas são um incômodo no mundo desperto também.

Ani ofegou quando ele deslizou a mão sob a bainha de sua camisa.

— Estou sonhando.

— Sim, mas isso — disse ele, os dedos dele se enroscando em torno de seu quadril — também é *real*. — Ele a puxou mais perto.

Então ele a beijou, emoções cruas e disponíveis. Quando ele se afastou, disse:

— Foi você quem parou, Ani. Não eu.

— Para o seu próprio bem — lembrou Ani.

— Você me subestima. — Devlin não se afastava, nem estava enfraquecido pela energia em que ela mergulhava. — Não se afaste desta vez.

Por um lindo instante, ela se lembrou da primeira vez que o tinha visto, sombrio e cheirando a encrenca. Naquela ocasião, ela tinha pensado que ele era como Irial, mas enquanto o puxava para a areia com ela, admitiu que Devlin havia substituído Irial em sua fantasia naquele mesmo dia.

Ani desabotoou o jeans dele e entregou-se aos beijos que tinha desejado.

* * *

Ani acordou assustada, ainda nos braços de Devlin, mas eles estavam no motel, não na praia. Por um momento, havia mais emoções a sua volta do que ela achava que podia tolerar. Fechou os olhos e deixou o contato com a pele e o dilúvio emocional a preencherem, mas o tocar poderia ser o suficiente para enfraquecê-lo, já que ele estava deixando suas emoções livres ao mesmo tempo. Não era tão nocivo quanto beijar, mas ainda assim perigoso.

– Pare... alguma coisa – murmurou Ani.

Em vez de parar de abraçá-la, Devlin levantou uma parede em volta de seus sentimentos. Passou os dedos pelos cabelos dela, puxando delicadamente quando os nós criados pelo travesseiro prendiam em seus dedos.

Ani sentia-se melhor desde que descobrira seus apetites duplos.

– Eu estou... saciada.

– Você me parece surpresa. – A mão dele desceu pelo ombro até o braço de Ani.

– É a primeira vez. – Ela o beijou rapidamente, os lábios fechados, e, em seguida, rolou e se espreguiçou. – *Em toda a minha vida.*

– Bom. – Ele não se mexeu ou tinha qualquer modulação em sua voz.

A falta de emoção dele era tão diferente da versão em seu sonho que ela sentiu uma tola onda de tristeza. Nele, Devlin não tinha barreiras, nenhuma hesitação, nenhuma parede impenetrável. Ele pegou a mão dela. Não precisara esconder seus sentimentos.

Mas aquilo não era real.

No mundo real, Devlin não podia beijá-la com suas emoções expostas: ela drenaria sua vida.

— Quer tomar um banho antes de sairmos? — Ela se sentou de pernas cruzadas ao lado dele.

Ele ainda não tinha se mexido. Sua testa estava franzida, e suas emoções, encobertas.

— Deveríamos conversar.

— Sobre? — Seu coração começou a acelerar, batendo como um tambor.

Nem todas as criaturas mágicas tinham as mesmas sensibilidades, mas ela tinha começado a perceber que Devlin estava afinado com qualidades da Caçada. Seu pulso latejante era tão óbvio para ele quanto um baixo estrondoso seria para a maioria das criaturas.

— Recebi uma mensagem...

— Espere. — Ela colocou as mãos sobre o colchão de ambos os lados do peito ainda nu de Devlin, equilibrando-se ao se inclinar sobre ele. Beijou-o por apenas um momento, perdendo-se no toque de seus lábios, sua respiração enroscada com a dela, sua pele contra a dela.

As mãos de Devlin estavam nos quadris de Ani. Não a puxava para mais perto nem a afastava, apenas a mantinha ali. Não era como no sonho, mas também não era completamente contido. Ele a olhou com curiosidade, por um momento. O coração de Ani disparou tão alto quanto antes, mas agora era pelo motivo certo.

Ela se inclinou para trás e se sentou em cima de suas pernas.

— Tudo bem.

A seu favor, ele não questionou as ações de Ani. Retomou sua fala:

— Recebi uma mensagem que exige uma mudança em nossos planos.

— Quando?

— No meu sonho. — Ele olhou intensamente para ela. — Antes de nossos sonhos...

— Aquilo foi real? O que... você e eu... e... — Ela se inclinou para mais perto até que ficou mais uma vez apoiada sobre ele, pousando as mãos sobre os ombros de Devlin.

— Eu disse a você que era real. — Ele estendeu a mão e enfiou os dedos nos seus cabelos. — Está arrependida? — Devlin não deixou nenhuma de suas emoções escapar, mas ela não precisava colocar suas emoções à prova para saber que ele estava com medo de sua resposta.

— Acordada ou dormindo, eu quero você — assegurou ela. — O único motivo pelo qual eu diria não, no mundo desperto, é porque eu *gosto* de você, mas se for seguro lá... e é, certo?

— Sim. Lá é seguro. — Ele sorriu, mas também havia tensão em sua expressão.

— Como? Como fizemos isso? Compartilhar um sonho, eu quero dizer.

— Há quem possa caminhar pelos sonhos — murmurou Devlin.

— E *nós* fizemos? Você sabia, e nós... — Ani se calou e o beijou até ficar sem fôlego. — Está cansado o suficiente para dormir mais?

— Eu preferia ficar aqui com você, dormir ou ficar acordado, apenas estar com você, mas preciso ir. — Ele parou, franziu a testa e então disse: — O Mundo Encantado está se desfazendo. Eu preciso buscar Seth e entregá-lo a Sorcha.

— Diga isso de novo. — Ela o encarou, tentando entender a enormidade do que ele anunciara de forma tão casual. A revelação sobre o que tinham feito, *e que fora real!*, abalou seu mundo, mas o segundo anúncio não era bom. — O que acabou de dizer. Repita.

Devlin se apoiou nos cotovelos.

— Eu preciso buscar Seth antes que possamos continuar... qualquer coisa.

Ani percebeu que olhava para ele como se estivesse confusa.

— Preciso de um segundo, Dev. — Ela se afastou um pouco dele e tentou se concentrar. — O Mundo Encantado está desmoronando... O que isso *quer dizer*?

— Dentro do Mundo Encantado, a realidade é um reflexo da vontade da rainha. Já houve duas cortes lá, e o mundo era a visão combinada dos dois monarcas. Sem a Corte Sombria no Mundo Encantado, há apenas Sorcha, e ela parece estar doente, de luto por causa da ausência de seu f... *Seth*. Se o Mundo Encantado desaparecer, todos morreremos com ele. — Devlin se sentou e envolveu uma tira de couro preto em torno dos cabelos que reunira em sua nuca. Seus movimentos eram tranquilos, seu tom era calmo.

E o mundo está acabando.

Não era como se Ani pensasse muito sobre o Mundo Encantado, mas era a *terra natal* deles. Em alguma parte primordial de si mesma, de cada criatura, havia um acorde que vibrava ao pensar naquele mundo. Para ela, o Mundo

Encantado era proibido, mas em algum lugar dentro de si, ela ainda sabia que estava *lá*.

— Vou levá-lo para a rainha e voltar rapidamente. — Devlin ficou de pé e pegou sua camisa. Enquanto falava, vestiu-a e calçou os sapatos. — Tenho certeza de que resolveremos isso. Não tenho certeza se as cortes sazonais precisam ser avisadas, mas os Reis Sombrios precisam ser informados. Talvez, caso eu não consiga acordá-la, eles possam... voltar pra casa.

— O que você precisa que eu faça? — perguntou ela.

— Diga ao seu corcel que invisibilidade e velocidade máximas são necessárias. Misturar você com os mortais nos ajuda a escondê-lo, mas temo que o tempo para recuperar Seth para a Rainha da Alta Corte seja limitado. — As palavras e a conduta de Devlin foram se tornando cada vez mais reservadas.

— Devlin? — Ani pousou uma das mãos no braço dele.

Ele parou.

— Ela vai ficar bem? Sua irmã? — Independentemente do que Ani achasse da Rainha da Alta Corte, Sorcha era irmã de Devlin. Se Tish estivesse doente, Ani ficaria perdida.

— A Rainha nunca ficou doente — disse ele. — Vou fazer o que deve ser feito, mas não posso dizer que não estou preocupado... ou frustrado. O comportamento dela é... — Devlin se deteve. — A Rainha da Alta Corte não deveria se lamentar. Ela não deveria ficar doente por causa de emoções. Alguma outra coisa aconteceu, mas Rae não disse...

— Rae?

— Ela entregou a mensagem do Mundo Encantado.

— Você conhece Rae — disse Ani lentamente. — Rae, dos sonhos?

— Sim. — Devlin lançou-lhe um olhar ilegível. Suas emoções estavam tão escondidas que ela não tinha ideia do que ele sentia.

Ani não sabia o que dizer.

E, como ela não respondeu, ele perguntou:

— O que você precisa fazer antes de partir?

— Espere quinze minutos. — Ela passou por ele em direção ao banheiro.

Rae é real. Ani tinha acabado de descobrir que seu sonho com Devlin fora real, mas ouvir Devlin mencionar Rae tão de maneira casual a surpreendeu. *Quem é ela para ele? O que ela é?*

Ani se lavou e escovou os dentes distraidamente, enquanto repassava todos os detalhes que sabia sobre Rae. Havia mais perguntas do que Ani poderia entender, mas, à luz do que Devlin lhe dissera, perguntar sobre Rae parecia egoísta, de forma desnecessária.

Capítulo 26

Devlin segurava a camisa que Ani descartara em suas mãos. Ele tinha beijado Ani, compartilhara um sonho com ela, e, por alguns breves momentos, sua vida lhe pertencera. Após uma eternidade existindo como um objeto em um conflito interminável entre suas irmãs, a possibilidade de viver nos próprios termos era inebriante — e já fora interrompida.

A emoção piegas de Sorcha sobre Seth estava forçando Devlin a escolher entre ficar ao lado de Ani para mantê-la a salvo de sua irmã louca ou abandoná-la por causa da mania de solidão de sua outra irmã. Estar perto de Ani o fizera perceber que ele queria uma vida que jamais teria como as Mãos Sangrentas da Rainha. Ele fora criado para existir como a ponte entre Ordem e Discórdia. Só tinha valor porque servia à vontade da Rainha Imutável e lembrava a Guerra de não matar a todos ao matar Ordem.

Eu quero definir meu próprio caminho.

Ani voltou para o quarto.

— Eu tenho perguntas. Você está escondendo coisas de mim, mas podem esperar. Vou esperar.

— Você vai esperar pelo quê?

— Respostas. Você. O tempo. O que quer que isso seja — disse ela, aproximando-se e pegando as mãos dele — não vai desaparecer. Eu realmente não acredito em toda essa história de destino. Sei que as Eolas afirmam conhecer o futuro, assim como... suas irmãs, mas nem sempre é tão definido assim. Algumas coisas, porém, parecem *certas*. Você e eu? É uma dessas coisas. Eu não sei o que elas veem ou por que as coisas estão uma bagunça, mas, no meio de tudo isso, sei que estar perto de você é mesmo a melhor coisa que aconteceu comigo em, bem, *sempre*.

Suas palavras só o fizeram ter mais certeza de que precisava mantê-la segura.

— Minhas irmãs não podem ver os seus fios. — Devlin olhou para as suas mãos e depois para ela ao dizer: — Elas não podem ver aqueles cujos fios estão emaranhados nos próprios futuros... ou, dizem elas, no meu.

Ani o segurou firme e perguntou:

— Então, eu estou no futuro delas ou no seu? *Você* pode ver os fios do futuro?

— Posso. — Ele soltou as mãos e andou até a janela da pequena sala. Este não era um tema que gostava de discutir.

— Pode ver o meu?

— Eu tentei, mas... não. — Ele não olhou para ela, nem falou que isso significava que suas vidas estavam emaranhadas até onde o futuro dela existisse. — A única maneira *de elas* virem você é pelos canais comuns, como uma criatura que leve informação ou sua presença onde puderem vê-la.

— Você não consegue ver nada do meu futuro — insistiu ela.

Ele não escondia suas emoções, não agora. Em vez disso, deixou Ani ver sua preocupação e suas esperanças.

– Eu não tenho conseguido ver seu futuro desde que você não foi morta... Desde que eu não... Não é que você não tivesse uma existência, mas porque você... Nós...

– Porque a sua vida e a minha estão entrelaçadas – completou ela.

– De alguma forma. – Ele olhou para o estacionamento. – Talvez você devesse ficar aqui no quarto, talvez...

– Não. – Ela estava bem atrás dele quando disse isso.

Devlin olhou por cima do ombro para ela.

– Qualquer uma das minhas irmãs mataria você sem remorso. Eu não posso perdê-la.

– Eu sei. – Ani pôs uma das mãos em seu braço e o puxou para que ficasse de frente para ela. – Você não está usando *nenhum* tipo de lógica, Devlin. Hounds não podem ficar presos, e, mesmo que eu pudesse, não seria mais seguro ter alguém comigo?

Ele rosnou, um som que não era de maneira alguma próprio da Alta Corte, mas nada mais dentro dele se parecia com a Alta Corte.

– Não sei se você está mais segura no mundo mortal ou no Mundo Encantado. Talvez você fique *aqui*, e Irial...

Ani estendeu a mão e o puxou para um beijo.

– Não.

– Ligue para Irial. Veja se ele pode vir aqui. – Devlin odiava a ideia de Ani ficar presa em um quarto com a personificação da tentação, mas odiava ainda mais a de Ani ser morta.

Todas essas emoções são... demais.

Ela sentiu todas, conhecia cada emoção que ele tentava compreender, permitiu-lhe expressá-las, mesmo que por séculos escondidas ele as impedisse de serem visíveis.

— O que é que você quer? — perguntou ela.

— Você comigo e em segurança. — Ele sabia que não era lógico, mas não queria se separar de Ani.

— Um problema resolvido então. — Ela pegou a camisa que Devlin estava segurando mais cedo. Depois de guardá-la junto com o resto de seus pertences dentro da bolsa, fechou o zíper. — É o que quero também. Vou com você, pelo menos até Huntsdale. Resolvemos o resto depois de falar com Iri.

— E Niall. Vamos consultar o Rei Sombrio — disse ele.

Ela ergueu a bolsa.

— E Gabriel. É provável que ele seja difícil. Tem toda essa coisa de "não namore a filha de Gabriel"...

Devlin encolheu os ombros, mas a permitiu sentir o entusiasmo que o preenchia.

— Mas estamos namorando.

— Estamos — repetiu Ani com uma voz suave. Ela levantou os olhos para ele. — Eu o enfrentaria por você... Bem, se ele *lutasse* comigo, mas ele tem medo de me machucar.

Por um momento, Devlin olhou para Ani, não querendo dizer que ela era muito mais propensa a machucar os outros do que ser quebrada. Ele estava disposto a sacrificar tudo o que ele tinha sido por ela. Devlin roçou os lábios nos dela.

— Gabriel é um tolo. Você não é invencível, Ani, mas não é fraca como os mortais. É uma valiosa parceira de luta. — Devlin pôs a mão em um bolso falso na lateral da calça e retirou uma faca de uma bainha na coxa. Ele a ergueu. — Aqui. Eu sei que você tem a sua, mas... eu lhe daria... se você...

Ela pegou a lâmina.

— Uma garota nunca tem armas demais.

Devlin ergueu a bolsa do ombro dela.

— Você precisa acordar o corcel.

— Dev? — Ela lhe lançou um olhar muito sério e pousou a mão sobre o seu peito. — Farei meu melhor para ter cuidado com tudo o que você está me dando.

Ele não tinha palavras para responder, então apenas balançou a cabeça.

Ani esticou a mão para virar a maçaneta, mas, antes que pudesse abri-la, Devlin colocou a dele sobre a dela: havia criaturas que queriam vê-la morta.

— Posso ir primeiro? — perguntou ele.

— Hoje, mas nem sempre. — Ela sorriu para ele. — Você *sabe* que, se houver alguma chance de lutar, não vou ficar de lado como uma tola criatura da Alta Corte.

— Você é a filha de Gabriel. Eu não esperaria nada menos do que isso. — Devlin reprimiu a onda de felicidade que sentiu ao ver alguém querendo lutar ao seu lado.

O Assassino da Rainha deveria ser solitário. Ele vivia e lutava sozinho. Sorcha sempre deixara esse detalhe explicitamente claro. Ela lhe dera soldados e guardas para treinar, permitiu-lhe poder quase total em tais assuntos. Havia apenas duas regras: ao contrário das outras cortes, nenhum soldado da Alta Corte poderia ser mulher, e sua própria bravura deveria ser considerada um exemplo. Sua habilidade em matar de forma eficiente era a prova de sua filiação a outra irmã. A sede de sangue que Sorcha abominava em Bananach Ani explorava em Devlin.

Ela, sem querer, desafiara todas as limitações que ele seguira ao longo da eternidade. Ele não sabia realmente o que lhe faltava até a vivacidade de Ani iluminar o vazio em sua vida. Devlin viu uma imagem fugaz de si mesmo treinando Ani. Se conseguissem deixar Sorcha e viver como solitários, precisariam ser mais fortes do que qualquer outra criatura que encontrassem. Sua herança certamente a deixava predisposta a ser assim: Gabriel fora a mão esquerda da Alta Corte, o executor das punições de Irial por séculos. Outros "Gabrieis" o tinham precedido, e Ani era muito parecida com eles. Devlin suspeitava de que as expectativas de mortalidade era tudo o que impedia Gabriel de treiná-la para liderar sua matilha. Devlin não era tolo: quando a última gota de sangue mortal de Ani fosse consumida pelo seu sangue mágico, ela seria capaz de enfrentar quase qualquer criatura.

Ele pensou nos lobos que cuidavam de Ani em seus sonhos. Eram os precursores da Caçada, mas não eram coisas selvagens andando perto dela. Eles a olhavam procurando orientação.

Foi isso que você viu, Sorcha? Que ela seria forte? Ou apenas que ela seria minha?

Uma vez que a Rainha da Alta Corte fosse recuperada de seu sonho, Devlin tinha dúvidas para as quais queria respostas antes de ir embora.

Capítulo 27

Rae voltou para o quarto onde Sorcha dormia. Do outro lado da janela, o céu parecia ter esmaecido, não para a completa escuridão, mas uma paleta de cinzas, como se a cor estivesse sendo sugada. Nem dia nem noite existia, somente o crepúsculo perpétuo. Isso significava que Rae estava livre para perambular, mas tal liberdade era de pouco consolo quando o mundo estava desaparecendo.

— Vocês poderiam ir para o outro mundo? — perguntou Rae às atendentes da rainha. — O mundo mortal...

— Não. — Uma das mortais veladas virou-se para encarar Rae. — Ficamos com a nossa rainha. Se ela morrer, nós morreremos.

— Por quê? — Rae olhou para elas.

— Não há nada para nós lá. Nossa rainha nos trouxe para cá, e aqui é onde ficaremos. — A mortal fez uma pausa, e o desejo envolvia sua voz quando acrescentou: — A vida que tínhamos lá se foi. As pessoas que conhecíamos estão mortas. As regras... Não é mais *nosso* mundo agora, não da forma que o tempo passa.

A luz branda que entrava pela janela lançava sombras cinzentas sobre a cama envidraçada. A cama encolhera e agora tinha uma forma mais fúnebre. Rae não tinha certeza se a aparência de caixão era um reflexo do encolhimento do mundo da rainha ou algo mais. Independente do motivo, era enervante.

Com nada mais a fazer senão aguardar a dissolução do mundo, Rae entrou nos sonhos da rainha outra vez.

Os guardas leoninos chiaram para ela.

— Não quero ver você — disse Sorcha. Seu olhar não deixou o espelho.

— Devlin está trazendo Seth para você, mas ele disse que o Mundo Encantado deve permanecer dessa forma para que Seth possa alcançá-la.

Sorcha apontou para a imagem no espelho: Seth estava andando por uma rua.

— Posso vê-lo. Ele *não* está no Mundo Encantado.

— Ele virá — insistiu Rae. — Talvez você devesse acordar para se preparar.

Com isso, Sorcha desviou o olhar do espelho. O olhar que ela lançou a Rae foi desanimador.

— Eu preciso somente de um segundo para me preparar, criança. Sou a Rainha da Alta Corte e não um mortal que deve se esforçar na tentativa de alcançar a perfeição. Quando ele vier, eu vou acordar, mas não antes. Vá e não me perturbe até que ele esteja aqui.

Não houve outras palavras. Uma das criaturas aladas lambeu a boca e deu a Rae algo próximo de um sorriso. Os guardas dos sonhos da Rainha da Alta Corte eram extensões da sua vontade, e sua vontade era que não fosse perturbada.

Rae estremeceu e voltou para o quarto escuro no Mundo Encantado.

Horas depois, o silêncio foi quebrado por um grito e depois outro e, em seguida, vários outros. Por uma janela alta de vidro, do outro lado da sala cavernosa, Rae viu uma criatura desconhecida caminhando pela rua. Enquanto andava, ela golpeava com um machado de guerra e lançava facas nas criaturas em fuga. O tempo todo sorrindo.

Eu conheço você. Rae não sabia como, mas a nova criatura parecia familiar. Tinha asas de penas espessas, madeixas negras que eram uma combinação de cabelo e penas, padrões desenhados em seu rosto. Seu olhar percorria as redondezas, avaliando.

Ela parou do outro lado da rua e olhou para Rae. O sorriso que deu a Rae era familiar, um reflexo desagradável do sorriso de Devlin. *A outra irmã de Devlin. Bananach.*

— Aí está você, garota.

Rae ouviu as palavras que, atravessando parede e vidro, voaram como se fossem coisas palpáveis lançadas com força em sua direção. Ela deu um passo para trás, postando-se entre Sorcha e a criatura que devia ser Bananach, a gêmea louca da Rainha da Alta Corte. Não que Rae pudesse deter Bananach: o insubstancial não podia deter o físico. A questão não era que Rae se preocupasse em proteger Sorcha: a Rainha da Alta Corte não fizera nada para merecer sua lealdade. As atitudes de Rae eram o movimento instintivo para manter a entidade que criara o mundo em torno deles em segurança. Sorcha criava. Bananach destruía. Esse simples fato era suficiente para garantir a lealdade de Rae naquele momento.

Bananach agarrou uma criatura que dormia e jogou-a pela janela. Cacos de vidro caíram no chão de pedra em uma chuva perigosa. A criatura que ela arremessara estava inconsciente e sangrando. As duas mortais da rainha não tiveram qualquer tipo de reação. Elas ficaram ao lado do caixão de sua rainha.

— Corram. Agora — disse Rae. Ela não se virou para ver se elas obedeceram.

A criatura destrutiva olhou para a esquerda e para a direita, esticou o braço para baixo e arrancou uma pequena muda, que usou para derrubar o restante do vidro na moldura da janela. Fragmentos acertaram o chão de pedra como uma chuva brilhante.

Rae não se moveu, não conseguia, enquanto Bananach a encarava.

Cacos de vidro rangeram sob as botas de Bananach à medida que ela atravessava a moldura da janela para a sala.

— Você pertence a meu irmão — disse Bananach como saudação.

A criatura-corvo se inclinou tão perto que por um segundo pareceu que ela entraria em Rae. Rae chegou para o lado.

Bananach farejava enquanto circulava Rae e em seguida parou. Ela inclinou a cabeça tão perto do próprio ombro que parecia que os músculos do seu pescoço tinham sido cortados.

— Você tem o cheiro dele. Ele não está aqui.

— Não, não está — concordou Rae.

Atrás de Bananach, Rae podia ver algumas criaturas ainda acordadas que estavam na rua. Elas assistiam à criatura-corvo espreitar e circular Rae. Não se moviam, nem para ajudar nem para fugir. Elas observavam com horror em seu rosto, algo muito atípico na Alta Corte.

— Você usou a pele dele inúmeras vezes. — Bananach farejou de novo. — Ele permitiu que você entrasse em seu corpo.

— Devlin é meu amigo — disse Rae.

Bananach gargalhou.

— Ele não tem amigos. Não foi criado para essas coisas.

Rae endireitou os ombros e olhou para a criatura.

— Eu sou o que ele quiser que eu seja.

A criatura olhou para Rae como se pudesse ver coisas, e Rae suspeitou de que *estivesse* vendo coisas, olhando para os fios do futuro de Rae. A sensação de ser estudada desta forma era inquietante. Bananach avaliava e media, e, se os resultados não fossem do seu agrado, não havia razão para acreditar que ela ignoraria Rae.

Ela pode me matar?

Mas fosse o que fosse que Bananach vira ao mirar o futuro de Rae, aparentemente, não havia motivo para tentar atacá-la. *Será que ela viu algo?* As expressões no rosto da criatura eram ilegíveis. Ela apenas balançou a cabeça e passou por Rae.

— E aí está *você*, minha irmã. — Bananach estendeu a mão como se quisesse tocar o caixão de vidro. Sua garra de pontas afiadas pairava no ar sobre o vidro azul. — Você está me ouvindo?

Rae passou um momento desagradável em que quis muito não responder para não chamar a atenção da criatura-corvo de volta para ela. Era uma reação normal: presas raramente querem atrair o olhar do predador. Também não era a reação aceitável. Se Bananach ferisse Sorcha, poderia perturbar ainda mais o domínio da Rainha da Alta Corte sobre a realidade, as consequências eram devastadoras demais para considerar.

— Ela *não* pode ouvir você — disse Rae.

A cabeça de Bananach rodou em um ângulo inumano.

— Mas ela ouve você, não é?

Rae encolheu os ombros.

— Às vezes.

— E o que ela sonha, a rainha louca? — A mão de Bananach baixou ao vidro, mesmo enquanto olhava para Rae. Distraidamente, ela arranhou o vidro com as garras, produzindo um som estridente.

— Pergunte a Devlin.

As asas de Bananach se flexionaram, abrindo de forma que as sombras bloquearam a luz escassa que vinha da janela.

— Ele não está aqui, menina.

— Ele estará.

— Aaaah, estará... Você acha que ele e a Hound receberam minha mensagem, então? — perguntou Bananach. — Eu lhes deixei um presente.

— Um presente?

— Sangrando, mas não mais gritando. — Bananach pareceu desanimada por um instante. — Se eu pudesse teria salvado os gritos, mas eles morreram com o corpo.

Rae não sabia o que dizer ou fazer.

Bananach sacudiu a cabeça.

— Tenho criaturas a matar antes de falar com meu irmão, Andarilha dos Sonhos, mas voltarei em breve.

Mesmo enquanto falava, ela levou os dois punhos ao vidro. Um tinido ecoou por toda a sala, o som tão alto que

Rae estremeceu e cobriu os ouvidos. As paredes pareceram vibrar, mas o vidro era inquebrável.

— Que pena. — Bananach encostou a bochecha no vidro sobre o rosto de Sorcha. — Eu matarei todos enquanto você dorme. Bem, não todos hoje. — Ela acariciou o vidro. — Eu precisava de um pouco de discórdia para me acalmar, para ajudar a me preparar e destruir o traidor.

Ela saiu tão calmamente quanto havia chegado, atravessando a moldura da janela. Enquanto Rae ficou parada, impotente, Bananach partiu, retomando o abate ao descer a rua — esfaqueando abdomens, torcendo pescoços e arremessando corpos. Ela não fez distinção entre aqueles que dormiam e os acordados. O Mundo Encantado se transformava ao redor de Guerra. Incêndios para os mortos que queimavam em vida; gritos ecoaram além do último suspiro. E um perfume sepulcral subiu no ar em uma nuvem nauseante.

Venha logo, Dev.

Capítulo 28

Ani não dirigia. Na velocidade em que eles viajavam de volta para Huntsdale, seria impossível tentar guiar seu corcel. Naquele momento, Barry assumia a forma de um Citroën GT. Uma das belezas de ser capaz de mudar de forma à vontade é que o corcel podia ser um carro que ainda nem estava em produção. Ela sabia que Barry tinha tirado a imagem de sua cabeça para fazê-la sorrir, mas mesmo o prazer de atravessar o país como um foguete na versão preto-fosco do lindo carro-conceito não a alegrou.

O peso da situação parecia ter se estabelecido sobre os pulmões de Ani, tornando sua respiração mais difícil do que deveria. O Mundo Encantado desaparecia, e Devlin podia ficar preso nele. Ani não tinha certeza se poderia ir para o Mundo Encantado. Sorcha havia ordenado a morte de Ani. Devlin desobedecera. *Ela me matará se eu for até lá? Seria pior para ele?* Ani não conseguia decidir se ela seria uma ajuda ou empecilho, caso fosse.

Ficar em Huntsdale, onde Bananach estava, não parecia muito atraente também. Ela fugira para evitar a atenção de

Guerra, mas os únicos seres encantados que conhecia, fortes o suficiente para enfrentar Bananach, estavam em Huntsdale.

Se vou morrer de qualquer forma, prefiro ficar com ele. Ela estava bem certa de que esse argumento não seria útil em uma discussão com ninguém. Ela olhou para Devlin. Os olhos dele estavam fechados, e seu rosto, inexpressivo, mas ela sentia medo e raiva. Ele não estava escondendo os sentimentos.

— Por que Seth é importante para Sorcha? — perguntou Ani. — Entendo que ela fez dele um ser encantado e tal, mas... O que ele tem de mais?

— Essa é uma pergunta que pretendo fazer à Rainha da Alta Corte. — Ele esticou o braço e pôs a mão sobre a dela, entrelaçando os dedos. — Tudo o que sei agora é o que Rae me disse.

— E você não está me contando tudo, não é?

— Não. Não estou — admitiu. Devlin puxou a mão em vez de esconder suas emoções. — Os segredos da rainha não são meus para compartilhar, mas... posso dizer que preciso levar Seth para ela.

— Existem segredos sobre a rainha e Seth? — perguntou Ani.

— Sim.

Eles viajaram em silêncio por algum tempo até que Devlin disse finalmente:

— Ela tem Seth. Talvez ela não se oponha a que eu me torne uma criatura solitária.

Ani ficou imóvel.

— Você poderia fazer isso?

— Muitas criaturas fazem. — Mas isso não era uma resposta válida: Devlin não era como a maioria das criaturas.

Nem eu.

A ideia de Sorcha deixá-lo ir embora parecia ridícula. Ele pertencia a ela tanto quanto Gabriel ao Rei Sombrio.

Será que eu poderia convencê-la a me deixar ir e vir no Mundo Encantado?

O que aconteceria depois dependia de coisas fora do controle deles e de muitas respostas que não tinham.

Como por que ela me queria morta.

Ela esticou o braço e pegou a mão de Devlin novamente. Ele virou a cabeça e abriu os olhos.

— Desculpe-me por não poder deixar isso de lado, mas depois...

— Obrigação não é algo pelo que se desculpar. — Ani sustentou o olhar dele. — Estou feliz que não tenha medo de mim. Estou feliz que tenha me encontrado. — Ela sorriu. — E que não tenha me matado.

As emoções dele desapareceram ao perguntar:

— Que vez?

— Qualquer uma.

— E estou feliz por você não ter me matado. — Suas emoções na defensiva vacilaram apenas o suficiente para que ela vislumbrasse o quanto ele estava preocupado. — E por ter me beijado.

Ani roçou os lábios nos dele.

— Que vez?

— Todas elas.

Eles voltaram ao silêncio enquanto a paisagem borrava em torno deles.

Com sua mão livre, Ani telefonou para Tish — e foi direcionada ao correio de voz.

— Ligue para mim — disse ela.

Estava prestes a ligar para a Pinos e Agulhas quando o celular tocou. *Casa* apareceu na tela.

— Ei.

Não era Tish nem Rabbit. Irial estava ligando do telefone da loja.

— Preciso que você volte para casa — disse ele.

A mão de Ani apertou o celular ao ouvir o tom apático.

— Já estou a caminho.

— Com Devlin? — perguntou Irial.

— É. — Ela olhou para Devlin. — Ele está aqui. Você precisa falar com ele?

— Ainda não — respondeu Irial. — Fique com ele até chegar aqui. Prometa.

— O que está acontecendo? Iri? — Ani sentiu suas mãos começarem a suar. — Fale comigo.

— Falarei. Vou encontrar você *aqui*... no estúdio. — A voz dele era suave, mas não havia dúvida quanto à falta de maleabilidade. — Venha para casa, Ani.

— Está tudo bem? Onde estão Tish e Rabbit? Estão com você?

A pausa que Irial fez foi quase longa demais.

— Rabbit está aqui, e Tish está na minha casa.

Ela desligou e disse ao corcel: *Barry, preciso que você vá mais rápido. Pode fazer isso?*

Talvez mais um pouco. Barry já havia percorrido quase toda a distância que tinham atravessado, mas levar dois passageiros e viajar em sua velocidade mais rápida não era fácil.

Nada neste mundo pode se mover tão rápido quanto você, disse ela ao corcel.

Neste mundo ou no Mundo Encantado, Ani, acrescentou Barry. *Eu seria ainda mais rápido lá.*

Se eu for...

Se nós formos, corrigiu Barry. *Eu sou seu corcel, Ani. Nós ficaremos sempre juntos... mesmo que isso signifique aturá-lo.*

Depois que a voz de Barry esvaneceu, Ani ficou sem opções além de quebrar o silêncio com música ou conversa. Curiosamente para ela música alta não parecia atraente, e conversar parecia inútil. Tudo parecia tênue.

Devlin buscou sua mão novamente, e eles ficaram no escuro do carro, em silêncio e de mãos dadas por horas a fio.

Em algum momento, ela adormeceu, e a próxima coisa que ouviu foi Devlin dizer:

— Acorde, Ani.

Boa ideia, disse Barry. *Chegamos.*

Ela piscou os olhos e tentou se concentrar na estrada à frente. Agora que estavam nos limites da cidade, Barry desacelerou até uma velocidade normal e retomou sua aparência padrão de um Barracuda.

Estou exausto, Ani.

— Descanse — murmurou ela. Delicadamente, ela acariciou o painel. — Ninguém tem um corcel melhor.

— Concordo — disse Devlin.

Eles pararam na parte de trás da loja. Antes de o motor desligar, Irial já estava parado à sua porta. Ao abri-la, pegou a mão de Ani.

— Entre.

Ainda sonolenta, Ani o deixou puxá-la para perto, mas parecia estranho estar tão perto de qualquer um senão Devlin.

— O que está acontecendo? — perguntou ela.

— Primeiro vá lá para dentro. — Irial olhou para Devlin, que havia se posicionado imediatamente em frente a ela.

Ani entrou no estúdio.

— Você está me assustando.

Todas as luzes estavam apagadas, e o sinal de FECHADO estava na janela. Através do vidro, Ani viu vários Hounds de guarda em ambas as extremidades do quarteirão. Devlin entrou no estúdio, mas se posicionou entre ela e a porta, pois se alguém conseguisse passar pelos Hounds lá fora teria que enfrentá-lo. Mesmo nervosa como estava, ela não se opôs a ser protegida em vez ficar ao lado dele. Ele olhou para ela, e em seguida voltou sua atenção para a rua, a loja, qualquer lugar em que ameaças pudessem se esconder.

— Iri? — perguntou ela.

— Sente-se. — Irial tentou levá-la até uma cadeira. — Podemos conversar aqui. Rabbit finalmente está dormindo.

— Rabbit está *dormindo*? — Ela olhou em volta, ouviu o silêncio profundo no estúdio e sentiu seus medos aumentarem. — Onde está Tish? Por que ela está na sua casa?

— Sinto muito. — Irial segurou seu braço, mantendo-a parada, tentando direcioná-la para a cadeira.

— O que está acontecendo? — Ela puxou o braço. — Eles estão feridos? Quem está f...

— Sinto muito mesmo. Eu pensei que eles estavam seguros, pensei que ela... — Irial tinha lágrimas em seus olhos.

Ani sentiu o pânico crescer.

— Leve-me até Tish.

Ela olhou para Devlin, que se aproximou dela.

Irial começou:

— Ani...

— Não! Onde ela está? — Ela se afastou de Irial e foi em direção à porta da loja que dava para sua casa.

— Ani. Ela se foi. — Irial tirou a mão dela da porta, puxando cada dedo da maçaneta. — Bananach matou Tish. Tish está m...

— Não! — Ani o empurrou. — Ela... *não*. Tish não fez nada. Ela não tinha nada a ver com Bananach. Ela é...

O chão parecia subir ao seu encontro enquanto ela escorregava pela parede. O mundo só podia estar errado. Seu estômago se revirou quando tudo o que fazia sentido nesse mundo desaparecera de repente.

— Tish está morta? Minha Tish, morta? — Ani levantou os olhos para ele. — Quando?

— Ontem à noite. — Irial agachou-se diante dela.

— Como? — Ani afastou cada emoção, não por opção, mas por necessidade. Seus sentimentos ameaçavam afogá-la. Ela tremia com a intensidade da raiva rosnando dentro dela. Raiva fazia sentido, afastava as lágrimas. Sua pele ardia como se seres rastejantes estivessem por todos os lados. Doía demais até mesmo para deixar sua raiva brotar.

Foco.

Ela respirou fundo várias vezes, buscou o olhar de Irial e perguntou:

— Como ela... isso aconteceu?

— Foi rápido — garantiu Irial. — Podemos deixar só assim por agora?

Ani olhou para ele. Seu antigo Rei, protetor por todos estes anos, estava, sem dúvida, muito devastado e assolado pela culpa.

— Por enquanto — sussurrou ela. Havia lágrimas dentro dela, mas deixá-las cair confirmaria que Tish realmente tinha morrido.

Não pode ser.

Ani se levantou.

— Eu deveria ir até Rabbit.

— Ele está bem. Sua casa é o lugar mais seguro na cidade esta noite. Eu *prometo*. — Irial estendeu a mão e colocou o cabelo dela para trás. — Sinto muito, Ani. Pensávamos que tínhamos guardas suficientes, e ela não tinha tentado nada. Havia Hounds aqui, e se Tish não tivesse...

— Não tivesse o quê?

— Ela fugiu. — Irial fez uma cara de desgosto. Se para si mesmo ou para Tish, Ani não tinha certeza. — Eu pensava que eles conseguiriam dar conta dela, e... não sei por que ela fez isso.

— Ela não gostava de se sentir enjaulada. Suportava mais do que eu, mas, após alguns dias, ela ainda era filha de Gabriel, e... — Ani estremeceu com a ideia de contar a seu pai. — Ele sabe?

— Sabe. Toda a Caçada sabe. — Irial parecia perdido, como se quisesse dizer alguma coisa que faria tudo ficar bem, mas não havia nada. — Ani...

Ela olhou-o, não querendo confortá-lo, não querendo ouvir suas palavras, não querendo que a conversa continuasse.

— Vá ver se Rabbit está bem, por favor! Eu preciso... Eu preciso... — As palavras de Ani vacilaram. Ela olhou por cima do ombro de Irial para Devlin.

Ele atravessou a sala para ficar ao lado dela.

Ela cruzou os braços, mas não conseguiu impedir o tremor.

— Bananach teria que me matar para tocar em Ani. — Devlin disse de maneira equilibrada. — Alguém me matar é muito improvável.

Irial olhou de um para o outro, depois saiu.

O silêncio na sala era muito pior do que antes. Era vazio. Tish nunca mais entraria correndo no estúdio novamente. Ela não estaria lá discutindo sobre a música que tocavam. Não resmungaria para Ani. Ela não faria *mais nada*.

Bananach a tinha matado.

Parecia que o coração de Ani ia parar, e por um momento ela desejou que parasse. *Deveria ter sido eu*. Tish se foi, e Ani ficara sem ela.

Ani olhou para Devlin.

— Eu quero que ela morra por isso.

CAPÍTULO 29

Devlin não tinha palavras para Ani enquanto ela ficava parada ali em silêncio. Ele sabia que agora era o momento de oferecer conforto. A lógica insistia que deveria haver algo que ele pudesse dizer. Mas na verdade não havia. Sua irmã tinha matado a irmã dela.

Ani não chorou. Ela o encarou com olhos secos.

— Você me ajuda? Preciso consertar... isso.

— Isso não é algo que você possa consertar. — Devlin desejava que houvesse algo mais a dizer, alguma palavra, alguma promessa. Ele não podia. A Guerra destruía vidas, famílias, esperança. Se não encontrassem uma maneira de anular Bananach, Tish seria apenas o primeiro membro da família de Ani a morrer.

Palavras não tinham utilidade, assim Devlin puxou-a para seus braços.

As lágrimas que ela tinha se recusado a deixar cair começaram a escorrer pelo rosto.

— Eu desfaria tudo se pudesse. Se você tivesse me matado, Tish e Jillian estariam bem e...

— Não. Nenhuma delas desejaria isso. — Devlin beijou-lhe a testa e a abraçou.

Ele não sabia ao certo quanto tempo ficaram assim. Ani chorou quase em silêncio, suas lágrimas encharcando a camisa e seus lamentos sendo abafados no peito dele. Devlin sabia que aquilo não era nem uma parte de sua dor, mas o irmão dela dormia atrás daquela porta. Ela não gritaria agora, quando isso poderia perturbar Rabbit.

Devlin estava atento a sons de movimento na rua ou na casa, mas só ouvia Ani e aqueles que estavam lá para cuidar dela. Irial fez várias ligações. O timbre da voz do ex-Rei Sombrio não revelava nada da fúria que Devlin sabia estar escondida não muito abaixo da superfície. A família de Irial tinha sido atingida e, de todas as Cortes, era a Corte Sombria que considerava família algo quase sagrado.

Diferente da Alta Corte...

De alguma forma, por entre a dor que pesava sobre todos os habitantes da casa, ele precisava abordar a razão de seu retorno.

Irial abriu a porta.

— Ele está acordado.

Ani se esticou e deu um beijo leve nos lábios de Devlin. Ela não falou nada ao entrar.

Irial e Devlin, juntos, ficaram parados por um momento. Não havia como facilitar a abordagem da discussão, e não havia como adiá-la. Seth precisava ser levado para Sorcha. O momento era desagradável, mas a realidade era essa. Crises não cumpriam horários.

— Precisamos conversar. Sorcha não está bem — começou Devlin.

Irial levantou a mão.

— Deixe-me preparar um café primeiro? Eu ainda não dormi.

Devlin acenou com a cabeça e seguiu o ex-rei para a casa de Ani. Estar ali era inquietante. Os quartos minúsculos ligados ao estúdio do tatuador foram onde Ani havia se curado das consequências do que sua irmã ordenara, e agora era onde ela chorava pelas consequências da crueldade de sua outra irmã.

Suas irmãs eram a fonte da dor de Ani. Ele protegeu suas emoções com mais força. Faria o que precisava ser feito e tentaria encontrar uma maneira de dar a ela um futuro melhor. *Talvez eu possa devolver Jillian.*

Ani estava no corredor entre a cozinha e o que pareciam ser os quartos.

— Rab?

— Ani. — A voz de Rabbit estava áspera com o luto. Ele entrou no corredor e agarrou Ani. — Você está salva. Deus, eu estava... Você tem que me ouvir. Vai fazer o que for preciso para ficar a salvo dela. Repita isso. Repita... Prometa.

— Shhhh. — Ani abraçou o irmão, segurando-o contra as torrentes de lágrimas que lhe escorriam pelo rosto. — Estou em casa. Perdoe-me por não estar aqui. A culpa é minha...

— Não — responderam Rabbit e Irial.

Ani olhou para eles.

— Sim.

— Não. Os mortais são frágeis — disse Devlin. — Mesmo que você estivesse aqui, ela teria...

Ani o empurrou para passar por ele de volta ao estúdio e depois para fora. A batida da segunda porta foi acompanhada pelo barulho do sino que estava pendurado lá e pelo grito de raiva de Ani.

— Fique. — Irial colocou uma das mãos no braço de Rabbit quando o tatuador começou a segui-la. Ele olhou incisivamente para Devlin.

Como se eu precisasse de incentivo para segui-la...

Ver Ani assim estava tão além de tudo o que já havia vivenciado. Suas próprias emoções estavam presas como nunca tinham estado, mas mesmo assim o dilaceravam por dentro. Ani sofria.

Devlin entrou no estúdio e parou. Havia Hounds lá fora, e ela estava logo do outro lado das grandes janelas dianteiras da loja. *Eu poderia atravessar o vidro se ela estivesse correndo perigo imediato.* A ameaça era muito grande. *Preciso ficar ao seu lado caso haja um ataque.* Respirou fundo antes de abrir a porta.

Ani se recusou a olhar na direção dele. Em vez disso, olhava fixa e resolutamente para o nada.

Devlin se apoiou na parede ao lado dela.

— Não foi culpa sua. Você deve saber disso.

Lágrimas escorreram pelo seu rosto, mas Ani não as secou. Caíram por suas bochechas e queixo, desceram pelo pescoço e molharam sua camisa. Ani olhou para os lados na direção dele.

— Nesse momento eu não sei de nada.

Ele suspirou e tentou novamente.

— Do que está precisando?

— Rabbit trouxe a segurança, e em seguida sua irmã trouxe a morte. — Ani rosnou mostrando os dentes. — Olho por olho, dente por dente. Ela levou minha irmã.

— Você não pode matá-la.

— É mesmo? — Ani se afastou do prédio e girou de forma a ficar cara a cara com ele. Seus pés estavam em posição de luta. Seus olhos tremeluziam com o mesmo brilho sulfuroso dos olhos dos corcéis dos Hounds. — Diga-me o porquê.

Ele nunca revelara a ninguém os segredos de suas irmãs. Pela eternidade, vivera para elas, mas o Mundo Encantado estava se desintegrando, e o mundo mortal seria devastado se Bananach criasse uma guerra real entre os seres encantados. O tempo de proteger os segredos das gêmeas se acabara.

— Venha para dentro. — Devlin estendeu a mão trêmula para Ani. A ideia de ela rejeitá-lo importava mais do que qualquer outra coisa. Ele ainda permaneceria ali se ela ficasse indiferente, mas isso doeria como poucas coisas.

Ela o fitou com o monstruoso olhar verde da Caçada.

— Irial está lá dentro. Ele não me deixará ir atrás dela.

Ele assentiu.

— Eu sei.

— Eu sou da Caçada. Tish é, *era*, minha irmã. Era parte de mim, minha melhor amiga. *Não posso simplesmente aceitar isso.* — As lágrimas de Ani haviam cessado. A raiva envolvia seu corpo e suas palavras. — Ninguém mata alguém da Caçada sem pedir por vingança. Gabriel podia não considerá-la parte da matilha, mas eu *considero*.

— Venha para dentro comigo. — Ele manteve a mão esticada e acrescentou: — Por favor!

Ani pegou a mão dele.

— Quero o sangue dela, Devlin. Quero a morte dela. Quero que ela sofra.

Ele abriu a porta do estúdio e indicou com a cabeça que ela devia entrar primeiro.

— Eu entendo.

E Devlin entendia. Se qualquer um ferisse Ani, ele se sentiria do mesmo jeito, mas isso não mudava a impossibilidade de matar Bananach.

Não há volta. Ele não estava certo de que voltar atrás já houvesse sido possível em algum momento.

— Eu irei aonde você for, Ani — disse Devlin a ela. — Nós precisamos conversar primeiro. Preciso contar a você e a Irial... — Ele parou de falar e considerou as consequências de quebrar a confiança das irmãs. — Sobre as verdades que não devem ser compartilhadas.

Ela o encarou.

— Quero que ela sofra.

Ele não recuou.

— Eu sei, mas você precisa ouvir.

Em silêncio, ela assentiu.

Devlin manteve os dedos entrelaçados aos dela enquanto voltavam para a cozinha.

— Rabbit... voltará em um minuto. — Irial olhou para a porta. — Ele se sentirá melhor agora que você está aqui.

Ani se sentou à mesa, ainda segurando a mão de Devlin.

Devlin se sentou na cadeira ao lado da dela. Não havia um jeito delicado de contar o que ele precisava, nem era hora de prevaricações. Ele simplesmente disse:

— Se você matar Bananach, Sorcha morrerá. Se Sorcha morrer, todos morreremos. As gêmeas são metades em equilíbrio, as duas energias que vieram primeiro. Antes e depois delas não há nada. Se você matar qualquer uma das duas, todas as criaturas morrerão. Talvez alguns semimortais sobrevivam, mas o restante... nós pereceremos se ela morrer. Sorcha é essencial. É a fonte de toda a nossa mágica, longevidade, tudo. Se não, você não acha que Bananach já a teria matado a essa altura?

Irial se sentou em uma cadeira.

Ani ficou sem palavras por um momento, mas em seguida começou a tentar encontrar uma brecha na lógica dele. Era impossível detê-la quando queria algo, e ela desejava muito o sangue de Bananach.

— Como sabe? Talvez elas só...

— Eu sei. Elas *me fizeram*, Ani. Eu as chamo de irmãs, mas, antes de mim, havia apenas duas. A oposição, o equilíbrio. É nisso que todas as nossas criaturas são baseadas. Cada corte tem sua oposição. Muito desequilíbrio causará o desastre. Sorcha... ajusta o que precisa para assegurar a estabilidade.

Irial ergueu a vista, e o olhar de Devlin encontrou o seu.

— Ela tomará medidas de que não gostaria para assegurar um equilíbrio maior. — Ele não tirou o olhar de Irial enquanto admitia. — Mesmo que seja pela corte oposta a ela, mesmo que seu contrabalanço tenha abandonado o Mundo Encantado para viver entre os mortais. A Corte Sombria equilibra a Alta Corte, mas Sorcha demanda mais: desde o início da eternidade, sua oposição de fato tem sido Bananach.

— Bem, isso é uma droga, né? — Ani chegou para trás, mas não largou a mão de Devlin. — Bananach quer que eu mate Seth e Niall e, ah, sim, ela quer me matar... e não há nada que possamos fazer sem matar *todo mundo*.

Ninguém falou nada por algum tempo. Não havia nada a dizer.

Em silêncio, Ani soltou a mão dele e saiu da cozinha.

Depois que Ani desapareceu corredor abaixo, Irial começou:

— Sorcha esconderia Ani?

Devlin sacudiu a cabeça.

— Sorcha me mandou matar Ani anos atrás.

Irial perguntou:

— Porque ela viu que Ani poderia... o quê?

— Eu não fui agraciado com essa informação. — Devlin olhou para o corredor. — Não posso permitir que Ani mate minhas irmãs nem deixar que elas a matem.

Irial suspirou e baixou a cabeça de novo.

— Então vamos tentar manter Ani, Rabbit, Seth e Niall vivos e torcer para que Guerra encontre outra distração.

Devlin sentiu uma estranha culpa ao acrescentar mais peso a uma situação já muito complexa. Pesou com cuidado as palavras e se acomodou:

— Acredito que seria... catastrófico se Seth fosse morto. Na verdade, será catastrófico se ele não voltar logo para o Mundo Encantado. Sorcha está adormecida, em luto, aparentemente, pela ausência de Seth.

— Bem, isso não é muito... organizado, não é? — disse Irial.

— Há algo de errado com a minha irmã. — Devlin observou Irial servir várias xícaras de café. Em uma delas, acrescentou o creme e o solitário cubo de açúcar que Ani apreciava.

— Vamos pensar em alguma coisa. — Irial lançou a Devlin um olhar de ciência que o fez recordar que havia se esquecido de bloquear seus sentimentos.

— Eu... — começou Devlin. Mas não havia palavra que pudesse dizer. Sua inveja da maneira como Irial conhecia Ani, sua preocupação por ela, suas emoções fúteis, nenhuma delas pertencia à Alta Corte. Por um segundo, Devlin apenas olhou fixamente para Irial, esperando a gozação, reprovação ou lembrete de que não era bom o bastante para Ani.

Irial ergueu o café de Ani.

— Ela precisa de você agora. Vá.

Devlin levantou e pegou a xícara. Parou quando sentiu a onda de terror que o avisou sobre a chegada de Gabriel.

CAPÍTULO 30

Ani ouviu e sentiu tudo o que Devlin partilhara com Irial. Não calava sua dor nem sua raiva, mas era um certo consolo saber que não estava sozinha. Devlin não podia matar Bananach, mas não iria abandoná-la, e ela precisava de cada criatura poderosa que pudesse reunir. Não podia perder Rabbit.

Nem Irial.
Nem Gabriel.
Nem Devlin.

Ela ouviu a chegada de Gabriel. Com ele, Niall e Seth. Não queria ver a todos de uma vez, então entrou no quarto de Rabbit e aguardou Gabriel.

Rabbit estava sentado na ponta de sua cama, parecendo perdido. Sem dúvida ouvira a conversa na cozinha e sabia tão bem quanto ela que a situação deles se tornava cada vez mais sombria. Eles não falaram nada. Em vez disso, esperaram e ouviram.

As vozes de Irial e Niall eram baixas, mas eles estavam *ali*. Saber que o atual e o último Rei Sombrio estavam ambos em sua casa era reconfortante, assim como o som das botas de Gabriel percorrendo o corredor.

— Sinto muito. — Foi tudo que Gabriel disse quando entrou no quarto.

— Você falhou. — Rabbit olhou para Gabriel com uma ferocidade equiparável à da face de seu pai.

Gabriel não se esquivou do desafio contido na voz de Rabbit.

— A Caçada protegerá você e ela o quanto puder.

Ani sacudiu a cabeça.

— Bem, já que matar Guerra não é uma opção, realmente não vejo como isso será possível.

Nenhum deles falou.

Ani prosseguiu, pegou a mão do irmão e o forçou a se levantar. Relutante, ele a seguiu para se postar diante de Gabriel.

Quando Gabriel e Rabbit ficaram cara a cara, Ani disse:

— Nenhum de vocês teve culpa. Eu *sou* a culpada de tudo. Ela matou Tish por minha causa. — Ela soltou a mão de Rabbit e deu um passo para trás. — Eu não podia cumprir o que Bananach ordenou, não com meu próprio sangue, com o do rei nem com o de Seth.

Ela viu Seth e Devlin no corredor atrás de Gabriel. Encontrou e sustentou o olhar de Seth ao dizer:

— Eu pensei em matar você, mas Irial e Niall não gostariam disso. Haveria muitas consequências que agradariam Bananach. Mas se eu achasse que matar você fosse salvar Tish... talvez. Provavelmente.

— Precisamos de um plano — começou Devlin.

Seth olhou por cima do ombro para Devlin por um momento.

— Eu sei o que quero: Bananach morta.

Ani sorriu.

— Seth, acho que essa é a primeira vez que vejo por que as pessoas gostam de você.

Devlin franziu a testa.

— Não podemos matá-la.

— Eu sei. — Ani o encarou. — Então o que vamos fazer?

— O *assassino* da Alta Corte não decide nada por aqui — grunhiu Gabriel.

— Não, eu não decido, mas você também não. — Devlin não levantou a voz nem reagiu à ameaça de Gabriel. — Você tem alguma ideia do que a sua filha é?

— Corte Sombria. — Gabriel pisou no corredor. — Diferente de você.

— Devlin! — Ani começou a caminhar na direção deles, mas Rabbit pôs a mão em seu ombro.

— Espere — murmurou Rabbit.

Seth entrou no quarto, dando a Gabriel e Devlin tempo para resolverem as coisas. Esticou a mão para Rabbit e apertou-lhe antebraço.

— Sinto muito, cara.

Rabbit assentiu.

— Fico feliz que você esteja aqui.

Ani não queria falar sobre luto, não agora, nem nunca. Ela queria um plano.

Levantou a voz e falou:

— Irial?

— Só um minuto, amor — respondeu Irial. — É só uma coisa territorial que eles precisam resolver antes de cuidarmos dos negócios. Deixe que eles conversem.

Gabriel e Devlin encaravam um ao outro.

— Isso *não* vai terminar com conversa. — Ani se sentou ao lado de Rabbit e observou o confronto.

Seu irmão passou o braço em volta dela.

— Gabriel precisa lidar com seu luto.

— Batendo no meu... — As palavras dela desapareceram enquanto tentava definir o termo que terminava a sentença.

— Seu o quê? — grunhiu Gabriel. Depois empurrou Devlin. — O *que* dela?

— Pare. — Ani deu um salto, cruzou o batente e postou-se na frente do pai. — Ele me manteve em segurança.

— Ele é o capanga da Rainha da Alta Corte...

— Sim, e você é o do Rei Sombrio. — Ela rolou os olhos. — E daí?

Gabriel esticou a mão como se fosse empurrá-la para o lado, e, sem pensar, Ani pegou a mão dele na sua e interrompeu o movimento.

Gabriel arregalou os olhos e deu um risinho maldoso. Antes que ela pudesse reagir, levantou o outro braço, como se fosse socá-la.

— Acho que não. — Ela se curvou, girou e, pela primeira vez na vida, viu seu pai realmente se deslocar por causa de seu golpe.

Num reflexo, ele socou de volta — não os tapas de amor ultrajados de antes, mas um soco de verdade, de um Hound lutando com outro igual.

— Você tentou me bater — murmurou ela. — Você realmente tentou me *bater*!

— Tentei. — Ele tocou o rosto. — E você *me* bateu.

Ani se inclinou contra ele.

— Finalmente.

Gabriel a olhava com orgulho.

— Você me acertou com um golpe digno de Che. *Como?*

— Ela quase não é, se for em alguma parte, mortal. — A voz de Devlin estava tranquila, soando falsamente calma. — O sangue mortal dela foi consumido pelo seu, Gabriel. É parte do motivo pelo qual ela é tão incomum, e, eu suspeito, porque Jillian tinha um ancestral que não era inteiramente mortal.

— Hã. — Gabriel a abraçou. — Ainda é minha filhote, mesmo assim. Ainda não vai se mandar por conta própria de novo sem nos avisar. Certo?

— Eu estava tentando ter certeza de que todos estavam seguros. — Ani fingiu um rosnado, mas não estava furiosa o bastante com ele por ser protetor. Era um traço da Corte Sombria *e* um traço dos Hounds. — E Devlin e Barry estavam comigo. Eu não estava sozinha.

Gabriel a colocou no chão.

— Barry?

— Eu nomeei meu corcel — disse ela.

Gabriel apertou o ombro da filha, e Ani se sentiu melhor.

De repente, ela entendeu que Devlin sabia que um pouco de violência a acalmaria. Ele podia não ter as palavras certas, mas a entendia. Olhou-o e sorriu.

O alívio na expressão dele deu um aperto no coração de Ani. Ela esticou a mão e pegou a de Devlin.

— E agora?

Devlin assentiu e virou para Gabriel.

— Se a luta o tiver acalmado, talvez possamos continuar com o planejamento.

— Isso não significa que agora gosto mais de você do que gostava antes. — Gabriel mostrou rapidamente os dentes para Devlin. — Se a desapontar, baterei em você até que implore...

— Se eu a desapontar, uma surra será a menor das minhas dores. — Devlin puxou Ani para perto de si.

Gabriel parou de falar, assentiu e andou para a sala de estar, onde Irial e Niall aguardavam.

Devlin se jogou no sofá e observou os outros discutirem. Eles alternavam entre se sentar no sofá de couro gasto e cadeiras, caminhar e rosnar um para o outro.

Muitos reis no reino.

Irial ouvia, mas era tão poderoso quanto quando era rei. Esse era seu pessoal, sua família. Niall, Rabbit e Ani eram valiosos para o ex-Rei Sombrio. O atual Rei Sombrio estava tão mal quanto ele: Seth era um irmão para ele.

E eu também devo manter Seth em segurança. Por Sorcha.

E Niall. Irial seria perigoso se Niall morresse.

E... todos eles. Por Ani.

E Ani. Devlin olhou para ela. *Acima de tudo. Ani deve ficar a salvo.*

A ideia de Bananach matar Ani era inaceitável. Devlin entendeu, então, em um nível bem profundo, que esse era o perigo das emoções. Se ela fosse morta, ele teria vontade de amaldiçoar a todos.

— Ani deveria ficar conosco — repetiu Irial.

— Pense por um minuto. — Gabriel sacudiu a cabeça. — Você põe todos os alvos em um mesmo lugar... Bananach não é idiota. Ela virá para cima de nós com tudo se facilitarmos.

— Você tem um plano melhor? — A voz de Irial não aumentou, mas todos na sala vacilaram.

Niall pôs a mão no antebraço de Irial, que olhou do Hound que fora seu conselheiro por séculos para seu rei.

— Gabriel tem razão, e você sabe disso — disse Niall. — Você não está raciocinando com clareza. Deixe-me conduzir isso?

Por um momento, Irial olhou para a mão de Niall.

— Eu não posso perder mais ninguém.

— Eu sei. — Niall não desviou o olhar, não removeu a mão. — Todos nós queremos as mesmas coisas. Seu luto está atrapalhando nosso planejamento. Deixe seu... rei cuidar da corte. Confia em mim?

— Sempre — assegurou Irial. Em seguida deixou a sala e foi para a cozinha.

Depois que ele saiu, Niall falou como se não houvesse dúvida.

— Ani e Rabbit têm que ficar juntos, mas Seth não pode ficar com eles. Posso levar Seth para o Mundo Encantado, caso ele se disponha. — Niall olhou para Seth com uma gentileza que parecia contrastar com a imagem que aqueles que viviam no Mundo Encantado tinham da Corte Sombria. — Não vou insistir em seu retorno para Sorcha, mas se Devlin estiver certo...

— Tudo bem, sou mais útil para fazer o bem de lá. — Seth olhou de um para o outro. — Mas assim que ela estiver bem, vou voltar para *cá*. Se houver uma luta contra Bananach, quero fazer parte dela.

Devlin disse:

— Não sei ao certo, Niall, se você deveria se afastar da sua corte. As coisas no Mundo Encantado estão instáveis. Eles estão acostumados a me ver como a voz e as mãos dela... se ela estiver tão mal como eu temo, preciso ir.

O Rei Sombrio olhou para Seth, que assentiu.

— Então Ani e Rabbit vêm para casa comigo e com Irial. — O olhar de Niall moveu-se rapidamente na direção do batente da porta, por onde Irial tinha desaparecido. — Devlin pode acompanhar Seth até o Mundo Encantado.

Ani ficou quieta por muito mais tempo do que Devlin esperava. Ele observara as expressões dela enquanto sua vida era decidida. Sabia que o plano deles não a agradaria, mas não se meteria e daria voz às objeções de Ani. Isso não era seu papel.

Ela olhou para todos eles.

— E então? Esperamos? Vou viver reclusa, sob vigilância para sempre?

Irial retornou à porta entre a área de estar e a cozinha.

— Nossa companhia é tão ruim assim, filhote? Niall nem sempre é tão desanimado.

Ela foi até Irial.

— Você sabe que a Caçada não lida bem com o aprisionamento — murmurou ela. Então virou-se para Gabriel. — Você conseguiria viver preso?

— É diferente — rosnou Gabriel.

— Não é não — disse Rabbit, finalmente.

Ani lançou um sorriso de gratidão para o irmão.

Devlin sugeriu:

— Você poderia ficar aqui enquanto levo Seth até o Mundo Encantado. Retornarei assim que possível, e continuaremos nos movendo... Ou venha comigo agora.

Ela olhou para o pai e depois para Devlin.

— Venha comigo — disse Devlin.

Ani não respondeu, e ele odiou que no rastro da morte de Tish ela tivesse que lidar com as consequências do comportamento lamuriento de Sorcha. Ele odiava que ela tivesse que lidar com *qualquer* das perdas em sua vida que a irmã dele tivesse causado.

A voz de Irial interrompeu o silêncio tenso.

— Você é uma filha da Corte Sombria, amada pelo último Rei Sombrio. — Ele olhou para Niall, que assentiu. — E sob a proteção do atual Rei Sombrio.

— E minha — acrescentou Devlin. Ele caminhou para se postar diante dela. — Qualquer que seja a punição que a Rainha da Alta Corte imponha, qualquer que seja a raiva que ela sinta por nós, é somente comigo, não com você. Ela não lhe fará nenhum mal enquanto eu respirar.

Por um segundo, ninguém no quarto se moveu. Um voto de tamanho comprometimento era raro, mas ser oferecido por uma criatura da Alta Corte era algo sobre o qual nunca se ouvira falar. A sua vida, sua segurança, tudo era secundário em relação a Ani, agora.

Ani imediatamente disse:

— *Não*. Eu desobrigo você de...

— Sim — interrompeu Devlin. Ele pegou a mão dela. — Minha promessa, Ani: qualquer que seja a punição que ela defina, será minha, não sua. Não estou pedindo nada em troca. Você não está grudada a mim ou obrigada, mas *é* minha, e eu devo mantê-la segura. Nem minha rainha nem minha outra irmã farão mal a você enquanto eu viver. Minha vida pela sua. Essa é a resposta que temos. Se elas precisarem de sangue ou morte, meu corpo receberá o golpe.

De repente, Gabriel grunhiu.

— Mexa-se.

Uma rajada de vento atingiu o edifício, e os uivos da Caçada aumentaram.

Gabriel se lançou para a frente, de forma a ficar diante da porta do estúdio.

— Atrás de mim.

De dentro do estúdio, vidro se despedaçou.

Ele baixou a cabeça, ouvindo.

— Ela está aqui. Ly Ergs.

— A porta de trás? — Niall assumiu o comando. — Devlin, leve Seth e Ani para o Mundo Encantado assim que conseguir passar por eles.

Gabriel e Irial miraram o estúdio. Devlin e Niall se viraram na direção da porta da cozinha. Isso deixou Ani, Seth e Rabbit no meio, protegidos em ambos os lados.

Bananach atravessou a porta do estúdio com um borrão de penas ensanguentadas.

— Que votinho mais encantador você ofereceu à filhote de Hound, Irmão... mas não vejo por que eu tenho que atacar só *um* de vocês. Quanto mais cadáveres, melhor.

Capítulo 31

O rosto de Bananach estava pintado por padrões de cinza molhado e plantas cinzentas. Suas asas estavam chamuscadas nas pontas, e o sangue em seus braços ainda era fresco.

— Seus Hounds lutaram bem, Gabriel.

Ele grunhiu, mas não foi checá-los.

— Eles ainda não acabaram.

— Ainda assim, aqui estou. — Bananach abriu bem suas asas.

Ani sentiu a Caçada. Sua mortalidade se fora. Pela primeira vez, sentia uma conexão com a Caçada. Aqueles que já não estavam aqui lutando viriam, derrubariam as paredes, trariam sangue e morte à sua casa. *Mas não rápido o bastante.* Gabriel sabia disso também.

Uma dezena de Ly Ergs entrou na casa. Outras criaturas que Ani não reconheceu os seguiram.

Devlin deu um passo à frente.

— Não faça isso.

Nenhuma das criaturas de Bananach atacou, mas se espalharam de tal forma que as saídas foram bloqueadas. Eles esperavam que Bananach agisse ou falasse. Suas criaturas não eram fortes o bastante para derrotar todos os guerreiros no local, mas eram numerosas o suficiente para machucá-los.

Em silêncio, Ani pegou uma *sgian dubh* e a entregou ao irmão. Ao seu lado, Seth tinha uma pequena espada e várias facas. Ela puxou um dos metais sagrados. Sua outra *sgian dubh* estava no coldre de calcanhar.

Enquanto Bananach avançava para dentro da casa, Irial continuava a se mover de forma que Ani ficasse bem atrás dele. Niall fazia o mesmo com Seth. Gabriel se posicionou atrás de Devlin, mas na frente de Niall e Irial.

Devlin deu outro passo para a frente, distanciando-se deles, aproximando-se de Guerra.

— Fale comigo. Podemos conversar, não podemos?

Ela ergueu uma faca de osso e, absolutamente indiferente, golpeou o braço dele, os músculos feridos e a carne aberta.

— Você não foi nada mais do que uma ideia de *Razão*, mas, sem meu pulso... sem mim, você não tinha vida.

Ele pegou o pulso dela com a outra mão.

Bananach esticou a mão e pressionou a ferida com os dedos.

— Acho que quero esse pulso, esse sangue, *meu* sangue, de volta agora.

— Se você me der sua palavra de que não tocará em Ani, darei isso a você por minha própria vontade. — Devlin mantinha-se imóvel enquanto ela rasgava sua pele. — Irmã, por favor, poupe Ani.

— Pare — guinchou Bananach. Sua mão ainda estava enterrada no braço ensanguentado de Devlin. — Eu faço o que devo. Seth nunca devia ter vivido. A Hound não fez o que foi mandado, mas ainda há opções. Sempre há escolhas, Irmão.

Ela desviou seu olhar para Ani.

— Venha para mim, pequena Hound, e eu os pouparei. Darei duas vidas a você. A escolha é sua. — As asas de Bananach se abriram, e as sombras no lugar tremeram com a visão. — Você salvaria seu rei? Seu amante? Seu pai? Duas vidas se você me der a sua.

Ani se postou entre seu ex-rei e seu pai. Sua lâmina estava desembainhada, mas ninguém ali — inclusive Bananach — pensava que uma Hound com uma lâmina fosse forte o bastante para representar uma ameaça para Guerra.

— Poupe a vida de todos — disse Ani. — Eu darei...

— Você pode ficar com a minha vida — interrompeu Devlin. Postou-se novamente diante de Bananach. — Pode ter a minha lealdade se parar com isso.

— *Você*. Você me traiu. Você a tomou, a escondeu. Por quê? — Bananach parecia devastada. — Você era um dos meus. Nosso filho... — Ela partiu para cima de Ani com duas facas de osso, uma em cada mão, enquanto falava.

Irial empurrou Ani para o lado, e Bananach enterrou as duas facas profundamente em sua barriga. Em vez de cair, porém, ele permaneceu de pé entre Bananach e Ani, mantendo o corpo como uma barreira protetora.

— Iri! — gritou Ani. Ela queria contorná-lo e se jogar em cima da criatura-corvo, mas fazer isso diminuiria o sacrifício feito por Irial. Tomara para si o ferimento que deveria tê-la atingido, e ela não ignoraria isso para satisfazer a raiva.

Não agora, pelo menos.

Devlin agarrou Bananach e a jogou para longe de Irial e de Ani. Ela não resistiu quando ele a puxou para si. Em vez disso, largou as facas, deslizando as mãos pelo osso branco e deixando o sangue de Irial manchá-las.

Só então Irial se mexeu. Agora que Bananach estava contida, ele deu um passo para trás. Niall o apanhou e o baixou para o chão, ao lado de Ani. A graça característica de Irial havia sumido. Em vez disso, ele movia-se com uma falta de jeito quase humana enquanto tentava não agitar as lâminas que furavam seu abdômen.

Os guardas do abismo que se prendiam tanto ao Rei Sombrio quanto ao ex-monarca de repente se postaram como guerreiros no local. Ani nunca tinha visto tantas figuras sombrias. O quarto todo parecia tomado por eles. Chamas constantes de escuridão formaram um paredão impenetrável de sombras em torno dos Reis Sombrios e de Ani.

Guerra sorriu para eles do outro lado da muralha preta, e atrás dela Devlin, Seth e Gabriel enfrentavam os Ly Ergs.

Dentro de sua fortaleza sombria, Niall se ajoelhou ao lado de Irial e puxou a blusa rasgada que cobria as feridas dele.

— Iri... — Niall parecia sentir tanta dor quanto o outro.

— Shhhhhh. — Irial esticou a mão e arrancou a primeira faca. Sangue jorrou da ferida, e Irial deixou escapar um rápido grunhido de dor.

— Espere um... — começou Niall, mas Irial já tinha agarrado a segunda e puxado.

Na mão de Irial havia somente um cabo ensanguentado: a lâmina em si não estava lá.

— Veneno na mão esquerda. Não está mais sólido. — Irial virou a cabeça e sorriu para Ani. — Não é culpa sua, filhotinha.

— Iri... — Ela desabou no chão. — Precisamos... você não pode...

— Devlin é do que você precisa. Vá com ele. — Irial desviou o olhar de Ani. Mirava somente Niall. — Confie em si mesma. Eu... — Suas palavras desapareceram quando um espasmo de dor o fez tremer.

Niall tirou a camisa e com ela pressionou os cortes ensanguentados.

— Você vai ficar bem. Só...

— Não. Ouça. — Irial envolveu o pulso de Niall com a mão. Pareciam esquecer que havia outras criaturas no quarto, que Guerra estava lá, que uma batalha aguardava do lado de fora de sua barreira de sombras.

Irial manteve a mão no pulso de Niall e sussurrou:

— Eu queria não ser rei quando nos conhecemos.

— Iri...

— Leve-os embora. Em segurança. Não *aqui*. — Irial soltou Niall e se afastou. — Você também. Saia daqui. Agora.

Ani não ousava nomear as expressões que passaram pelo rosto de Niall, mas sentiu o gosto de todas. Irial não era o único a desejar que as coisas tivessem sido diferentes. *A ter esperança de que elas ainda podiam ser.* O Rei Sombrio parou. A gentileza de Niall se destinava apenas a Irial, que pedira a ele que reprimisse essa ternura. As sombras no quarto estremeceram quando Niall cruzou a barreira que formaram.

Ani começou a se levantar, mas Irial segurou a mão dela.

— Ainda não.

Niall era cada célula do corpo do Rei dos Pesadelos agora. A raiva que dançava à beira de suas emoções aflorou como heroína negra. Ani pensou que poderia se engasgar – a perda, a fúria, a vingança. Aqui estava o verdadeiro Rei Sombrio.

– Duas vezes você atacou o que é *meu*. – Niall rasgava as palavras com os dentes enquanto seguia na direção de Bananach. – A responsabilidade pela segurança da garota Tish cabia a mim. Irial é meu.

– Era – pronunciou Bananach. – Ele não sobreviverá duas semanas e sabe disso.

Um urro encheu o quarto quando Niall deu voz à fúria e ao luto que todos sentiam. Socou Bananach, lançando ferrões de luz negra em sua pele.

– Não faça mal ao que é meu.

Ela ficou imóvel, não disse nada.

Niall não desviou seu olhar dela enquanto falava.

– Vá embora daqui. Deixe Ani em paz. Você está banida.

Bananach inclinou a cabeça, parecendo inumana, mas suas palavras eram calmas:

– Guerra não pode ser banida. Você sabe disso, *Gancanagh*. Não vai vencer. Batalha por batalha, você perderá. Fico cada vez mais forte, conforme você cai.

Niall não tirou sua atenção de Bananach.

– Você me fez um voto de lealdade. Poderia matá-la por...

– Não, não poderia – gralhou Bananach. – Meu traidor contou a você. Sorcha morreria e todos vocês também. Mate-me e eu ainda vencerei. Essa Houndzinha vale tudo isso? Sua raiva por causa de Irial é motivo suficiente?

Então a voz de Gabriel sussurrou dentro da mente de Ani: *Vá para o Mundo Encantado*.

Ani levantou os olhos e viu seu pai na porta da cozinha com Rabbit e Seth. Eles estavam abrindo caminho para que ela escapasse.

Ani, rosnou Gabriel dentro dela, *tire-os daqui.*

Então ela sentiu: a Caçada estava lá. Os Hounds preencheram a casa pequena demais.

Agora, acrescentou Gabriel.

Seth, Devlin e Rabbit não progrediam muito contra os Ly Ergs, mas os mantinham longe dela e de Irial.

— Por favor, filhotinha! — pediu Irial. — A Caçada não lutará tão bem com você e Rab aqui.

— Venha com... — começou ela.

— Não. — Ele havia se sentado com a ajuda de vários guardiões do abismo. — Ficarei com Niall... Não posso correr agora de qualquer forma.

Gabriel e Niall estavam em um borrão de violência com Bananach. No corredor, Ly Ergs e outras criaturas que Ani não conhecia já estavam lutando com os Hounds. Um Hound jogou uma prateleira contra um grupo de Ly Ergs. As criaturas de mão vermelha corriam para todos os lados como vermes. Várias criaturas do cardo os acompanharam. Uma Hound pegou o atiçador de fogo e o espetou na perna de uma criatura do cardo, pregando-a ao chão com a lança de latão.

Ani percorreu o caminho até a cozinha, de onde Devlin lançava facas e formava um bloqueio. Sua pontaria ainda era precisa com uma única mão, e, apesar do sangue que descia por seu outro braço, seus olhos lhe diziam que ele preferia lutar.

Se não levassem Seth até o Mundo Encantado, ele não *existiria*. Se ficassem, nenhum deles sobreviveria. Essa não era uma batalha que poderiam vencer.

Mas ainda foi necessário todo o controle, mais do que pensava possuir, para que Ani dissesse:

— Vamos.

Capítulo 32

Enquanto abriam caminho em meio ao tumulto, Ani manteve Rabbit atrás de si. Seth cobria a retaguarda, e ela e Devlin liberavam o caminho. Mesmo com sangue escorrendo pelo braço cortado, Devlin estava feroz. Mas seus movimentos eram objetivos. Havia precisão em seus golpes. Hounds os ajudavam, mantendo livre o caminho.

Uma vez fora do estúdio, o pequeno grupo manteve a formação triangular, mas com Ani junto a Seth na retaguarda. Em silêncio, cada um vasculhou as duas direções da rua. Ele não tentou olhar a área dela, tampouco falhou ao monitorar a área que lhe coube.

Para uma criatura não pertencente à matilha, ele não era ruim.

Enquanto se afastavam mais do conflito, os olhares inquietos de Seth para Devlin pareciam com os dela. *Por quê?* Fazia sentido Seth cuidar de Rabbit: eles mantinham uma certa relação de amizade. A atenção que ele dava a Devlin era a mesma que dispensava a Rabbit.

– Deixe-me ajudar – disse Seth sem agitação. – Devlin?

– Não. – Devlin nem olhou para Seth. – Fique em silêncio.

O jeito grosseiro com que Devlin falou a fez pensar que o tópico não dito não era sobre protegê-los. Passaram por alguns mortais, e Ani ficou aliviada por todos – menos Rabbit – terem a habilidade de lançar encantos para ocultar seus ferimentos. Rabbit, que andava no meio, não chamava tanta atenção devido a sua posição.

As poucas criaturas que os viram paravam de falar ou iam embora rapidamente. Ver criaturas da Corte Sombria ensanguentadas não era incomum, mas ver o amado da Rainha do Verão na mesma situação era digno de nota, assim como ver o assassino da Alta Corte na companhia de Hounds. Se não fosse pela preocupação ou pelo medo, ela acharia divertidas as reações das criaturas fugitivas.

Em silêncio, seguiu Devlin e esperou algum pronunciamento de seu pai. Mesmo a essa distância, Ani podia sentir sua ligação com a Caçada. Ela não falou com Gabriel, mas ouviu, sabendo que ele a alertaria se alguma das criaturas de Bananach escapasse da Caçada.

Devlin e Seth pararam. Haviam alcançado um cemitério nos limites de Huntsdale, onde Ani fora a várias festas.

Seth lançou outro olhar preocupado para o braço de Devlin. O sangramento não havia parado, mas diminuíra.

– Deixe-me ajudar – ofereceu novamente Seth. – Você precisa de sangue.

– Não aqui. – Devlin tinha uma fina camada de suor em seu rosto. – Eu posso esperar.

– Deixe...

– Não – rosnou Devlin. Uma sombra lampejou de seus olhos. – Não ofereça uma terceira vez. Você não vai me manipular assim.

Ani foi para o lado de Devlin, não para ficar entre eles, mas para se aproximar de Devlin.

— Quer me dizer o que está acontecendo?

— Isso é o que ele *não* quer — murmurou Seth. — Perdeu muito sangue, mas meu irmão está agindo com extraordinária estupidez.

— Seu *quem*? O quê? — Ani olhou de um para o outro. — Vocês estão ficando cada vez mais difíceis de entender, meninos.

Devlin engoliu com esforço.

— Podemos não discutir ainda?

— Se você sangrar até morrer, de que valerá? — falou Seth gentilmente para Devlin, mas sua atenção ainda estava voltada para as redondezas.

— Quando chegarmos ao Mundo Encantado, *Irmão* — disse Devlin.

Rabbit e Ani trocaram um olhar. Rabbit encolheu os ombros e perguntou:

— Então, chegamos? Estamos na entrada para o Mundo Encantado?

— Umas delas. — Devlin esticou o braço ensanguentado para pegar algo à frente que Ani não conseguia ver. Seu sangue chiou como se algo o queimasse. Fechou rapidamente os olhos, não o bastante para que sua dor não fosse óbvia, mas o suficiente para que deixasse cair a proteção em torno de suas emoções — e Ani quase tropeçou no chão por causa da enxurrada de dor e medo que a atravessou.

Um véu apareceu como se estivesse no ar vazio. *Uma entrada.* De alguma forma, ela sempre presumira que veria os portais para o Mundo Encantado se passasse perto deles.

— Dev?

Ele olhou para Ani e em seguida jogou-se no véu prateado que se esticava como a luz da lua entre a terra e o céu. Ondas cortaram a superfície quando ele caiu. A tremeluzente luz prateada foi deslocada pela forma de Devlin. Tão rápido quanto, aquietou-se novamente. Parecia líquido, mas a queda pesada era a mesma de tecidos pesados.

Ani mergulhou depois de Devlin, passando do mundo mortal para o Mundo Encantando sem o medo nem a hesitação que esperava sentir. Seth e Rabbit a seguiram, e o véu se estabilizou atrás deles. O brilho de luz ainda continuou por um momento, e então se foi como se nunca tivesse havido uma entrada.

— Seth? — Ani levantou os olhos para ele. — Eu nunca estive aqui e... quer ajuda?

— Só um minuto. — Seth encolheu os ombros, parecendo tão mal quanto Devlin.

Enquanto ela observava, ele se tornou diferente. *Mortal*. De repente, Ani estava agachada no chão do Mundo Encantado sem ninguém forte o bastante para lutar ao seu lado. Rabbit era mais mortal do que mágico em sua força, e, apesar de poder lutar, essa não era sua maior habilidade. Devlin parecia em coma, e Seth era um mortal.

— Bem, tudo está indo tão bem até agora — murmurou Ani.

— Vai piorar se não o levantarmos. — Seth se sentou ao lado de Ani. Ele ainda estava tremendo e suando, mas já quase não parecia que ia vomitar. — Confia em mim?

Confio? Ele não pertencia à Corte Sombria, mas Rabbit confiava nele. O Rei Sombrio confiava nele. *Ele não é da Matilha*. A amada do Rei Sombrio, Leslie, amiga de Ani e

Tish, confiava nele. *Ele pode não ser dos nossos, mas lutou ao lado da Caçada. E quer matar Bananach.* Devlin confiava nele.

— Por enquanto — disse ela.

— Já basta. Provavelmente temos alguns minutos até ela chegar. — Ele esticou a mão na direção de sua *sgian dubh*.

— Posso pegar?

— Emprestada.

Ele estalou a argola no lábio com a língua.

— Correção justa. *Emprestada.*

Ani ofereceu a faca, com o cabo virado para ele.

— Ele precisa de sangue, Ani. Essa é a parte que ele não queria que você soubesse.

— Sangue? — Ela observara os Ly Ergs absorverem sangue pela palma da mão, sua própria família misturá-lo com tinta e usar arte feita com ela em sua pele. Gabriel sempre carregava o sangue de seus reis — ou rainhas — nos *oghams* vivos em seu antebraço.

Sangue alimenta a mágica. As palavras sussurravam no ar. *Sangue une e sangue promete.*

— Devlin precisa de sangue para viver — confirmou Seth. — Ele sempre precisou do sangue de ambas as criaturas que o criaram.

Ani deixou que seu olhar vagasse ao redor deles, assegurando-se de que ninguém os atacasse sem que percebessem, verificando onde estava o irmão, mas ouvia as palavras de Seth.

— Eu vejo o futuro, Ani. — Seth a encarou. — Vejo coisas que são... são segredos.

Ani ficou paralisada. Os olhos de Seth continham uma sabedoria sobre a qual não se falava. Ele sabia coisas que não deveria, coisas que não contara a ela.

— Seu sangue é diferente. — Seth olhou para Devlin, que estava imóvel, e então continuou: — É pelo que eles lutam. É o que Irial testa... E é incomum o bastante para alimentar Devlin.

— E se... O que significaria se eu desse meu sangue a ele? — Ela viu o mundo girar.

— Você estaria ligada a ele — disse Seth. — É... sua escolha, mas, se fizer isso, ele ficará ligado a *você*, não a elas.

Atrás de Seth, o mundo se transformava. Uma paisagem morta emergia para a primavera ao redor deles. Árvores floresciam em uma confusão de essências. A grama debaixo deles crescia luminosa, num verde vibrante. Era um mundo despertando do sono.

O Mundo Encantado sobreviverá agora que Seth voltou para Sorcha.

Mas Seth não desviou o olhar para nada disso.

— É a magia mais antiga, e o futuro mudará se você fizer isso.

— Para melhor? — perguntou Ani.

— Eu vejo fios, não respostas. — Seth enfiou a argola de lábio na boca. — Sou novo nesse mundo, Ani. Ainda descobrindo e torcendo.

Ela ouviu as coisas que ele não dizia, as palavras que não oferecera a ela.

— Ainda assim, você acha que será melhor?

— Para as pessoas com quem me importo? Sim — admitiu ele.

Ela olhou para Rabbit, que estava de pé, em silêncio, olhando a paisagem peculiar ao redor deles.

— Isso incluiu Devlin? E Rabbit?

— Sim. E outros com quem você não se preocupa. — Seth dirigiu a ela um olhar muito sério. — E *não é o melhor* para Bananach.

— Tudo bem. — Ani pegou a *sgian dubh* e cortou o antebraço. Ajoelhou-se no solo ao lado de Devlin e apertou a mão dele, de forma que os lados ensanguentados ficassem juntos.

Seth disse a ela as palavras e ela repetiu:

— Sangue a sangue, sou sua. Osso a osso. Respiração a respiração. Meus apetites são seus para que se alimente, e os seus são os meus.

O mundo perdeu a cor em sua volta conforme seu sangue fluía para o braço ferido de Devlin. Os lobos de Ani, as coisas ferozes com que sonhava com tanta frequência, estavam deitados ao seu lado na grama. Seus olhos não eram mais verdes, mas vermelhos. *Não mais do mundo mortal.* A parte da Caçada que ela carregava era diferente aqui. *Nossa.*

Da terra junto aos dois, floresceu uma castanheira. Alongou-se até o céu, lançando sobre eles uma sombra com galhos torcidos nos quais havia flores penduradas. Enquanto olhava, um bosque com castanheiras menores os cercou.

— E eu sou seu — disse Devlin.

Ani o olhou.

Ele abrira os olhos e a encarava com os mesmos olhos que seus lobos.

— Sangue a sangue. Osso a osso. Respiração a respiração. Meus apetites são seus para que se alimente, e os seus são os meus.

Ele a beijou, engolindo sua energia enquanto ela fazia o mesmo com ele, mas isso não a drenou nem a ele.

O rosnado dos lobos chamou a atenção de Ani. As criaturas com quem sonhara não eram meramente sonho agora: estavam vivos e rosnando para a criatura de olhos prateados que se aproximava.

Sorcha.

O vestido dela era de um tempo havia muito vivido. Tudo nela indicava uma época mais formal. Usava corselete e coifa e, enquanto andava, assistentes veladas a acompanhavam. *Essa é a criatura que venho temendo?* Ela era totalmente diferente da louca criatura-corvo.

Seth se levantou, pondo-se entre eles e a Rainha da Alta Corte.

— Mãe.

Por um momento, parecia que o mundo havia parado. Sorcha estendeu a mão para Seth.

Ele arqueou a sobrancelha para ela antes de pegar sua mão e a puxar para um abraço.

— Senti sua falta.

Ela espremeu os lábios como se quisesse repreendê-lo.

— Seth. Não é assim que se saúda uma rainha.

Ele riu e a beijou na bochecha. Sua voz estava baixa quando murmurou:

— Não há problema *nenhum* em abraçar seu filho.

A Rainha da Alta Corte assentiu, mas seu olhar percorreu Seth como a maioria dos pais superprotetores em busca de arranhões e machucados.

— Quem feriu você? Eu não conseguia *ver* você nas últimas horas.

— Estou bem.

— Foi Bananach, não foi? – Ela olhou para Devlin. – Você? Fez mal a ele?

— Não. – Seth continuou entre eles, trazendo o olhar de Sorcha de volta para ele. – Meu irmão e eu a enfrentamos juntos.

Sorcha abriu e fechou a boca enquanto olhava de Devlin para Seth e de volta para Devlin. Sustentando o olhar de Devlin, apenas disse:

— Eu tenho um filho.

Devlin se sentou.

— Eu sei disso, Irmã.

Com cuidado, ele se levantou e, ao fazê-lo, manteve a mão de Ani na sua.

A Rainha da Alta Corte percebeu a mudança em seu mundo. Sua expressão não era de prazer enquanto olhava para o bosque de árvores.

— *Elas* não são fruto de minha vontade. Por que não estão desaparecendo?

Ninguém disse nada. Ani não sabia a resposta, e, se alguém soubesse, não estava dizendo.

A Rainha da Alta Corte caminhou na direção de Rabbit.

— Você, semimortal...

Os lobos rosnaram. Rabbit se apoiava em uma das árvores, claramente sob a vigilância dos lobos.

— Você é bem-vindo aqui – continuou ela. – Deve ficar e se curar. Há um chalé agora mesmo para você na ala dos artistas. Terá tudo de que precisa. Bem-vindo ao Mundo Encantado.

Rabbit a reverenciou com a cabeça.

— Mas *você* – disse Sorcha para Ani – deveria estar morta, mas parece que não. Por quê?

— Irmã, minha Rainha — começou Devlin.

Ani o interrompeu.

— Por que Devlin não é tão cretino quanto você queria que ele fosse?

Os lobos que rosnavam vibraram sob a sua pele. Os seus olhos brilhavam com o vermelho que Ani vira ao se deitar no chão ao lado de Devlin. Os olhos dele tinham o mesmo vermelho, e ela suspeitava de que os próprios olhos estivessem assim.

Sorcha olhava apenas para Devlin.

— Você vai matá-la? Conserte isso.

— Não. — Devlin apertou mais a mão de Ani, e ela não sabia muito bem se era para tranquilizá-la ou se para aquietá-la. — Eu tiraria qualquer vida antes da dela.

— *Qualquer* vida? — repetiu Sorcha. — Você sacrificaria minha vida pela dela?

— Eu ia preferir que vocês duas ficassem bem — respondeu ele.

Sorcha abriu a boca como se fosse falar, mas Seth tocou seu braço. A Rainha da Alta Corte olhou para ele e ficou em silêncio.

— Eu poderia ficar aqui, no Mundo Encantado, com Ani, Irmã. — Devlin começou a se ajoelhar, mas Ani se recusou a soltar sua mão. Ele se reergueu e olhou para Sorcha.

Sorcha sacudiu a cabeça.

— E quem vai alimentá-lo? Você pensa em se livrar de mim e ainda quer comer em minha mesa?

O olhar que Seth lançou para Ani foi intenso o bastante para que ela tivesse a sensação de que ele tentava forçar palavras em sua mente. *O que ele disse antes?* Ani repassou as coisas que Seth lhe contara.

— Eu o alimentarei — falou Ani, sem pensar. — Darei a ele o que for preciso... encontrarei isso ou farei seja lá o que for.

A Rainha da Alta Corte fechou a cara, mas Seth sorriu com aprovação.

— Que assim seja — sussurrou Sorcha antes de se virar.

E então se afastou com Seth.

Capítulo 33

Devlin observou sua irmã, sua rainha, deixar o local. Havia tantas perguntas que precisava fazer, tantas respostas de que necessitava, mas, antes disso, tinha que entender o que Ani acabara de fazer. Não apenas compartilhara seu sangue com ele, mas se oferecera para alimentá-lo. Ficara ao lado dele contra a Rainha da Alta Corte. Estavam ligados de uma forma que nunca imaginara possível.

Talvez sempre tenhamos estado.

A Hound, agora sua parceira para a eternidade, segurou a mão dele. Por toda volta lobos os cercavam.

— Fizemos essas árvores. — Ani olhou para ele. Suas palavras eram uma pergunta, uma demanda por verificação. — Juntos.

— E lobos — acrescentou ele. — Eles são de carne e osso agora.

— Algo assim. — Ela olhou para os lobos e disse: — Vamos.

Em uma confusão caótica, os lobos começaram a saltar para dentro do corpo de Ani, desaparecendo em sua pele um após o outro. Focinhos e rabos, sangue e osso, pelo e músculos, todos desapareceram na pele da Hound que segurava a mão de Devlin.

— É uma sensação diferente da dos sonhos. — Foi tudo o que ela disse quando o último deles entrou nela.

— Parecem diferentes também. — Devlin via lobos de olhos vermelhos movendo-se sob a pele dela.

— Ah — sussurrou Ani. — Ela olhou, perplexa, para seus braços. — Eles estão *aqui*.

Rabbit se afastou da árvore e foi até eles, parando diante da irmã.

— Olhe para você, toda pintada sem a minha ajuda.

Ani esticou a mão para ele.

— Eles deixaram espaço para a sua arte também, Rab. Quando você estiver pronto...

— Qualquer dia desses. — Rabbit acariciou o cabelo dela, tirando-o de seu rosto, e lançou-lhe um olhar de pura adoração.

Então olhou para Devlin.

— Sorcha diz que sou bem-vindo... mas o estúdio... — Suas palavras sumiram. — O estúdio se foi também. Nossa casa...

Devlin fez um gesto a Rabbit para que caminhassem.

— Há outros artistas aqui. *Muitos* artistas. Semimortais e mortais.

— Não me restou mais nada lá. — Rabbit ainda soava triste, mas não tanto quanto na primeira vez que Devlin o vira, no estúdio.

— Fique aqui — estimulou Ani — pelo menos até que a gente resolva o que fazer. Por favor, Rab!

Rabbit assentiu.

Sem mais nenhuma discussão, Devlin levou Rabbit até os chalés dos artistas.

Depois de deixarem Devlin em um chalé imaculado repleto de uma variedade de suprimentos para arte e equipamento de tatuagem, Devlin levou Ani para sua própria casa.

Quando chegaram aos seus aposentos dentro do palácio da rainha, Devlin encontrou Rae em sua — até então sem uso — sala de estar. Um sorriso brincou nos lábios dele ao vê-la. Não mais escondida em uma caverna, estava vestida de acordo com a corte, aguardando-o.

— Ela está acordada — disse Devlin a Rae.

Rae sorriu.

— E o Mundo Encantado está intacto mais uma vez. Uma coisa tão simples, não é? Você traz o filho de Sorcha para casa, e o mundo desperta.

— É verdade. — Devlin desejou poder abraçá-la. Não podia, mas era capaz de dizer a ela o que sentia. — Você salvou o Mundo Encantado. Sem você, eu não saberia...

— Sem mim, ela não teria se perdido em seus sonhos — corrigiu Rae. — Não se esqueça de como ela conseguia ver Seth, em primeiro lugar.

— Você pode fazer todo tipo de coisa nos sonhos, não pode? — A voz de Ani era gentil, mas havia medo nela.

— Não criei nenhuma ilusão, Ani. — Rae permaneceu tão imóvel quanto qualquer presa. Não endireitou os braços nem as pernas. — Eu só costurei os sonhos de vocês dois.

— Por quê?

Rae encolheu os ombros.

— Vocês precisavam um do outro.

Nesse instante, Devlin entendeu algo que ele não admitira.

— Você sabia.

O mundo parou para Rae.

— Sabia o quê?

Devlin, o centro de seu mundo, cruzou a sala até ela. A voz dele era suave.

— Todos esses anos, você sabia que Ani deveria estar na minha vida. Você sabia disso quando me pediu para não matá-la?

— Ah, Devlin, não me faça muitas perguntas. — Ela ergueu a mão como se fosse tocar o ombro dele. — Eu sabia de coisas que não deveria... ou talvez que eu devesse saber. Quem pode prever quais fios são os certos?

— Fios? — Ele franziu a testa para tentar obter algum esclarecimento a partir das pistas que ela lhe dava. — O que mais você sabia?

— Não posso responder a isso — sussurrou Rae. — Queria poder.

Apoiada sobre o pé, Ani sentou em uma cadeira alta. Os lobos em sua pele se moviam incansavelmente, mas Rae não sabia se isso era uma reação à preocupação de Ani ou ao desconforto de Devlin. Os lobos eram parte da Nova Caçada, aquela cujo lugar era o Mundo Encantado, e obedeciam tanto a Devlin quanto a Ani.

Essa Caçada me protegerá também?

Rae esperou até que Devlin ligasse as coisas que sabia. Se Rae encontrasse uma maneira, diria a ele que seu lugar era no Mundo Encantado com Ani e que todas as criaturas mágicas aguardavam que ele compreendesse o que poderia fazer. Se houvesse um jeito, teria contado tudo a ele anos antes, mas as imposições das Eolas eram restritivas.

— Por favor, Devlin — disse ela. — Pense no que você sabe, mas não me faça perguntas às quais estou proibida de responder.

Uma batida na porta da câmara exterior os fez parar.

— Fique aqui. — Devlin se afastou para ver o que era.

Quando ele se foi, Ani olhou para Rae.

— Você o ama muito.

Rae suspirou.

— Sua franqueza nem sempre é encantadora, Ani.

A Hound deu um sorrisinho maldoso.

— Acredito que você tenha mencionado isso antes.

Quando Devlin retornou, a expressão em seu rosto era tensa.

— Ela me convocou ao salão principal.

Devlin entrou no salão principal. O insulto de ser convocado na frente de todos que se interessassem havia atiçado seu temperamento. Ele tentou reprimi-lo, como fizera durante a eternidade, mas não estava conseguindo. Fora conselheiro, assassino, *família* para a rainha pela eternidade, ainda assim ela o convocara para seu salão diante do povo.

A Rainha da Alta Corte sentou-se no trono, parecendo não sentir emoção alguma. Atrás dela, Seth estava de pé, com uma das mãos pousada sobre o trono da rainha. Como Sorcha, as suas emoções estavam ocultas. Devlin, dessa vez, não se esforçava para disfarçar seus sentimentos: estava furioso. Sorcha quase destruíra o Mundo Encantado, mas agia como se não tivesse sido abalada por sua loucura.

Devlin cruzou, até o estrado, o salão cheio. Parou diante dela, mas não fez reverência. Pela primeira vez, se ajoelhou para a Rainha da Alta Corte.

Ninguém no salão disse nada. *Mas eles observavam – e ela sabe*. Devlin não passara a eternidade simplesmente matando por sua rainha. Sabia como lidar com o que não era dito tão bem quanto com a ameaça física.

– Quanto você tem escondido de mim? Essa é a questão que sou forçada a ponderar agora, Devlin. – Sorcha parecia calma, mas havia uma entonação que era nova. Lá, na frente dos cidadãos da Alta Corte, falava com Devlin como se ele não fosse nada.

Ele cruzou um limite que nunca cruzara: subiu no estrado e agarrou o braço da irmã.

– Não vamos discutir isso aqui.

– Pare! – ordenou ela. Tentou soltar o braço, mas ele o apertou ainda mais.

– Você envergonha a mim e a si mesma fazendo isso aqui – sussurrou ele.

Seth deu um passo à frente, mas, no Mundo Encantado, ele era mortal, e o movimento mortal não era rápido o bastante. Quando Seth se moveu, Sorcha e Devlin já estavam longe do estrado.

Devlin olhou para trás e disse:

– A Rainha da Alta Corte não corre risco físico.

A garantia se dirigia, em primeiro lugar, a Seth, mas o restante das criaturas reunidas também ouviu as palavras.

Seth assentiu.

Sorcha continuou a resistir. Empurrava, sem efeito, o peito de Devlin e sibilava:

– Solte-me.

— Irmã, você virá por conta própria, ou discutiremos *tudo* na frente deles.

A Rainha da Alta Corte cerrou os lábios, mas parou de resistir.

Em seguida, ele arrastou sua irmã-mãe-rainha pelo salão e abriu, com um empurrão, a porta para o jardim dela.

Sorcha se adiantou na frente dele, e, pela primeira vez no milênio em que estiveram sozinhos no jardim privado de Sorcha, ele viu ira tremeluzir nos olhos dela. As veias prateadas na pele de Sorcha brilhavam como uma tempestade sob a luz da lua embaixo da superfície.

— Como Seth foi transformado em criatura encantada?

— Não vejo isso...

— *Como?*

— Você sabe a resposta ou não estaria agindo assim. Dei a ele minha própria essência para recriá-lo. Não esperava as consequências ou *emoção*, mas não me arrependo. — Ela cruzou os braços. — Queria uma criança minha. Queria um filho, e ele precisava de uma m...

— Você *teria* um filho se não fosse cruel demais para admitir isso... — Ele desviou o olhar dela.

— Não, eu tenho um irmão. Você é meu irmão, feito de ordem e violência. Eu queria alguém só *meu*. — Ela ficou mais agitada, não mantenedora da ordem, não no controle de suas emoções como a Rainha da Alta Corte deveria estar. Depois de uma eternidade de equilíbrio com sua irmã, Sorcha estava abalada, e ela trouxera isso para si mesma. A Rainha da Alta Corte, a Rainha Imutável, mudara.

— Foi a escolha certa — insistiu ela. — Eu precisava dele. Ele precisava de mim.

— Poderíamos nos sentar? — Trêmulo, Devlin gesticulou para o espaço entre eles.

Sorcha fez com que uma mesa e duas cadeiras aparecessem. Ele se sentou e olhou para ela. Depois de mais milênios do que qualquer um dos dois provavelmente conseguiria lembrar, Sorcha mudara tudo. Devlin não tinha certeza do que isso significava para o Mundo Encantado ou para o mundo mortal, mas as consequências até então — o lamento de Sorcha e o Mundo Encantado quase ter acabado — não eram especialmente encorajadoras.

Com cuidado, Devlin tocou a mão dela.

— O que você fez, Irmã?

— Libertei-me dela. Somos *diferentes* uma da outra agora. Tenho uma porção mortal em mim e dei parte de mim a ele. Você não vê? Bananach e eu não somos mais perfeitamente opostas. — Sorcha sorriu, e a lua brilhou mais clara acima de suas cabeças. O ar assumia um gosto mais puro conforme a felicidade dela aumentava. — Não era a minha intenção, mas me deu... ah, isso me deu muito mais do que eu achava que poderia receber. Tenho um filho, uma criança só minha, emoções que eu não entendia e posso ver a minha não-mais-gêmea sem adoecer. Posso talvez até ser capaz de matar...

— Você *não pode*. — Devlin apertou as mãos da irmã-mãe. — Pense. Se estiver errada, se ainda estiver ligada a ela assim... você mataria todos nós?

— Se ela fizer mal a Seth, eu mataria. — Sorcha se libertou das mãos do irmão. — Talvez seja hora de ela não ser a única a ir e voltar do mundo mortal. Talvez as coisas precisem mudar.

— Você é a *Rainha Imutável*. — Devlin forçou sua voz a se estabilizar, apesar do pânico crescente que sentia. — Você não pode ir lá por mais do que alguns instantes. A realidade vai...

— Vai se ajustar. Sim, mas isso é tão horrível? — Ela tinha o olhar de um fanático. — O Mundo Encantado se curva a minha vontade, e veja como está bom aqui.

Devlin ficou alarmado pela sensação de um súbito desembaraço em volta dele. Fechou os olhos e os viu, os fios pendurados e oscilando juntos, vidas alteradas e possibilidades acabadas, mortes que não podiam superar. Enquanto o véu entre os mundos estivesse aberto às gêmeas, mas faltasse equilíbrio entre elas, Sorcha correria perigo, e, consequentemente, todo o Mundo Encantado.

Ele se ajoelhou no jardim.

— Sinto muito por tê-la desapontado.

— Eu queria que você fosse meu filho — sussurrou ela —, mas não podia ter a criança *dela* como *minha* criança. Você ainda é meu irmão. Família.

— Eu sei. — Ele manteve suas preocupações ocultas dela. Se ela soubesse que Bananach tentava encontrar uma forma de matar seu filho, se soubesse que pedira a Ani que matasse Seth, a rainha do Mundo Encantado ficaria furiosa. E uma rainha onipotente irada não era o melhor para nenhum dos reinos.

Separar-se de Bananach significava que Sorcha sentia emoções que nunca conhecera. Significava que a única criatura que mantinha perfeito juízo perdera o equilíbrio. Até que seu equilíbrio voltasse, havia pouca chance de estabilidade.

Então como faço para que ela recupere o equilíbrio? Além de Sorcha, ele era a única criatura poderosa no Mundo Encantado e não tinha uma resposta. As respostas de que precisava não seriam encontradas se ficasse simplesmente esperando no Mundo Encantado. Ele precisava retornar ao mundo dos mortais.

Capítulo 34

Devlin estava em seus aposentos com Ani e Rae. Depois de explicar o que sabia, acrescentou:

— Não planejo ficar muito tempo fora, mas preciso conversar com Niall.

— Não. — Ani gesticulou com a lâmina da faca que estava limpando. — Esqueceu a luta lá? Não é seguro para você, e... você não vai a lugar nenhum sem mim, Devlin. Simplesmente *não*.

— Bananach veio até aqui enquanto a rainha dormia, Devlin. *Aqui* também não é seguro. — Rae se sentou empertigada em uma das cadeiras desconfortáveis como se tivesse em boa forma. Ela não estremecia, mas havia horror em sua expressão. — Guerra foi horrível. Os corpos... Ela virá até aqui.

— Não devíamos nos separar — rosnou Ani. Continuou a limpar as facas, já sem manchas. De acordo com Rae, na ausência dele Ani começou a limpar todas as armas do recinto. Suas facas estavam pousadas na mesa junto com várias das dele. A imagem o fez sorrir. O semblante fechado de Ani, entretanto, não. Ela polia furiosamente uma das lâminas curtas de Devlin em uma mesa baixa ao lado do sofá. — Eu não posso acreditar que pense que sou capaz de ficar aqui sentada enquanto você vai enfrentar *Bananach*.

— Ani — começou ele.

— Esperei aqui enquanto você conversava com Sorcha que, diga-se de passagem, é maluca. Agora você vai para o mundo mortal, onde a *mais louca* ainda está? — Ela cruzou os braços. — Eu estava lá, Devlin. Bananach poderia ter *matado você*, e quer saber? Estamos ligados um ao outro há, tipo, cinco minutos, e você está, do nada, se atirando ao perigo sem mim. Não acredito.

— Ela tem argumentos válidos — murmurou Rae.

— Está vendo? — Ani empurrou uma *sgian dubh* para dentro do coldre. — O que aconteceu com a lógica?

— E levar você de volta é lógico? — A voz de Devlin estava calma, mas as emoções que sentia, não. A imagem de Bananach se lançando sobre Ani ainda estava fresca demais em sua mente. — Uma viagem, e depois tudo ficará melhor.

— Não. — Ani olhou para ele. — Se você lutar, eu luto. Não é negociável.

— Você não precisa ir até lá pessoalmente. — Rae não se levantou do assento onde parecia descansar. Com as mãos cruzadas recatadamente sobre o colo disse: — Nem tudo é uma luta.

Tanto Ani quanto Devlin pararam de falar.

Rae olhou para Ani.

— Você tem uma ligação íntima com um dos reis, certo?

— Irial, mas não é uma *ligação* como a nossa — disse Ani, lançando um olhar para Devlin.

Lentamente, Rae se levantou, mantendo a ilusão de solidez.

— Posso encontrar Irial a partir de você. Devlin pode entrar no sonho também porque eu já costurei os sonhos de vocês. Deixe-me entrar e então todos nos acomodaremos para uma soneca.

A Hound franziu a testa para os dois.

— Deixar você entrar *onde*?

Devlin ficou tenso. Ainda não tinha explicado bem o detalhe da possessão para Ani.

— Rae é incorpórea. Fora dos sonhos, ela apenas tem um corpo se alguém...

— Até agora apenas Devlin — interrompeu Rae.

— Se *eu* deixá-la animar meu corpo — acrescentou Devlin. — Não é uma experiência ruim.

— Ruim? — Rae gargalhou. — Ele teve ótimos momentos, Ani, mas não gosta de admitir o quanto gosta da liberdade de se sentir sem responsabilidade.

Por um momento Ani olhou para ambos.

— Huh. E eu pensei que a Alta Corte fosse entediante. Quem diria...

A tensão que Devlin sentia crescer evaporou com os sorrisos nos lábios de Ani e Rae.

Então Rae ficou de pé diante de Devlin. As suas pupilas estavam dilatadas com a costumeira excitação que sentia ao se fundir em um corpo.

— Então vejamos se a Corte Sombria está descansando.

Ele olhou para ela, a mortal espectral que animava seu corpo, e em seguida para a Hound cujos sonhos estavam costurados aos dele.

— Não estou muito certo... é... posso ir rapidamente até o mundo mortal, Ani.

Ela pegou a mão dele e então olhou para Rae.

— E aí? Pode possuir um de nós agora.

Rae riu.

— Acho que vou gostar de ter você por aqui, Ani.

O sorriso de resposta de Ani foi enigmático.

E, por um instante muito breve e enervante, Devlin se sentiu um pouco mais do que surpreso. Não sabia ao certo com quem. Com o gesto mais brando possível, apontou a cama com a cabeça.

— Vamos sonhar com a Corte Sombria, então.

Era uma sensação estranha, contudo, sentir Rae em seu corpo e ainda sentir a presença de Ani. Tinha vivido a solidão até escondê-las e depois coexistir com elas. *E não tenho certeza de qual foi o mais difícil.* Tudo o que ele sabia era que não podia imaginar a vida sem uma delas.

Eles seguiram o caminho criado pela conexão de Ani com Irial. No sonho, Devlin de repente estava de pé com a mão esticada para a gárgula na porta do ex-Rei Sombrio. Ani estava ao lado dele, e de alguma forma também foi sua mão que a gárgula mordeu.

Dentro de uma paisagem branca agora vazia estava Irial.

— Ani, amor?

— Precisamos falar com você e Niall — disse Ani a ele. — Podemos... entrelaçar seu sonho ao dele?

A expressão no rosto de Irial era uma que Devlin preferiria não ver perto de Ani, mas não era direcionada *a* ela.

— Você tem alguém que não conheço a acompanhando — disse Irial, olhando em volta como se fosse encontrar Rae.
— Não é uma criatura mágica.
— Uma andarilha de sonhos — admitiu Ani. — Nós realmente *estamos* aqui. Entende isso, não é?
— Sim, filhote. — Irial se afastou. — Não lidei com emoções todo esse tempo para deixar passar o gosto de ciúme que seu... — Ele olhou para Devlin. — Parceiro tenta esconder.

Uma sala meio familiar surgiu da paisagem branca. Um papel de parede de flores-de-lis cobria as paredes. Velas tremeluzentes enchiam o lugar em candelabros soltos e candeeiros nas paredes. Isso fez com que Devlin se lembrasse de uma casa mais decadente do ex-Rei Sombrio, de quando Niall e Irial promoviam banquetes de devassidão.

Ani se sentou ao lado de Irial.
— Você está bem?
— Bem o bastante — murmurou ele.

Ela ergueu a barra da blusa dele. A pele estava muito vermelha, com nódoas negras em volta da ferida. Parecia ter se curado ainda havia pouco. Para uma criatura poderosa como Irial, a ferida já deveria ter sarado havia muito tempo, como acontecera com a outra.

— Por que *essa* aqui não se curou? — perguntou Ani. — Iri?
— Pare. — Ele pegou a mão dela e gentilmente a pousou no colo de Ani.

O ex-Rei Sombrio se reclinou para trás, como se não estivesse ferido.

— Então... a sua andarilha dos sonhos pode abrir caminho para que eu possa entrar nos sonhos de Niall mais tarde também?

Niall entrou no recinto.

— Talvez você devesse me perguntar primeiro o que acho da ideia.

— Ah, aí está você. — Irial saudou seu rei com sombras dançando nos olhos. — Não tinha certeza se você finalmente tinha adormecido, Gancanagh. Você se preocupa demais com coisas que fogem ao seu controle.

Niall parou no meio do aposento e olhou para Irial.

— Não aceito essa resposta.

Então, sem dizer mais nada, Niall se aproximou do trono de obsidiana que aparecera naquele lugar e Devlin distraidamente se perguntou quem estaria criando as imagens no refúgio do sonho.

Sou eu. Das imaginações variadas deles. Rae parecia fascinada.

Ele ouviu a risada dela.

Estou fascinada, Dev, nunca fui capaz de fazer isso. Imagino se...

Não é um experimento, Rae, lembrou ele.

Com mais esforço do que gostava, Devlin caminhou em direção ao trono onde Niall estava sentado. Algo nele se rebelava em se postar diante daquele trono como se ele fosse um suplicante. Não sabia nem ao certo a que corte servia. Não era mais conselheiro de Sorcha em seu coração, mas não queria jurar fidelidade à Corte Sombria também. Na verdade, ele servia ao Mundo Encantado. Talvez sempre tivesse servido.

Devlin postou-se respeitosamente diante de Niall, mas não fez nenhuma reverência nem ofereceu qualquer gesto de submissão.

— Você precisa levar a Corte Sombria de volta para o Mundo Encantado.

— Não.

Devlin reprimiu suas emoções como fizera por quase toda a eternidade, e acrescentou:

— Sorcha está desequilibrada. Ela quer vir *aqui*. Você tem alguma ideia do que isso poderia fazer ao mundo mortal?

Niall, uma vez quase amigo de Devlin, uma vez quase favorito da Rainha da Alta Corte, estimado em várias cortes, se retesou.

— Você está me dizendo o que fazer com a *minha* corte, Devlin?

Do outro lado do aposento, Irial ficou tenso. Não se moveu, não reagiu de qualquer forma que pudesse atrair atenção, mas Devlin percebeu a mudança. Ele conhecia a esperança que levava a tal movimento. Niall fora um rei relutante. Séculos depois que Irial oferecera a corte a ele, Niall era finalmente o Rei Sombrio.

— Não aceito ordens de ninguém, nem estou procurando seu conselho. Ainda tenho um conselheiro. — A atenção de Niall se voltou para Irial brevemente. — O recente adoecimento de Sorcha não é minha prioridade.

— Você sacrificaria esse mundo? — perguntou Devlin.

O olhar que Niall lhe lançou estava cheio de desdém.

— Sorcha levou meu amigo, fez dele seu súdito...

— Seu *herdeiro*. Seth é bem mais do que um súdito.

Devlin ainda não deixara que sua raiva transparecesse em suas palavras, mas mesmo assim estava lá. Apesar de sua eternidade de lealdade, sua rainha-irmã-mãe escolhera um quase estranho para ser seu herdeiro.

— Fui o herdeiro de uma corte. Não está gravado em pedra. — Niall fez um gesto para Irial. — *Ele* manteve a corte por mais de nove séculos depois de me declarar seu herdeiro.

— Você recusou — recordou Irial. Ele ficou de pé e ocupou uma posição de apoio atrás de Niall. — Caso se lembre, Niall, você se recusou a ser meu herdeiro.

— Mesmo assim, veja onde estou sentado. — Niall não se dignou a olhar para trás enquanto Irial falava.

— Seth é o herdeiro dela. É o consorte da Rainha do Verão, amigo da Rainha do Inverno e irmão do Rei Sombrio. Ele não está em perigo por causa do que Sorcha fez. Ela o *salvou* da mortalidade, deu a ele a força de um rei e outros dons que não compete a mim revelar.

Naquele momento, Devlin não sabia de quem se ressentia mais.

— Ela o tornou um peão — disse Niall.

Devlin não argumentou, não *podia* argumentar. Sorcha, sem dúvida, considerara as possíveis consequências de sua escolha ao fazer do mortal uma criatura mágica. O que não pesara foi como isso a transformaria. A Rainha da Alta Corte cometera um erro de julgamento, e o custo seria pago por ambos os lados do véu.

— Venha para o Mundo Encantado — repetiu ele.

— Não.

— Ela precisa de uma corte para equilibrar a dela. Sorcha deve ser mantida no Mundo Encantado. — A raiva de Devlin não mais se ocultava, e sua voz estava tomada por essa emoção.

— A Corte Sombria pertence a este mundo. Conheço minha corte, Devlin. Sei o que é melhor para eles. Todos e cada um deles são conectados a mim. Eu os *sinto*. — Niall olhou para trás, para Irial. — O dever de um rei é considerar o bem-estar de sua corte antes de mais nada. Vontades pessoais estão em segundo plano. Antigas amizades e preocupação por outros não é como governa o Rei Sombrio.

— Você sacrificaria mortais e seres encantados? Se ela vier para este mundo, é o que vai acontecer.

— Se ela vier para cá, a discórdia não prejudicará a minha corte. Levá-los para o Mundo Encantado faria isso. — Niall ergueu o olhar para o rosto de Devlin. — A Corte Sombria permanecerá aqui.

As palavras de Niall fizeram com que todas as sombras no recinto estremecessem.

— O Mundo Encantado precisa da Corte Sombria. — A fúria de Devlin escapou um pouco mais. — Sorcha precisa de uma corte para se equilibrar.

— Devlin? — Ani se aproximou.

Com uma expressão estranha, Ani olhou primeiro para ele, depois para Niall e Irial.

— Ela precisa *mesmo* disso, não é?

— Sim, é o motivo pelo qual estamos aqui... — Devlin olhou para Niall. — Mas seu rei não está cooperando.

Ani postou-se entre Devlin e Niall. Esticou o braço para Irial e apertou a mão dele. Ele sorriu para ela, mas não falou nada.

— Houve um tempo — começou ela — em que o Mundo Encantado tinha duas cortes. A Corte Sombria deixou o Mundo Encantado, e, conforme os séculos se passaram, novas cortes nasceram a partir das criaturas solitárias mais fortes para atender às necessidades das criaturas mágicas que viviam no mundo mortal. Se a Corte Sombria não retornar, haverá a necessidade de uma nova corte no Mundo Encantado. Alguém que seja forte o bastante para atender às necessidades da Rainha da Alta Corte para formar essa nova corte... que precisaria de um Gabriel... ou *Gabriela*.

— Não é fácil assim — objetou Devlin. — Já existe uma Corte Sombria.

Niall sacudiu a cabeça.

— Eu não vou para o Mundo Encantado. Sobra você.

— Ou Irial — disse Devlin.

— Você não pensa *seriamente* que sou indicado para isso? — A fala de Irial saiu arrastada. Ele pousou uma mão no ombro de Niall. — Estou no meu lugar.

— Ordem precisa de Discórdia, Devlin — disse suavemente Ani. — Conheço você. Diga-me se não é a solução de que precisamos. Salve sua irmã. Refazer o Mundo Encantado de forma que seja *nosso* mundo também, não só dela.

— Eu não posso ser R... — começou ele, mas as palavras não podiam ser ditas. Eram uma mentira. — Você me pede para que me oponha a minha irmã?

— Não — respondeu ela. — Peço que *nós* nos oponhamos.

Os lobos que formavam a Caçada de Ani entraram no recinto, agachando-se e andando em meio aos espaços entre a elegante mobília. Eles a observavam com ansiedade. Olhos vermelhos refletiam o brilho das chamas ardentes da lareira.

— Eu já sou ligada a você. Sangue a sangue, Devlin. Estamos juntos. — Ani o olhou fundo nos olhos. — Confie em mim. Confie em *nós*.

Os lobos se pressionavam contra eles como se quisessem forçá-los a se moverem.

— Eu confio. — Devlin olhou para Niall. — O véu para o Mundo Encantado será selado. Cada irmã ficará trancada em um lado.

Ani apertou a mão dele e acrescentou:

— Chamem-nos, e responderemos se formos capazes.

— E Rabbit? — perguntou Irial.

Ani olhou para Devlin, e ele assentiu.

— Ele está seguro conosco... Diga a Gabe... Papai... que estamos bem?

— Eu direi. — Irial se aproximou e a puxou para um abraço, sussurrando algo em seu ouvido.

Ela se aproximou do trono do Rei Sombrio.

— Cuida de Gabriel e de Irial?

— Em troca — disse Niall.

— De quê?

— Sua tecelã de sonhos fazer o que Irial pediu — murmurou Niall. Ele não olhou para Irial ao dizê-lo.

— Costurar seus sonhos juntos? — esclareceu Ani.

O Rei Sombrio assentiu brevemente.

Ani olhou para Rae, que assentiu.

— Feito — respondeu Ani.

E então ela se virou para Devlin e para a matilha de lobos que enchiam o aposento.

— Vamos para casa.

Capítulo 35

Devlin abriu os olhos para encontrar Rae e Ani o encarando do corpo de Ani. Ele as apertava contra o peito. A sensação de abraçar Ani ainda era nova o bastante para fazê-lo perder o fôlego, para perceber que ele também envolvia Rae quase à perfeição.

Elas são minha vida.

Com elas, ele poderia reequilibrar o Mundo Encantado.

E me tornar inimigo das minhas irmãs-mães.

Gentilmente, acomodou o rosto de Ani-Rae em sua mão.

— Você estava certa.

— Sobre? — perguntou Rae.

— Salvar Ani, me incentivar.

— E? — estimulou Ani.

— Em ser rei. — Ele não as beijou como havia beijado Ani antes. Na verdade, não sabia se Rae gostaria que ele as beijasse, então foi cuidadoso ao pressionar os lábios contra os dela.

Ani ou Rae — ele não sabia ao certo quem — não tinha tal dúvida. O beijo gentil que oferecera se tornou algo tão selvagem quanto os beijos que partilhara com Ani quando ela drenava a sua energia. Então Ani-Rae se afastou e deu um sorrisinho malicioso.

— Estou esperando por esse beijo há décadas — sussurrou Rae.

— Bem-vindo à Nova Corte Sombria — disse Ani.

A risada maldosa que saiu dos lábios de Ani — *ou de Rae?* — fez com que Devlin sacudisse a cabeça.

— Sombras. A Corte das Sombras — corrigiu ele. — Não somos uma réplica, mas algo novo. Não vamos usar um nome antigo.

Rae e Ani se separaram. Trocaram olhares.

— Eu gosto — disseram ambas.

De um só fôlego, ele removeu a muralha entre eles e o exterior. Os lobos saltaram da pele de Ani. E escuridão caiu diante da Corte das Sombras, permitindo que Rae caminhasse com eles. Com Rae à direita e Ani à esquerda, Devlin saiu do palácio da Rainha da Alta Corte, e juntos caminharam para o véu da luz da lua, o primeiro, mas não único, portal de entrada e saída do Mundo Encantado.

Dentro do portal estava Barry. O corcel estava na forma de um cavalo de verdade. Ele era feito de sombras solidificadas. *Ir embora sem mim foi indelicado.*

O corcel falou na mente de Devlin, mas, antes que ele pudesse responder, percebeu que o comentário se dirigia a Ani.

Sinto muito, respondeu ela. As palavras de Ani para o corcel estavam dentro da mente de Devlin também.

Outros corcéis aguardavam no abrigo das castanheiras.

Convidei os Desprezados para nossa Nova Caçada, disse Barry.

Estamos aqui, Ani e Companheiro de Ani. Os corcéis os observaram se aproximando, mas nenhum avançou.

Devlin respondeu em voz alta:

— Sejam bem-vindos, *Corcel de Ani* e todos os demais.

Barry riu. *Posso aprender a tolerar você. Vá em frente com isso, Devlin. Eles precisam reclamar seus condutores.*

Criaturas mágicas haviam começado a se reunir, como se tivessem respondido a convocações. Curiosamente, observavam os corcéis, Devlin e Ani.

Você será uma rainha maravilhosa, garantiu Barry a Ani. *Merecedora de me conduzir. Merecedora de iniciar a Caçada que faltava.*

As palavras de Ani para Barry e Devlin foram confiantes. *Eu só precisava encontrar minha matilha.*

— E nós só precisávamos encontrar você — acrescentou Rae com um sorriso, e Devlin percebeu que todos os três podiam ouvir a conversa mental com o corcel.

— Vamos lá. — Ani segurava a *sgian dubh* que usara para cortar seu braço mais cedo. — Sangue e respiração.

Devlin pegou a lâmina de cabo negro da mão de Ani.

— Com as mãos que elas fizeram — disse ele, cortando uma linha diagonal na palma da mão direita — e o sangue do Mundo Encantado...

Um som repetitivo começou a ecoar pelo Mundo Encantado.

Rae entrou no corpo de Ani, de modo que a respiração que partilhavam era dela também.

— Com a respiração — continuaram Rae e Ani, pegando a lâmina — de mortal e ser encantado...

— Fechamos os véus entre os mundos — disseram todos.

— Fechar este véu é como todos os véus — sussurrou Devlin para o ar. — Que assim seja.

Por um momento, o mundo ficou quieto. Atrás deles, mais criaturas se reuniram. Os gritos e murmúrios redemoinhavam juntos em um coquetel emocional de medo, esperança e desejo. Ele podia senti-las, não todas, mas aquelas criaturas que deveriam fazer parte de sua corte, a nova corte.

Isso está certo. Ele sentiu uma calma que nunca experimentara antes. O mundo estava em ordem. Encontrara o lugar a que pertencia.

Virou-se para Ani e viu um olhar de fúria em seu rosto.

— Ani?

Olhava para além dele, para a criatura que segurava uma faca contra a garganta dele.

Ani ergueu sua própria lâmina em resposta.

— O que foi que você fez? — perguntou Sorcha por trás dele.

Ani rosnou:

— Você não vai ameaçar meu rei.

Os lobos em volta dela uivaram em concordância, assim como Barry.

— Seu *o quê*? — perguntou Sorcha.

Devlin se virou para encarar a Rainha da Alta Corte. A faca dela fazia pressão contra a garganta de Devlin quando ele se mexia, deixando um corte suave.

— Nosso rei. — Rae se moveu de forma a se postar à direita dele. A mão dela, embora não fosse material, aparecia pousada sobre o antebraço de Devlin.

— O Rei das Sombras. — O olhar de Devlin estava voltado apenas para Sorcha, mas ele falava alto o bastante para que todas as criaturas reunidas pudessem ouvir. — O rei que equilibrará a Rainha da Alta Corte no Mundo Encantado. Este lugar não foi feito para ser governado por apenas uma corte. *Nossas criaturas* não deveriam ter somente uma escolha.

— Você não pode. — Sorcha olhou para ele e baixou a faca. — Irmão... Devlin...

Seth veio por trás dela e pousou o braço em volta da mãe em um gesto de apoio. Não falou nada, mas a expressão em seu rosto não era de surpresa. Sabia o que aconteceria bem antes de Devlin.

— Não sou nem um irmão nem um filho para você, Sorcha. Sou aquele que representa seu oposto no Mundo Encantado. Sou aquele que equilibra sua corte — falou Devlin suavemente, desejando que pudesse dizer as palavras a sua não-mais-rainha em particular, mas ela acabara com essa opção ao aparecer ali com a faca em sua garganta. Ele se apegou à esperança de que ela visse que a atitude dele era a certa.

— Bananach não pode vir aqui. Não pode tocar em você, seu filho ou nas criaturas de sua corte ou da minha.

Sorcha o olhou atentamente. Sua expressão mudou para uma familiar, de observação objetiva, enquanto sentia a transformação no Mundo Encantado e se tornava mais ela mesma novamente. Devlin esperava que Sorcha entendesse: o que ele fizera foi para equilibrá-la. O que fizera foi para evitar que suas irmãs matassem uma à outra. O que fizera foi a melhor solução para todos eles.

Esse era o inevitável passo seguinte para todos. Cada emoção que ele reprimira por todo o longo milênio parecia se projetar de dentro dele. Sua corte seria movida a paixões, emoções, das mesmas coisas que ele lutara para ocultar.

Como tal, não escondeu seu alívio ou seu pesar ao dizer às criaturas:

— Para impedir que Bananach venha até aqui, nossos mundos estão divididos. Ninguém dentre vocês pode cruzar o véu para o mundo mortal sem a ajuda tanto da Corte das Sombras quanto da Alta Corte.

A coluna de Sorcha estava ereta e firme. A instabilidade emocional de que vinha sendo vítima ultimamente não estava mais presente em seu semblante nem em sua postura. Ela assentiu para ele e se virou.

— Aqueles entre vocês que não me pertencem, que escolherem a... Corte das Sombras, saibam que entendo sua atitude. Ela é, assim como isso aqui foi, inevitável — disse-lhes ela.

Então, com um ar majestoso que vinha faltando desde o dia em que Seth deixara Sorcha para retornar ao mundo mortal, a Rainha da Alta Corte levou o olhar até o filho.

— Meu conselheiro e herdeiro, meu *filho*, seu príncipe, será o intermediário entre nós e a Corte das Sombras.

Sem nenhuma palavra mais, Sorcha foi embora com seus assistentes e muitas criaturas a reboque.

Mas não todas.

Diante de Devlin, Ani e Rae havia criaturas, várias dezenas, que olhavam para eles, cheias de expectativa.

Isso é nosso. Nosso mundo.

Uma pontada de tristeza se abateu sobre ele por ter perdido suas duas mães-irmãs. Para mantê-las seguras uma da outra — para manter todos a salvo do conflito entre as gêmeas — ele traíra ambas.

— Esse sempre foi o próximo passo — sussurrou Rae.

— É a escolha certa — concordou Ani. — Você sabe disso.

Devlin assentiu, e juntos cruzaram a extensão do Mundo Encantado.

Conforme andavam, novos panoramas tomaram forma, preenchendo vazios que deveriam ser algo mais, mas não tinham tido chance.

Até agora.

Epílogo

Devlin olhava atentamente através do véu. Ergueu a mão para tocar o tecido tênue que dividia os dois mundos, as gêmeas.

— Você pensou nas consequências? — perguntou Seth.

Devlin se virou para olhar o irmão, seu substituto na Alta Corte.

— Para *eles* — disse Seth, gesticulando para o outro lado do portal —, agora que o Mundo Encantado está fechado?

— Eles não são problema meu. — A mão de Devlin caiu, deixando a *sgian dubh* ao alcance. — Devo me preocupar com o bem-estar do Mundo Encantado.

— Não estou aqui para lutar com você, Irmão. — Seth ergueu as mãos para mostrar que não era uma ameaça. — Mas vou enfrentar Bananach.

— E se a morte de Bananach também matar a sua *mãe*? Por que eu deveria deixar você atravessar para lá sabendo que eu poderia causar um desastre a todos nós?

Seth desviou o olhar, quase rápido o suficiente para esconder o seu medo, mas foi apenas um lampejo. Em seguida ele sorriu.

— Você não pode me manter aqui. Os termos dela para me recriar aqui eram que eu pudesse retornar ao mundo mortal. Mesmo você não pode negar o voto dela.

— Se eles tivessem vindo para casa, se as outras cortes retornassem para cá... — Devlin pensara nisso, em todos os seres mágicos retornando novamente para o Mundo Encantado, longe do mundo mortal, não mais divididos em facções e cortes sazonais.

Seth riu.

— Você acha que Keenan abriria mão da Corte do Verão? Que Donia abriria mão da sua corte? Que Niall se tornaria um súdito seu ou de nossa mãe? Isso é um sonho impossível, cara.

— Eles ficariam mais seguros aqui, agora que Bananach não pode mais entrar.

Seth encolheu os ombros.

— Algumas coisas valem mais do que a segurança.

— Não posso dizer o que aconteceria a nossa... a sua rainha se *você* morresse. — Devlin olhou através do véu, desejando ter a capacidade de ver o futuro no mundo mortal. — Eu iria com você, mas proteger o Mundo Encantado vem em primeiro lugar. Não posso arriscar o Mundo Encantado pelo mundo mortal.

— E eu não posso abandonar Ash ou Niall.

Devlin parou de falar.

— Diga-me o que você vê.

— Nada. Aqui, sou mortal. Não vejo nada até retornar para lá... — Seth mordeu a argola de lábio, rolando a bolinha para dentro de sua boca enquanto ponderava seus pensamentos. — Não *vejo* nada, mas estou preocupado... Ash está lidando sozinha com sua corte. Sorcha deveria estabilizar Niall, mas agora *você* a equilibra. O que isso significará para ele? Irial foi esfaqueado. Gabe foi superado. Bananach está mais letal e ficando mais poderosa... Nada lá me faz pensar que tudo vai ficar bem.

Em silêncio, eles olharam através do véu.

— Quando você estiver pronto...

Seth olhou para ele por um momento.

— Se... você sabe... eu *morrer*, ela precisará de você. Não gosta de admitir isso, mas precisará.

Devlin pôs a mão sobre o véu. Seth fez o mesmo. Juntos, pressionaram os dedos contra o tecido e o dividiram.

Devlin pôs uma das mãos no antebraço de Seth.

— O portal não vai se abrir para você voltar a não ser que você me chame para vir aqui também.

— Eu sei. — Seth pisou no mundo mortal, deixando o Mundo Encantado.

Devlin pensou sobre a recente volta deles para o Mundo Encantado, sobre fugir enquanto estava ferido, sobre o perigo de o Mundo Encantado estar fechado para outros regentes e para Seth. Olhou através do véu para a silhueta de Seth, que se afastava, e disse:

— Tente não morrer, Irmão.

Impresso na Gráfica JPA Ltda.,
Rio de Janeiro – RJ

Impressão e Acabamento:
INTERGRAF IND. GRÁFICA EIRELI